Diogenes Taschenbuch 24654

JÖRG FAUSER wurde 1944 bei Frankfurt am Main geboren. Nach Abitur und abgebrochenem Studium lebte er längere Zeit in Istanbul und London. Er arbeitete u. a. als Aushilfsangestellter, Flughafenarbeiter, Nachtwächter. Ab 1974 widmete er sich hauptberuflich dem Schreiben. Seine Romane, Gedichte, Reportagen und Erzählungen sind eine Ausnahmeerscheinung in der deutschen Literatur. Jörg Fauser verunglückte 1987 in der Nacht nach seinem Geburtstag tödlich bei München auf der Autobahn.

Jörg Fauser

Das Schlangenmaul

ROMAN

Mit einem Nachwort
von Friedrich Ani

Diogenes

Die Originalausgabe erschien 1985
im Ullstein Verlag, Berlin / Wien / München
Covermotiv: Foto von Philipp Keel,
›Two Glasses of Wine with a Plate, 2018‹

Veröffentlicht als Diogenes Taschenbuch, 2022

Diogenes Verlag AG Zürich
www.diogenes.ch
20/22/852/1
ISBN 978 3 257 24654 4

Inhalt

Und es ward ausgeworfen der
große Drache, die alte Schlange,
die da heißt Teufel und Satanas,
der die ganze Welt verführt,
und ward geworfen auf die Erde,
und seine Engel wurden auch dahin
geworfen.

Offenbarung 12,9

1

Als die Presslufthämmer mich weckten, träumte ich gerade vom Krieg. Ich brütete über einer Story, die sich nicht schreiben ließ, dann zerrissen Explosionen den Himmel, und der Alte schrie mir zu: Wenn du mit dem Thema nicht klarkommst, schmeiß ich dich endgültig raus.

Vorsichtig streckte ich die Hand aus und berührte etwas Weiches. Ich machte die Augen auf und blickte in das Gesicht der Thailänderin. Sie schlief fest. Na gut, dachte ich, Deutschland hat noch einen Krieg verloren, aber du liegst im Bett der Sieger. Allmählich brachten die Presslufthämmer mir bei, wo ich war. Berlin, Anfang November. Montagmorgen. Sonne, viel zu viel Sonne über den Dächern. Ich griff nach einem der Gläser neben dem Bett, erwischte einen Schluck abgestandenen Wodka mit Tonic. Dann eine Zigarette. Frühstück à la carte. Mein Herz fing an zu hämmern. War wohl etwas grob, gestern Nacht. Die letzten Stunden fehlten mir. Genau genommen auch die letzten Tage. Nuchali lächelte im Schlaf. Für mich gab es nichts zu lächeln. Ich war achtunddreißig und pleite.

Es klingelte.

Post. Telegramm. An die Arbeit, Harder.

Ich versuchte durch den Spion zu linsen, aber der war so verschmiert, dass ich nichts erkennen konnte. Ich zog den Gürtel meines alten Boxermantels zu und machte die Tür einen Spalt auf. Ein kleiner, stämmiger Mann, ungefähr mein Alter. Rosa Gesicht, spärliche blonde Haare. Adretter Regenmantel, weißes Hemd, Schlips und strahlendes Vertreterlächeln.

»Guten Morgen. Herr Harder?«

»Mhm. Und wer sind Sie?«

»Wiglaff, Herr Harder. Von der Steuerfahndung.« Eine Hundemarke kam zum Vorschein. »Ich darf doch annehmen, dass Sie mit meinem Besuch gerechnet haben. Gestatten Sie?«

So war das also. Ein Vertreter des Staates. Ich dirigierte ihn in die Küche. Wiglaff sah sich aufmerksam um, registrierte die leeren Flaschen, die unausgepackten Umzugskisten im Wohnzimmer, die kahlen Wände, den Müll auf dem Balkon. Durch seine Augen sah es sicher aus wie die Station eines Mannes auf der Flucht.

»Zu diesem Blick darf man Ihnen ja gratulieren, Herr Harder. Dafür zahlt man gern etwas mehr Miete, stimmt's?«

Ich zuckte die Achseln und holte zwei halbwegs saubere Tassen aus der Spüle. Dann setzte ich Wasser auf.

»Trinken Sie eine Tasse mit? Gibt aber nur Pulverkaffee.«

»Vielen Dank, gern. Kann ich hier etwas Platz machen?« Wiglaff schloss seinen Aktenkoffer auf und entnahm ihm einen Schnellhefter. Der Vorgang *Harder, Heinz.* »Wie gesagt, mit meinem Besuch müssten Sie ja gerechnet haben. Allein in den letzten fünf Monaten hat das Finanzamt Ihnen vier Mahnungen geschickt, und es war ja auch eine Betriebsprüfung angekündigt.«

»Ich war verreist.«

»Aber eine amtliche Zustellung haben Sie angenommen.«

»Wissen Sie, heutzutage ist so viel gleich amtlich, wer blickt da noch durch.«

»Haben Sie denn keinen Steuerberater?«

»Soll ich dem auch noch Geld in den Rachen schmeißen? Worum geht es denn eigentlich?«

»Sie haben ja Humor, Herr Harder. Es geht natürlich um Ihre Steuerschulden. Das heißt, es geht jetzt auch um den begründeten Verdacht der Steuerhinterziehung.«

Ich schluckte. »Steuerhinterziehung? Da fahren Sie aber ziemlich schweres Geschütz auf.«

Er nickte und blätterte in der Akte.

»Herr Harder, nach unseren Unterlagen haben Sie in den Jahren 1977 bis 1982 Einkünfte aus selbständiger Arbeit als freier Journalist in Höhe von etwa 150 000 DM nicht versteuert – und auch keine Mehrwertsteuer dafür abgeführt. Das macht mit Verzugszinsen inzwischen eine Steuerschuld von 51 374,54 DM – ohne Mehrwertsteuer. Da Sie auf entsprechende Kontrollmitteilungen und Aufforderungen des inzwischen für Sie zuständigen Finanzamts Charlottenburg-Ost nicht reagiert und auch einen Betriebsprüfungstermin nicht eingehalten haben, hat sich das Finanzamt veranlasst gesehen, die Unterlagen an die Staatsanwaltschaft weiterzuleiten. Tja, und da bin ich nun, Herr Harder.«

Nur ruhig Blut, dachte ich. »Nehmen Sie Milch?«

»Vielen Dank, nur Zucker, bitte.«

»Zucker gibt's keinen. Ist doch ungesund, das Zeug.«

»Tatsächlich? Dann trinke ich ihn schwarz.«

»Zigarette?«

»Französische? Danke, die sind mir zu stark.«

Er rauchte eine von der kastrierten Sorte. Dafür nahm er drei Löffel Pulverkaffee. Wir legten eine kurze Pause ein, bis die Gifte wirkten. Ich starrte durchs Fenster. Auf dem Altbau gegenüber, in dem nur noch ein paar türkische Familien und eine WG die Stellung hielten, lagen wie Farbkleckse die bunten Decken vom Sommer, als die Freaks auf dem Dach gepennt hatten. Die Novembersonne sah kräftiger aus als die im Sommer, aber jetzt pennten nur noch die Tauben da oben. Das Haus stand wie ein verrotteter Zahn zwischen den Neubaublöcken. Ich sah Wiglaff an.

»Was ich nicht verstehe, ich hab die ganze Zeit doch Steuern bezahlt.«

»Aber nicht für die Einkünfte von der Frauenzeitschrift in München. Die vier großen Serien, erinnern Sie sich?«

»Dieser Mist? Das war doch meine Frau. Können Sie sich vorstellen, dass ich für eine Modezeitschrift schreibe?«

»Für Geld, Herr Harder? Jedenfalls sind die Honorare an Sie gegangen.«

»Zwei Drittel sind an meine Frau gegangen. Meine Exfrau. Unter dem Mist stand mein Name, aber doch nur, weil ich mit diesen Serien besser im Geschäft war.«

»Ihre Exfrau sieht das aber etwas anders.«

»Was erwarten Sie von einer Exfrau in dieser Branche?«

»Da habe ich noch keine gesicherten Erfahrungswerte, Herr Harder. Die Frage ist aber dann die, warum haben Sie die Angelegenheit nicht längst aus der Welt geschafft?«

Ich zuckte die Achseln. »Das mit dem Finanzamt hat immer meine Frau gemacht.«

»Von der Sie seit fünf Jahren geschieden sind.«

»Und was wird nun? Wollen Sie pfänden?«

»Aber ich bitte Sie.« Wiglaff drückte seine Zigarette aus und nahm noch einen Schluck Kaffee. »Wissen Sie, als ich Ihren Vorgang auf den Tisch bekam, hab ich gleich gedacht, das ist ein Fall, den man differenziert sehen muss. Ich bin nämlich Spezialist für die freien Berufe, was könnte ich Ihnen über meine Kundschaft erzählen, Bühne, Film, Showgeschäft ...«

»Erzählen Sie nur, ich bin ganz Ohr.«

»Damit Sie dann hingehen und einen Artikel daraus machen, und sei es für eine Modezeitschrift!«

»Das wäre doch was. Aber aus dem Gewerbe bin ich raus.«

Sein Lächeln verschwand. »Ja, was machen Sie denn dann, wenn Sie Ihren Beruf nicht mehr ausüben?«

»Ich seh mich gerade nach etwas Neuem um.«

»Das hört man natürlich nicht so gern, Herr Harder. Der Kasus Knacktus ist ja wohl, wie wir das mit den Ratenzahlungen machen.«

Allmählich kam er zur Sache. »Mit welchen Ratenzahlungen?«

»Sie stehn mit 50 000 Mark bei Vater Staat in der Kreide, mein Bester.«

»Das krieg ich schon hin«, sagte ich souverän. »Wenn ich was an Land ziehe, sind es immer dicke Brocken.«

Gerade diesen Augenblick suchte Nuchali sich aus, um einen Blick in die Küche zu werfen. Sie hatte sich ein Laken umgewickelt, aber es gab noch genug zu sehen. Wiglaff bekam kaum den Mund zu. Differenzen, wohin man blickte.

»Oh, Joe, du hast Besuch? Ich muss bald weg, weißt du.«

»Ich komme gleich«, sagte ich, »geh schon mal ins Bad, Darling.«

Sie warf mir einen strahlenden Blick zu, von dem der Steuerfahnder auch noch etwas abbekam, und verschwand. Wiglaff räusperte sich. Ich kam ihm zuvor.

»Meine Verlobte, Herr Wiglaff.«

»Ah ja?« Das Misstrauen stand ihm im Gesicht. »Ich wusste gar nicht, dass Sie Joe heißen.«

»Sprechen Sie Harder mal aus, wenn Sie Asiate sind.«

»Ich verstehe. Gut, Herr Harder, bleiben wir bei Ihrer Steuersache. Als Spezialist für freie Berufe kenne ich die Schwierigkeiten, mit denen viele in diesen Berufen zu ringen haben. Vor allem, wenn Sie dann auch noch Aussteiger sind.«

»Ich bin kein Aussteiger. Als Aussteiger säße ich wohl kaum hier.«

»Haben wir alles schon gehabt, Herr Harder. Zwanzig-Zimmer-Villa im Grunewald, ich hab damit nichts mehr zu tun, Herr Wiglaff, ich bin ausgestiegen. Aber irgendwie müssen wir ja zu Potte kommen. Diese 50 000, die stehen nun mal im Raum. Und die Einspruchsfristen haben Sie ja alle verstreichen lassen.«

»Was schlagen Sie denn dann vor?«

»Sie haben natürlich Ihre Kontoauszüge der letzten Jahre zur Verfügung?«

»Wieso, müsste ich?«

»Sechs Jahre, Herr Harder. Sechs Jahre müssen Sie Ihre Kontoauszüge aufbewahren.«

»Seh ich so aus, als ob ich viel aufhebe?«

»Ich würde diese Angelegenheit nicht auf die leichte

Schulter nehmen, Herr Harder. Sie müssen Ihre finanziellen Verhältnisse rekonstruieren und in den Griff kriegen. Wenn ich von Ihnen nicht bald höre, müsste ich eine Durchsuchung durchführen.«

»Was hab ich zu erwarten? Knast?«

Wiglaff packte den Schnellhefter ein und verschloss sorgfältig seinen Aktenkoffer mit den Staatsgeheimnissen. »Vorsatz der fortgesetzten Hinterziehung – Knast nicht gerade, aber eine saftige Geldstrafe schon. An Ihrer Stelle würde ich mir sofort einen Steuerberater nehmen.«

»Sollte ich nicht lieber eine Bank überfallen?«

»Aber Herr Harder, Sie als Journalist. Da wird Ihnen doch etwas Originelleres einfallen.«

Ich brachte Wiglaff zur Tür. Nuchali plätscherte unter der Brause und trällerte etwas, das sich wie eine fernöstliche Version von *Yesterday* anhörte.

»Und singen kann sie auch«, sagte Wiglaff.

»Nuchali hat ein Musikstudium an der Akademie von Bangkok absolviert. Wie geht das nun weiter, Wiglaff?«

»Am besten wäre, Sie machen eine Anzahlung. Sagen wir in einer Woche? Fünftausend Mark? Zeigen Sie uns Ihren guten Willen, dann kommen wir Ihnen auch entgegen.«

»Ich hätte das gern schriftlich.«

»Sie werfen ja doch alles Amtliche weg.«

»Und wie erreiche ich Sie?«

»Hier ist meine Karte.«

»Wer sagt mir überhaupt, dass Sie echt sind?«

»Ihre Erfahrung. Und verlassen Sie nach Möglichkeit nicht das Hoheitsgebiet der Bundesrepublik, das könnte leicht zu Missverständnissen führen. Tschüs!«

Wiglaff marschierte zum Fahrstuhl. Bevor er einstieg, schenkte er mir noch ein Lächeln. Vielleicht war er schwul.

»Schönen Gruß an Ihre Verlobte!«

»Wichser.«

Ich machte die Wohnungstür zu und ging mit Wiglaffs Karte zum Telefon. Ich wählte die Nummer, die auf der Karte stand. Niemand hob ab. Ich suchte mir aus dem Telefonbuch eine Nummer heraus, ließ mich ein paarmal hin und her verbinden, fragte dann nach Wiglaff. Herr Wiglaff ist jetzt nicht da. Ich legte auf.

»Das Schwein ist tatsächlich bei der Steuerfahndung«, sagte ich zu Nuchali, als sie aus dem Bad kam.

»Wer war das, Joe?«

»Die eiserne Ferse des Staates.«

Sie lachte. Sie fand alles zum Lachen, was ich sagte, und wenn sie wirklich mal nicht lachte, dann wusste ich, dass ich in meinem nächsten Leben auch nichts zu lachen hätte.

»Willst du noch mal, Joe?«

Ich ließ den Boxermantel fallen. Wer weiß, wann du wieder zum Zug kommst, dachte ich, jetzt, wo auch noch die Steuerfahndung hinter dir her ist. Als wir im Bett lagen, klingelte das Telefon. Ich langte mir den Hörer über Nuchalis blauschwarze Haare, die meinen Bauch bedeckten. Nach Wiglaff konnte es nur noch aufwärtsgehen.

»Harder.«

»Ich rufe auf das Inserat an. ›Bergungsexperte für außergewöhnliche Fälle‹. Sind Sie das?«

Eine angenehme, weiche Frauenstimme. Eine Stimme, die nach Geld klang.

»Ja«, sagte ich, »das bin ich.«

2

Am Flughafen Hannover-Langenhagen mietete ich einen silbergrauen Honda Accord. Als ich losfuhr, war es früher Nachmittag, die Sonne schien noch kräftiger als in Berlin. Bei Altwarmbüchen führte die Autobahn durchs Moor. Ich erinnerte mich noch an die Proteste, die es damals gegen den Bau der Autobahnstrecke gegeben hatte. Sie hatten natürlich nichts genützt. Im Moor gab es eben wenig Arbeitsplätze, seit die KZs nicht mehr in Betrieb waren.

Hannover, immer für eine richtig schmutzige Geschichte gut. Sozis, Gewerkschaften, Krisenbranchen, Wohnungsbau, Banken, Bahlsen, der ganze Klüngel, der auf Macht *und* Masse baute. Ich hatte früher manchmal reingerochen, aber die Stories waren kaum unterzubringen gewesen, und jetzt, wo der gigantische Beschiss klar zutage lag, konnten die Leute ihn nicht mehr ab. Und ich war nicht mehr im Geschäft.

Nachdem ich durch Ricklingen war, nahm ich die B 217 Richtung Hameln. Flaches, nahrhaftes Land, flimmernd in einem verspäteten Altweibersommer. In Weetzen rauchten die Schlote der Zuckerfabrik. Rüben, dicke Bohnen, Kartoffeln. Am Horizont zog sich der dunkle Kamm des Deisters hin. Traktoren waren unterwegs, Lieferwagen, Vertreter, der Bund. Krähenschwärme. Und Leute wie ich, denen das Wasser bis zum Hals stand. Ich fuhr durch Holtensen, und bei dem Schild SAUPARK-ELDAGSEN kurz vor Springe bog ich ab und fuhr den Hügel hoch. Volksen. Feine Gegend. Erst Klinkerhäuschen und Opel, dann, am Hang hoch, Bungalows, Villen, die großen Daimler, und auch mal ein Porsche. Auf dem Hang dichter Wald. Ich fand die Straße, parkte eine Ecke weiter. Bis auf eine Frau, die in einem Garten arbeitete, war niemand zu sehen. Ich atmete tief durch. Nach Berlin fast ein Ozonschock. Und dann der weite Blick über die Ebene. Das wollte alles bezahlt sein.

Ein großes Grundstück mit Fichten und Blautannen, genug Platz für einen Garten, eine Doppelgarage und einen weißen Bungalow in der Form eines L, das auf dem Kopf stand, der Seitenflügel zur Straße hin eine riesige Fensterfront. Die Zufahrt zur Garage war verschlossen, auch die schmiedeeiserne Tür in der niedrigen Mauer, die das Grundstück umgab. Ein diskretes Namensschild: N. S.-S. Die einzigen Geräusche, die zu hören waren, Vogelgezirpe, das Grummeln des Verkehrs auf der B 217, vergrößerten nur die Stille. Ich drückte auf den Klingelknopf neben der Sprechanlage. Ich musste ungefähr eine halbe Minute warten.

»Ja, bitte?«

»Harder aus Berlin.«

»Oh, kommen Sie doch rein.«

Sie betätigte den Öffner. Von nahem gesehen schien der Garten etwas vernachlässigt, Geräte lagen herum, verfaultes Obst, Blumen hätten geschnitten werden müssen, und einige der Platten, die zur Haustür führten, waren lose. Die Haustür ging auf, ein schwarzer Hirtenhund begrüßte mich begeistert, und die Frau, die da stand, war bestimmt nicht die Haushälterin.

»Ich finde es toll, dass Sie gleich gekommen sind«, sagte Nora Schäfer-Scheunemann, nachdem der Hund, den sie Sascha nannte, sich etwas beruhigt hatte.

»Ich hatte den Eindruck, dass die Sache eilt«, sagte ich, nachdem ich meine Stimme einigermaßen unter Kontrolle hatte.

»Wie sind Sie auf die Idee mit dem Bergungsspezialisten verfallen, Herr Harder?«

Wir saßen in dem Zimmer mit der Fensterfront. Zimmer klingt zu mickrig. Es war ein großer Raum, mindestens 150 Quadratmeter, der in verschiedene Bereiche aufgeteilt war, eine rustikale Essecke, eine mit Bücherregalen abgegrenzte Fernsehecke, eine Sitzecke, deren Mittelpunkt eine Sofa-Diwan-Kombination aus verschiedenfarbigen Leder- und Stoffteilen abgab, dazu noch bequeme alte Ledersessel und ein niedriger Glastisch. Die Teppiche hatten das sachte Glühen alter Perser, die Bilder an den Wänden waren Abstrakte, die an die 50er Jahre erinnerten, in dem offenen Kamin lagen noch Holzscheite vom letzten Winter, der Blick durch die Fensterfront war bestimmt viel Geld wert. Aber der auf Nora Schäfer-Scheunemann war besser.

»Ich wollte mal etwas anderes machen, etwas Ausgefallenes, berufsmäßig Exotisches«, erklärte ich. »Aber nicht in der Heide als alternativer Heidschnuckenschäfer oder Gold schmuggeln in Fernost, sondern etwas, das schon noch mit meinem Beruf zu tun hat. Nur viel direkter in der Ausführung.«

Sie runzelte die Stirn, und sie war eine Blondine, die

sich das erlauben konnte, ohne dümmlich zu wirken. Nora Schäfer-Scheunemann war fast so groß wie ich, und ich bin eins achtzig, schlank, aber nicht mager, hatte eine modisch strähnige Frisur und ein schmales, nicht ganz symmetrisches Gesicht mit weit auseinanderstehenden blaugrünen Augen, einen vollen Mund, der am besten aussah, wenn sie kurz mit der Zunge über die Oberlippe fuhr, einen makellosen Teint und lange Beine. Auf den ersten Blick konnte man sie für eine von den typisch hannoverschen Blondinen aus gutem Haus halten, die so unantastbar aussehen, als ob sie auch auf dem Höhepunkt der Lust nur reinstes Hochdeutsch sprechen; aber wenn man die Augen und den Mund lange genug betrachtet hatte, kam man zu dem Schluss, dass die Höhepunkte, die sie versprachen, völlig anders sein würden. Ich schätzte sie auf Ende dreißig, Anfang vierzig, aber sie konnte auch zehn Jahre jünger – oder zehn Jahre älter sein.

Sie trug etwas Weißes und Cremefarbenes aus Seide, das ihren Körper umfloss, eine Andeutung von Parfüm, und außer einem Ring nur eine Perlenkette, die so simpel aussah wie alles, was wirklich seinen Preis wert ist. Um die Nase mit den zwei Steilfalten, die sie gar nicht erst mit Make-up zu verdecken suchte, lag eine Härte, die seltsam kontrastierte mit dem Schleier, der ihr Gesicht zu verhängen schien – und ich glaube nicht, dass der von der Herbstsonne im Zimmer kam oder von meinem Anblick. Eher schon von dem, was ich gesagt hatte.

»Das müssen Sie mir etwas genauer erklären, fürchte ich.« Sie beugte sich in ihrem Sessel vor. »Was haben Sie beruflich bisher gemacht?«

»Ich war Journalist«, sagte ich, »habe von der Pike auf gelernt, habe dann vor allem Serien gemacht, aber dazwischen auch andere Sachen, Werbung, PR …«

»Journalist!« Die Kerben um ihre Nase vertieften sich. »Dann machen Sie das womöglich nur, um hinterher einen Artikel zu schreiben?«

»Auf keinen Fall, Frau Schäfer-Scheunemann. Ich arbeite nicht mehr als Journalist. Nur schadet dieser berufliche Background bei dem Job nicht.«

Sie sah mich schweigend an, wie eine Ware, die man sich per Katalog ins Haus geholt hat, und nun weiß man nicht, was man damit anfangen soll. Ich trug meine übliche Kluft, dunkles Hemd, dunkle Hose, weißer Lederschlips und die maßgeschneiderte Lederjacke, die mir immer noch eine Nummer zu groß ist. Meine Stiefel waren nicht geputzt, und das Hemd war auch nicht gerade frisch, aber ich hatte mich rasiert, und es gibt Frauen, die finden, ich sehe erst gut aus, wenn ich drei Tage durchgemacht habe. Schließlich sagte sie:

»Haben Sie die Jacke jemandem abgenommen?«

»Ja, aber bei einem Pokerspiel.«

»Ich hatte das Gefühl, dass Sie wie ein Spieler aussehen.«

»Kennen Sie viele?«

»Einige schon, Herr Harder. Ich spiele selbst ganz gern. Allerdings nicht Poker, sondern Roulette.«

»Dazu braucht man ein ziemlich hohes Startkapital.«

»Braucht man das nicht immer im Leben? Ich habe Sie noch gar nicht gefragt, was Sie trinken möchten.«

»Ein Glas Milch wäre mir recht.«

»Milch?«

»Kein Alkohol bei der Arbeit, ist mein Prinzip. Und Milch hat einen höheren Nährwert als Kaffee.«

»Sie können so viel Milch bekommen, wie Sie wollen.«

Sie besorgte mir einen Krug, sich selbst mischte sie einen Campari-Soda. Ich bot ihr eine Zigarette an, aber sie schüttelte lächelnd den Kopf. Die Sonne spielte mit ihrem Haar, und sie spielte mit ihren Perlen, und sie sah aus wie ein Titel für eine der smarten Frauenzeitschriften – oder wie eine Million, an die man noch schwerer rankam als an die auf der Bank.

»Darf ich fragen, wie alt Sie sind, Herr Harder?«

»Sagen Sie einfach Harder. Ich bin achtunddreißig, eins achtzig groß, wiege ohne Socken 84 Kilo, geschieden, ein Kind, rauche 30 bis 40 Zigaretten am Tag, trinke außer Milch am liebsten Wodka, habe keine abgeschlossene Schul- oder Hochschulbildung, spreche mangelhaft Englisch und genug Französisch, um notfalls zurechtzukommen, habe mir meine Brötchen immer selbst verdient, wie, wissen Sie schon. Ach ja: vorbestraft.«

»Warum?«

»Trunkenheit am Steuer, und dann habe ich mal einen Polizisten verprügelt. Seitdem habe ich eine Brücke oben rechts und manchmal eine Hörschwäche im rechten Ohr, aber das kann auch Einbildung sein.«

»Und das hat Ihnen beruflich nicht geschadet?«

»Warum sollte es? Pack schlägt sich, Pack verträgt sich.«

Sie nickte, als hätte sie das auch schon immer vermutet.

»Lebt Ihr Kind bei der Mutter?«

»Anna? Sie besucht ein Internat in England. Sie ist jetzt zwölf.«

»Ist das nicht schrecklich teuer?«

»Meine Exfrau verdient nicht schlecht. Und ich trage natürlich auch etwas dazu bei.«

»Sehen Sie Ihre Tochter oft?«

Ich steckte mir die Zigarette an, blies den Rauch weit ins Zimmer und schlug die Beine übereinander. Durch die Fensterfront drang das ferne Mahlen des Verkehrs. Als das Haus gebaut wurde, war der noch weit weg gewesen.

»Ich sehe nicht, was meine Tochter mit dem zu tun haben könnte, womit Sie mich beauftragen wollen«, sagte ich.

»Ich versuche nur, mir ein Bild von Ihnen zu machen. Und zu diesem Bild gehört auch, dass Sie eine Tochter haben. Schließlich muss ich ja wissen, ob ich Ihnen vertrauen kann.«

»Das mit dem Vertrauen gilt für beide Seiten, Frau Schäfer-Scheunemann.«

»Haben Sie das schon oft gemacht, etwas geborgen?«

»Ich habe eine gewisse Erfahrung darin.«

»Und worum hat es sich dabei bisher gehandelt?«

»Sie werden verstehen, wenn ich da nicht ins Detail gehen kann. Die absolute Diskretion, die ich Ihnen zusichere, sichere ich jedem zu, der meine Hilfe in Anspruch nimmt.«

»Sie sind aber doch kein Privatdetektiv?«

»Ich lehne alles ab, was amtlich ist. Ich arbeite dazwischen, wenn Sie mich verstehen.«

Ihre Augen konnten schimmern wie Opale. Sie pickte einen Krümel von der Lippe, betrachtete ihn einen Augenblick stirnrunzelnd, zog dann ihr Kleid um sich, als habe ein kühler Windhauch sie gestreift, und sah mich seufzend an.

»Ich weiß nicht, ob ich Sie verstehe. Ich versuche es. Ich versuche auch, Ihre Anzeige zu verstehen.« Sie hatte die Zeitschrift mit der Anzeige aufgeschlagen auf dem Glastisch, nahm sie zur Hand und las sie vor, wie sie sie wahrscheinlich schon dutzende Mal vorgelesen hatte, sich, dem Hund, dem großen Haus.

»›Sind Sie verzweifelt? Wissen Sie nicht mehr weiter? Haben alle üblichen Instanzen versagt? Dann wenden Sie sich an Ihren Bergungsexperten für außergewöhnliche Fälle, Berlin, Postfach, oder im Notfall Telefon …‹ Ich weiß nicht, was ich davon halten soll, Herr Harder. Ich muss wohl ein Notfall sein. Bekommen Sie viele Anrufe?«

»Nicht so viele, dass ich mir schon einen Anrufbeantworter zulegen müsste.«

»Aber Sie leben von dieser – hm – Arbeit?«

»Sonst säße ich nicht hier.«

»Verstehen Sie sie als eine Art Lebensberatung?«

»Ich ziehe den Ausdruck Krisenhilfe vor.«

»Aber es gibt keine Referenzen, keine Legitimationen bei dieser Arbeit. Niemand ist verpflichtet, Ihnen eine Auskunft zu geben.«

»Sie wären überrascht, was man alles erfährt, auch wenn man kein amtliches Dokument vorlegen kann. Aber wenn es Ihnen um Referenzen geht – rufen Sie Kriminaloberrat Smetana bei der Berliner Kripo an, der kann Ihnen zumindest garantieren, dass ich meine Spesenabrechnung machen kann, ohne mehr als zehn Orthographiefehler reinzubringen. Und dass ich die Schnauze halten kann. Dass ich nicht mit Ihrem Silberbesteck abhaue, wird er Ihnen allerdings nicht garantieren.«

»Sie arbeiten also mit der Polizei zusammen?«

»So einen Job macht man nicht, ohne bestimmte Leute zu kennen. Sie segeln auch nicht ohne Kompass.«

»Nein? Aber in diesem Fall darf die Polizei nichts erfahren.«

»Warum sagen Sie mir nicht, worum es geht?«

»Jedenfalls nicht um mein Silberbesteck.«

»Das hätte mich auch nicht interessiert.«

»Ach, Sie nehmen nicht jeden, der zu Ihnen kommt?«

»Nein. Sie?«

Wir starrten uns einen Augenblick lang an, dann rang sie sich ein Lächeln ab. Es war kompliziert, weil das ganze Gesicht damit zu tun hatte, aber als es da war, bekam ich einen trockenen Mund.

»Vielleicht sind Sie doch der Richtige für diese Arbeit«, sagte sie.

»Dann engagieren Sie mich also, Frau Schäfer-Scheunemann?«

»Sagen Sie bitte Nora, Harder. Zumindest erzähle ich Ihnen, worum es geht. Meine Tochter ist verschwunden.«

3

Paul und ich heirateten, als Miriam unterwegs war«, erzählte Nora Schäfer-Scheunemann. »Mein Mann war vierzig, ich zweiundzwanzig. Es war vielleicht nicht gerade das, was man eine Liebesheirat nennt, aber diese Ehe schien doch eine lohnende Aufgabe für mich zu sein. Ich ließ mich, wenn Sie den Ausdruck noch kennen, in eine Pflicht nehmen. Wo ich herkomme, galt das noch etwas.«

»Wann war das?«

»Miriam kam im Dezember 1965 zur Welt.«

Dann wurde sie also nächsten Monat neunzehn, und ich war drei Jahre jünger als die Blondine, die so tat, als stamme sie aus der fernen fremden Welt der Welfen.

»Woher kannten Sie Ihren Mann?«

»Paul war damals noch in der Baubranche. Ich hatte meine Eltern verloren und musste mir selbst meinen Lebensunterhalt verdienen, und im April 1964 fing ich als Sekretärin in Pauls Firma an. Pinggel & Scheunemann, Hannover. Pinggel war schon seit den fünfziger Jahren groß im Geschäft, sozialer Wohnungsbau. Paul war als Architekt in die Firma eingetreten und wurde dann Pinggels Kompagnon. Ende der fünfziger, Anfang der sechziger Jahre wussten sie gar nicht, wie sie die Siedlungen so schnell hochziehen sollten. Es war ein richtiger Boom, aber es ging dann auch sehr fix zu Ende, als sie sich finanziell übernahmen. 1971 kam der geschäftliche Zusammenbruch. Pinggel ging später ins Investmentgeschäft, er sitzt heute irgendwo in der Karibik und kämpft gegen seine Auslieferung. Paul ging in die Politik. 1978 ließ ich mich scheiden, aber die Ehe bestand damals schon lange nur noch auf dem Papier.«

»Hatten Sie sich auseinandergelebt?«

»Mein lieber Harder, als Journalist werden Sie das ja wohl nachvollziehen können. Politik aus nächster Nähe beobachten zu müssen, dieses widerliche Geschäft …«

»Schmutzig ist es schon«, sagte ich. »Wie nahe war denn die nächste Nähe?«

»Paul hat es nicht ganz nach oben gebracht, aber er musste natürlich da mitmischen, wo es um Geld ging. Er sah sich als Abgeordneter oder Minister in Bonn, und diese Leute haben immer nur seine Verbindungen und seine Möglichkeiten ausgenützt, um ihre Kassen aufzufüllen. Und dafür haben sie ihn auch noch verachtet, diese Gewerkschaftssekretäre und kleinen fetten Parteibonzen, diese unappetitlichen Raffkes …«

So viel Ekel konnte nicht nur gespielt sein, aber je länger sie mit ihm spielte, desto mehr entstellte er sie. »Kein Wunder, dass Sie das irgendwann satthatten«, unterbrach ich sie. »Demokratie ist wirklich nicht gut für den Teint.«

Sie brauchte einen Augenblick, aber dann konnte sie schon fast wieder lächeln. »Sie sind auch ein Zyniker«, sagte sie, »aber mit dieser Art Zynismus kann ich umgehen. Mit Pauls Zynismus ging es nicht.«

»Aber dieses Haus hatten Sie damals schon?«

»Das Haus baute Paul noch Anfang der siebziger Jahre,

und bei der Scheidung hat er es mir übertragen. Ich habe dafür auf den Unterhalt verzichtet.«

»Ziemlich großmütig.«

»Ich weiß nicht, wie Sie das geregelt haben. Das, was Paul ins Haus brachte, als er noch Geschäftsmann war, konnte ich nehmen. Das schmierige Geld aus der Politik nicht.«

»Schmiergeld?«

»Schmieriges Geld. Ich habe selbst auf Zahlungen für Miriam verzichtet, als sie sechzehn wurde.«

»Das wird dann aber nicht leicht gewesen sein, das Haus hier zu halten.«

Es hörte sich schon an wie ein Gespräch unter Bekannten, und der Blick, mit dem sie mich streifte, kam mir merkwürdig vertraulich vor. Obacht, dachte ich. Draußen dämmerte es allmählich.

»Es war auch nicht leicht«, sagte Nora. »Es ist nicht leicht. Nicht als alleinstehende, geschiedene Mutter. Nicht als die Frau, die vor Jahren mal den Chef geheiratet hat. Nicht unter diesen Leuten, Harder, in diesen Häusern. Ich habe das einmal verloren, und jetzt wollte ich es nicht mehr verlieren. Ich wollte, dass Miriam in ihrem eigenen vertrauten Haus aufwächst und nicht in einer Mietwohnung in Hannover-Südstadt. Ich habe mich auch an diesen Blick gewöhnt, an die Luft, die man noch atmen kann, an den Wald, der noch da ist. Miriam und ich, wir haben oft ganze Tage hier oben gesessen und hinuntergeblickt, auf die Felder und die Dörfer und die Autos und die Ameisen. Es gab eine Zeit, nachdem Paul endgültig fort war, ich glaube, so glücklich werde ich nie mehr sein. Leicht, nein leicht war es nicht. Wenn das Glück leicht ist, spürt man es ja auch nicht.«

Rührend. »Und Paul, was macht er heute?«

»Ich denke, er macht immer noch seine schmutzigen Geschäfte.«

»Wo?«

»In Hannover.«

»Sie haben überhaupt keinen Kontakt mit ihm?«

»Wir sehen uns vielleicht einmal im Jahr, das genügt.«

»Und Miriam?«

»Miriam würde lieber eine Giftschlange anfassen, als Paul die Hand zu geben.«

»Seit wann ist Miriam verschwunden?«

Plötzlich zuckten ihre Schultern, und sie legte die Hände vors Gesicht und schluchzte. In meinem Beruf gewöhnt man sich an schluchzende Frauen, aber nicht so sehr, dass man ihnen nicht den Arm um die Schulter legen möchte – vor allem, wenn sie so aussehen wie Nora Schäfer-Scheunemann. Andererseits hatte sie mir auch schon eine Menge Sülze aufgetischt. Ich blieb sitzen und steckte mir eine Zigarette an und wartete, bis sie sich wieder gefasst und mit einem Taschentuch abgetupft und einen neuen Campari gemixt hatte, dessen Farbe nun schon tiefrot blieb.

»Miriam ist seit einem halben Jahr verschwunden, Harder«, sagte sie dann, und ihre Stimme klang jetzt rauh und hart und erregt. »Und ich spüre, dass Paul etwas mit ihrem Verschwinden zu tun hat. Er hat sich nie damit abgefunden, dass Miriam bei mir ist. Und jetzt hat er sie in seine Gewalt gebracht.«

»Das ist eine ziemlich happige Beschuldigung«, sagte ich. »Haben Sie dafür Beweise, Nora? Dann wäre es am besten, Sie wenden sich an die Polizei.«

»An die Polizei? Die lachen mich doch aus. Ich dachte, Sie wüssten, in welcher Welt wir leben.«

»Das wissen wir alle. Mehr oder weniger. Wenn Sie Anhaltspunkte dafür haben, dass Ihr Exmann Ihre Tochter gekidnappt hat, dann schalten Sie die Polizei ein, Nora. Die Leute da wissen nämlich mit am besten, in welcher Welt wir leben.«

»Ich behaupte ja nicht, dass er sie gekidnappt hat.«

»Miriam ist achtzehn, fast neunzehn. Wenn keine Anhaltspunkte für ein Verbrechen vorliegen, kann die Kripo ohnehin nur wenig unternehmen. Sie haben die Polizei aber doch von Miriams Verschwinden in Kenntnis gesetzt?«

»Wozu, Harder? Sie sagen doch selbst, dass die Polizei in solchen Fällen nichts machen kann.«

»So ist es nun auch wieder nicht. Wenn sie irgendwo polizeilich gemeldet oder ihr Name zur Personenfahndung ausgeschrieben ist, dann wird sie auch unweigerlich irgendwann ermittelt.«

Sie stand immer noch an der Bar, und die Eiswürfel in ihrem Glas klirrten, als sie die Hand ausstreckte. Sie war jetzt richtig zornig.

»Vielleicht sind Sie doch nicht der geeignete Mann für solch einen Auftrag, Herr Harder. Aufgrund Ihrer Annonce hatte ich damit gerechnet, dass Sie zumindest eine gewisse Entschlossenheit mitbringen, um diese Art von Arbeit auch durchzuführen, eine gewisse Bereitschaft, sich abseits der üblichen Pfade zu bewegen. Und dann kommen Sie und erzählen mir etwas von den polizeilichen Methoden der Personenfahndung. Von jemandem, der meine verschwundene Tochter *bergen* will, erwarte ich doch etwas mehr.«

Ich stand langsam auf, ging aber nicht, wie sie erwartet hatte, auf sie zu, sondern zur Fensterfront. Ich machte einen Zug aus der Zigarette und schnippte die Asche auf den Perserteppich. An dem mit Stahlplatten verschalten Bungalow gegenüber glühte überm Eingang eine pinkfarbene Neonröhre in Form eines Herzens.

»Nett«, sagte ich. »Sie und Miriam hier oben, der böse Papi ist endlich aus dem Haus, da kommt Freude auf. Zum Leben braucht man ja nicht mehr viel, wenn man das hier hat, ein bisschen Obst aus dem Garten, wer auf dem Land lebt, lebt reell. Wunderbar, wie man auch heute noch seine eigene kleine Märchenwelt haben kann, fünf Minuten von der B 217, eine halbe Stunde nach Hannover, so viel ist vom Wald ja noch da. Und der böse, böse Papi mit der bösen, bösen Politik ist weit, weit weg. Überhaupt die böse, böse Welt.« Ich drehte mich um. Sie hatte sich nicht von der Stelle gerührt. Der Hund, der in einem Korb in der Essecke lag, grunzte im Schlaf. »Und dann wird das kleine Töchterchen doch mal größer, und irgendwann ist dann auch die böse Welt wieder da, mitten im Haus. Sie können sich mitten im Deister in einem Atombunker einbuddeln, Verehrteste, und die böse Welt wird doch dabei sein. Sie ist nämlich in Ihrem Kopf. Und wenn Ihre Tochter einen Kopf hat, dann ist sie auch in ihrem Kopf. Kommen Sie mir also nicht mit irgendeiner Entschlossenheit, die Sie von mir erwarten. Geben Sie erst mal mit größter Entschlossenheit zu, dass Ihre Tochter verschwunden ist und dass Sie keine Ahnung haben, warum, wohin und wie lange noch, und dass Ihnen das weh tut, verdammt weh tut, und dass Sie schlichtweg Angst haben, ganz dicke, große, fette Angst, dass dahinter irgendetwas steckt, was Ihr Leben noch ganz furchtbar verändern kann. So verändern kann, dass es kaputtgeht davon. Deshalb sind Sie nicht zur Polizei gegangen, und deshalb klammern Sie sich an die Vorstellung, Ihr Exmann hätte seine Finger im Spiel. Und deshalb haben Sie auf meine Annonce reagiert. Sie brauchen jemand, der Ihre Angst übernimmt. So, und jetzt geben Sie mir mal einen Wodka. Pur, vierstöckig und mit Eis.«

Sie gab mir den Wodka und ein Foto von Miriam, das sie schon bereitliegen hatte, und dann ließ sie sich auf dem Sofa-Diwan nieder, den Rücken an ein Polster gelehnt, die Füße, die in goldenen Ballettschuhen steckten, am Kopf des Hundes, der zu ihr getappt war, als er gespürt hatte, dass Frauchen ihn brauchte. Die Augen auf die rauchige Dämmerung geheftet, erzählte sie mir von ihrer Tochter, aber viel kam nicht dabei heraus. Ich meine, wessen Tochter war schließlich nicht sensibel und künstlerisch veranlagt und tierlieb und religiös und unheimlich bewusst, was die große Krise der Zivilisation betraf, wenn man ihr das bisschen Welt nahebringen konnte, das sie dafür brauchte? Annas Internat kostete achthundert Eier im Monat, und ich hoffte, dass ihr die Engländer etwas mehr beibrachten. Miriam hatte die Schule schon vor einem Jahr geschmissen.

»Warum?«

»Sie glaubte, dass sie das nicht brauchte, was sie dort lernen sollte.«

»Ohne Abitur steht sie aber dumm da.«

»Sie haben doch auch kein Abitur.«

»Ich bin aber auch nicht besonders sensibel. Was will Miriam denn werden?«

»Auf jeden Fall etwas, bei dem eine andere Art von Kreativität verlangt wird als auf der Schule. Ich wollte sie jedenfalls nicht zwingen, in irgendeine Richtung zu gehen.«

»In irgendeine Richtung ist sie aber gegangen, als sie hier verschwand. Nimmt sie Drogen?«

»Tun wir das nicht alle, Harder?«

»Möglich. Ist sie abhängig?«

Sie dachte einen Augenblick nach. »Sie braucht Zuneigung, wie Blumen Wasser brauchen.«

»Ah ja.« Ich betrachtete das Mädchen auf dem Foto. Es war ein 9 × 13-Abzug, und die Aufnahme war von jemandem gemacht worden, der Ahnung vom Fotografieren hatte und das Mädchen kannte, denn er hatte ihr Gesicht so getroffen, dass das, was sein Vorteil war – die Lebendigkeit der Augen und des Mundes –, sofort auffiel. Das Lächeln war wirklich hinreißend, die Ähnlichkeit mit dem der Mutter frappierend. So lächelte man nur für jemand, den man gern hatte.

»Was ist das für eine Haarfarbe? Brünett? Rot?«

»Sie hat dunkle Haare, Harder.«

»Von ihrem Vater, nehme ich an.«

»Darüber habe ich mir nie Gedanken gemacht.«

»Haben Sie sich vielleicht schon darüber Gedanken gemacht, ob Miriam irgendwo einen Freund hatte oder eine Freundin oder eine Gruppe von Freunden, die vielleicht alle heimlich davon geträumt haben, die Mücke zu machen? Das große Abenteuer zu suchen?«

Sie nahm noch einen Schluck Campari – es war ihr dritter – und schüttelte dann den Kopf. »Die paar Freunde, die sie hier hatte, die von der Schule, von denen hat keiner eine Ahnung, Harder. Von Miriam nicht, von gar nichts. Und in Berlin ...«

»Berlin? Davon war ja noch gar nicht die Rede.«

»Es war von vielem noch nicht die Rede. Sie hat Verwandte in Berlin, in Kladow, die sie gelegentlich besucht hat. Verwandte Pauls, aber ich habe ihr immer zugeraten zu diesen Besuchen, gerade weil es solche Spießer sind im Grunde. Man muss wissen, was die Spießer denken, wenn man in diesem Land lebt.«

Ich notierte mir die Adresse in Kladow. Vielleicht hatte ich dieser Frau Unrecht getan, die so weit abgewandt tat, ein zarter Traum in Blond und Pastell mit goldenem Ballettschuh. Hinter der Geschichte steckt mehr, dachte ich.

»Das ist doch mal ein Anhaltspunkt«, sagte ich. »In Berlin kann man leicht unter die Räder kommen.«

»Ich habe Ihnen doch gesagt, wo Sie anfangen müssen zu suchen. Bei Paul.«

»Mach ich auch«, sagte ich. »Vorausgesetzt wir werden uns einig.«

»Ich dachte, wir wären uns schon einig.«

Unsere Blicke kreuzten sich, und mein Mund wurde wieder trocken. Ich nahm einen Schluck Wodka. Er schmeckte jetzt lange nicht mehr so gut, wie diese Sorte Wodka sonst schmeckt.

»Wir werden uns bestimmt einig«, sagte ich. »Wann war Miriam zuletzt in Kladow?«

»Über Ostern. Dann kam sie zurück, alles war wie immer, und ein paar Tage später war sie verschwunden.«

»Hat sie Sachen mitgenommen?«

»Bei ihren Kleidern wüsste ich das nicht. Von ihren Lieblingsbüchern fehlt keins. Von dem Konto, das ich ihr eingerichtet hatte, ist seither nichts abgebucht worden.«

»Was für eine Einstellung hat Miriam zum Geld?«

»Wie meinen Sie das, Harder?«

»Ihnen wird doch auch schon der Gedanke gekommen sein, dass jemand vom Verschwinden Ihrer Tochter profitieren könnte. Unter Umständen auch sie selbst.«

»Ein hässlicher Gedanke.«

»Solche Dinge sind immer hässlich.«

»Und wozu dann ein halbes Jahr warten?«

»Auch wahr. Ihre Tochter ist spurlos verschwunden, und nach einem halben Jahr sehen Sie zufällig eine etwas merkwürdige Anzeige in einer Zeitschrift und entschließen sich ganz spontan, die Hilfe, von der in der Anzeige die Rede ist, in Anspruch zu nehmen. Sie müssen wirklich verzweifelt sein, Nora. Und was waren Sie in den sechs Monaten seit Ostern?«

Sie hatte sich aufgerichtet und fuhr dem Hund mit den Fingern durch seine Wolle. »Nun, ich gebe zu, ich habe zuerst gedacht, Miriam sei … über alle Berge. Wir hatten in letzter Zeit kein solch enges Verhältnis mehr. Emotionell immer noch, aber im täglichen Leben – nun ja, sie ist eben kein Kind mehr.« Sie sah mich an. Von ihren Augen war nichts abzulesen. »Ich dachte, sie wird sich schon melden. Ein Freund, eine Reise, ein Abenteuer – natürlich gibt es das. Aber nach drei Monaten habe ich nicht mehr daran geglaubt, und jetzt glaube ich erst recht nicht mehr daran. Ich spüre es, dass jemand seine Hand im Spiel dabei hat.

Paul. Paul wollte sie mir immer wegnehmen. Als sie noch klein war, war er nicht an ihr interessiert, aber jetzt, wo sie so geworden ist, wie ich es mir wünschte, jetzt hat er sie mir weggenommen.«

»Und was, stellen Sie sich vor, hat er mit ihr gemacht? In ein Kloster gesteckt?«

»Es gibt viele Möglichkeiten, jemanden festzuhalten.«

»Ein waches, intelligentes Mädchen, das ihn nicht leiden kann?«

»Wenn Sie wüssten, wozu Menschen wie Paul fähig sind, würden Sie nicht hier sitzen und Fragen stellen. Sie würden das tun, was Sie in Ihrer Anzeige versprechen. Sie würden handeln.«

Ich steckte mein Notizbuch ein. »Das werde ich auch, Nora. Was ich an Anhaltspunkten habe, passt zwar unter einen Stecknadelkopf, aber ich werde versuchen, Ihre Tochter zu finden.«

»Ich gebe Ihnen viel Geld, wenn Sie sie mir wiederbringen.«

»Dass ich sie Ihnen wiederbringe, kann ich nicht versprechen. Das hängt davon ab, ob Miriam es will.«

»Ich gebe Ihnen zwanzigtausend Mark, Harder.«

Das waren fünf Artikel in der guten alten Zeit. Und noch nicht die Hälfte dessen, was Wiglaff und der Staat von mir wollten. Aber wer im Dreck steckte, konnte keinen Kaviar erwarten. Und wenn die Tochter nur halb so schön und so kirre war wie die Mutter, versprach dieser Job eine muntere Abwechslung.

4

Catchen hatte Zulauf. Das Schützenzelt war schon zum ersten Kampf des Abends gut besucht, und das an einem Montag. Nur Kleppinger hatte eine Bank für sich – die Pressebank. Im schummrigen Licht sah sein Gesicht noch grauer und eingefallener aus als vor vier Jahren bei unserem letzten Treff, und seine zerzausten Haarbüschel hatten die gleiche Farbe wie der Rauch, der aus seiner Pfeife stieg. Ich rutschte so nahe an ihn heran, dass ich seinen Mundgeruch wahrnahm – Knaster, rohe Zwiebeln und Korn. Viel Korn.

»Lass uns irgendwohin gehen, wo wir reden können«, sagte ich.

Im Ring trampelte gerade ein Catcher mit einer Maske auf seinem Gegner herum, und die Leute feuerten ihn an. Mach ihn alle, das Tier.

»Immer noch der alte Harder«, sagte Kleppinger, ohne die Pfeife aus dem Mund zu nehmen. »Einmal kurz ins Leben, und fertig ist die Serie.«

»Der erste Kampf ist doch nur zum Aufwärmen. Und diesmal geht es nicht um eine Pipifax-Serie.«

Schließlich steckte Kleppinger das Programmheft ein, das er schon mit seinen Hieroglyphen bedeckt hatte, und wir drängelten uns aus dem Zelt. Als wir uns noch einmal umblickten, schoss der Kahlkopf, den sie Le Grand Vladimir nannten, mit ausgestreckten Beinen durch den Ring und erwischte den Maskierten an den Schulterblättern. Sie krachten zusammen auf die Matte. Die Seile wippten. Der Referee tanzte um sie herum. Die Meute tobte. Le Grand Vladimir stand auf dem Rücken der Maske und trommelte mit beiden Fäusten auf seine Brust wie ein alter Orang-Utan, der dem Clan bewiesen hat, dass er immer noch alle Tricks beherrscht.

»Vladimir und die Maske – irgendwie erinnert mich das an die Kommunalpolitik«, sagte Kleppinger und sah dabei fast glücklich aus.

Was heißt hier Kommunalpolitik, dachte ich. Draußen stiegen vom Bratwurststand verlockende Düfte in die kühle Nachtluft. Vom Maschsee wehte ein sachtes Windchen über den Platz. Wir holten uns einen Pappbecher Bier, und ich gab Kleppinger eine Bratwurst aus. Ich hatte schließlich von Nora noch Spesenvorschuss gezogen, 3000 bar auf die Hand. Gelegentlich nickte jemand Kleppinger zu. Catch-Fans sind eine Gemeinde. Lokalreporter haben eine.

Ein Amischlitten hielt vor dem Kassenhäuschen, ein Mann mit wadenlangem Pelzmantel und blonder Dauerwelle und eine dunkelgelockte reife Schönheit in einem knappsitzenden Tigerdress stiegen aus. Sie hatten Ehrenkarten, und der Einlasser machte einen Bückling, bevor sie sich durch das Spalier von Gaffern ins Zelt bewegten.

»Rührend«, sagte Kleppinger mit einem Mund voll Bratwurst. »Und vorbildlich. Da verlassen sie in einer Novembernacht das Penthouse mit den Perserteppichen über der Fußbodenheizung, der Massagebank, dem dreißig Jahre alten Whisky, der Sauna und der Videothek mit fünfhundert Titeln vom Hardcore-Porno bis zur Heimatschnulze und begeben sich in ein schlecht beheiztes und miefiges Bierzelt, umgeben von minderwertigen Menschen, die aus dem Mund riechen und am Fließband arbeiten oder bei der Konkurrenz, wenn sie überhaupt arbeiten, und warum? Kannst du mir das sagen?«

Ich tat ihm den Gefallen und schüttelte den Kopf.

»Aus Loyalität.«

Ich nickte und nahm einen Schluck Bier. Das hannoversche Bier war noch nie mein Fall gewesen, im Gegensatz zu den hannoverschen Frauen.

»Loyalität, Harder, ein Schlüsselwort.«

Kleppinger knüllte seinen Pappteller zusammen, warf ihn in die Abfalltonne und tupfte sich mit einem seiner karierten Taschentücher den Mund ab. Ihm konnte keiner Loyalität absprechen – seit zwanzig Jahren dieselbe Frau, dieselbe Zeitung, dieselben Taschentücher. Den blauen Trenchcoat kannte ich auch schon lange, und die kleinen Abschweifungen, mit denen er die Häppchen garnierte, die er als Informationen ausgab, waren keineswegs eine Alterserscheinung.

»Nach deinem Anruf«, sagte Kleppinger, »habe ich mich mal umgehört. Bei der Kripo liegt nichts vor in Sachen Miriam Schäfer-Scheunemann. Nie aktenkundig geworden, keine Vermisstenanzeige, gemeldet nach wie vor in Volksen. Nun sag mir mal, was das alles soll. Schon wieder eine Serie über Trebegängerinnen aus dem bürgerlichen Milieu, das dir immer solche Rätsel aufgegeben hat?«

Er versuchte die Pfeife in Brand zu setzen, aber der Wind

war stärker geworden, und nach drei Streichhölzern lieh ich ihm mein Feuerzeug. Als er die Gasflamme an den Pfeifenkopf hielt, sah ich, dass mehr als vier Jahre sein Gesicht zerfurcht hatten. Kleppinger war nur fünf Jahre älter als ich, aber er sah aus, als hätte er die Hoffnung schon aufgegeben, seine Rente noch zu erleben.

»Aus dem Serienjob bin ich längst raus«, gab ich zu. »Seit der Sache in Bonn damals. Ich recherchiere jetzt für einen Film, Otto. In der Branche ist es den Leuten egal, wie du an deine Stoffe kommst.«

»Bezahlen die denn?«

»Man muss halt auch investieren. Auf jeden Fall gibt die Story etwas her. Tochter eines umstrittenen Politikers verschwindet …«

»Wer soll denn der umstrittene Politiker sein?«

»Paul Scheunemann.«

Kleppinger nahm die Pfeife aus dem Mund, spuckte in hohem Bogen aus und sagte: »Scheiße, Harder. Der Mann ist doch nicht mehr umstritten. Der ist längst erledigt. Wenn seine Tochter verschwunden ist, dann kannst du ihr nur dazu gratulieren.«

»Erzähl mir etwas über ihn, Otto. Wenn an der Geschichte doch etwas dran ist, bist du der Erste, der sie hat.«

Wir hatten uns vom Gedränge um den Bratwurststand abgesetzt und standen jetzt am Rand des Schützenplatzes, da, wo die Scheinwerfer vom Zelt nicht mehr hinreichten. Kleppinger steckte beide Hände in die Manteltaschen.

»Wenn an der Geschichte etwas dran ist«, sagte er um seinen Pfeifenstiel herum, »dann kannst du dich darauf verlassen, dass alles unter den Teppich gekehrt wird. Und zwar so gründlich, dass du nicht mal mit der Lupe noch etwas von dem Dreck siehst.«

»Mir geht es gar nicht um Dreck, Otto. Menschliche Tragik, Schicksalsmelodie, das wollen die Leute im Kino haben.«

»Schicksalsmelodie? Einmal Schnulze, immer Schnulze, Harder.« Er beförderte einen frischen Schleimbrocken auf den Parkplatz. »Paul Scheunemann ist einer von denen gewesen, die immer hinter den Kulissen wirken. Fürs Rampenlicht haben sie die Sprücheklopfer, aber für die Dreckarbeit brauchen sie den Typ Scheunemann, der mit seinem Aktenkoffer immer zur richtigen Zeit am richtigen Ort ist. Mit einem von diesen Aktenkoffern, die anderen Aktenkoffern zum Verwechseln ähnlich sehen. Das Problem mit diesen Leuten ist nur, irgendwann wird der Druck so stark, dass ihnen der Topfdeckel wegfliegt. Und dann quillt die Brühe über den Herd und macht die Küche unbenutzbar. Da haben wir sie dann wieder, Harder – die gute alte Tante Loyalität.«

Ich steckte mir eine Zigarette an. Allmählich wurde es kalt auf dem riesigen Platz. Im Schützenzelt gellten Pfiffe. Sauberer Sport war auch nicht gefragt.

»Mit anderen Worten«, sagte ich, »Scheunemann ist der Deckel weggeflogen, und nun haben sie sich einen anderen Koch besorgt.«

»Für die Art von Arbeit, die seine Spezialität war, ist er erledigt. Es heißt, er säuft zu viel, und in einer Stadt wie dieser heißt das nun wirklich etwas, Harder.«

»Wie kann ich ihn auftreiben?«

»Er steht bestimmt im Telefonbuch.«

»Seine Nummer hab ich, aber da meldet sich nur der Anrufbeantworter.«

»Lass uns mal zurückgehen. Ich könnte einen Schnaps gebrauchen. Und deine zehn Minuten sind schon lange um.«

Wir marschierten zum Zelt zurück. Ich war keinen Schritt weitergekommen.

»Otto«, sagte ich, »die Tochter von Scheunemann ist verschwunden. Dass da ein Zusammenhang mit seiner politischen Tätigkeit bestehen kann, sieht doch ein Blinder mit Krückstock.«

Kleppinger blieb stehen und klopfte am Absatz seine Pfeife aus. »Für einen Film klingt deine Theorie bestimmt nicht unwahrscheinlicher als alles, was du früher als Serie gemacht hast. Ich würde mich an deiner Stelle mal auf St. Pauli umsehen. Das würde doch zu einer Schmonzette passen. Und zu ihrer Mutter auch.«

»Wie meinst du das?«

»Ich hab mich mal im Archiv umgesehen«, sagte Kleppinger und steckte seine Pfeife weg. »Journalisten machen so etwas, weißt du.«

Seine Hand kam wieder zum Vorschein, diesmal mit einem Bündel fotokopierter Zeitungsausschnitte, die eine dicke Büroklammer zusammenhielt. »Und hin und wieder werden sie dann auch fündig. Es gab vielleicht auch ein paar seriöse gesellschaftliche Großereignisse, denen die geschiedene Frau Scheunemann ihren Glanz verliehen hat, aber meistens haben die Klatschkolumnisten sie in den letzten Jahren dort gesichtet, wo sich die halbseidene Hälfte der hannoverschen Society die Ehre gegeben hat.«

Ich hatte ja geahnt, dass der alte Hase Kleppinger seine Karten nie vorzeitig ausspielte. Aber beim Durchblättern der Gesellschaftskolumnen beschlich mich das Gefühl, dass Otto mich durchaus auch auf eine falsche Fährte locken könnte. Sicher, mit dem Bild, das Nora Schäfer-Scheunemann mir von sich und ihrem stillen Leben am Deisterhang gezeichnet hatte, schien dieses Getratsche wenig zu tun zu haben. Kasino, Rennplatz, Eröffnungen von Nachtlokalen, Vernissagen, Bälle, Theater, Tombolas, Soireen, na und? Die Frau war in dem Alter, in dem man noch mal zugreifen will. Ich konnte es ihr nachfühlen.

Kleppinger musste gespürt haben, dass ich davon nicht überzeugt war. Er stellte sich neben mich und tippte mit dem Zeigefinger auf Namen und Fotos.

»Bekannter Zuhälter«, kommentierte er. »Zocker, zwei Vermögen verspielt. Mit einer Nachtklub-Kette Pleite gemacht. Lässt sich von einem Catch-Promoter aushalten. In eine Parteispendenaffäre verwickelt. Hat einen Stall Hühner in Frankfurt laufen. Hat sich nach Berlin abgesetzt, nachdem seine Bar abgebrannt ist.«

»Nach Berlin? Wer ist das?«

»Wenn's da nicht steht, Harder, weiß ich's auch nicht. Ich mach das Rathaus, nicht die Puffs. Wenn du bis morgen Zeit hast, kriegst du den Namen selbst raus.«

Er stand schon vorm Eingang zum Zelt. Das Catchen lockte ihn mehr als eine Story, an die er nicht glaubte.

»Otto«, sagte ich, »diese Sache ist mehr wert, als du ihr gibst. Im Film steckt Kohle, glaub mir. Und du kannst Sachen bringen, die du im Blatt nie bringen kannst.«

»Scheiß aufs Blatt«, sagte er. »Weißt du, was ich nach all

den Jahren netto nach Hause bringe? Und jetzt, wo das Kabelfernsehen kommt …«

»Scheiß aufs Kabelfernsehen«, sagte ich. »Du musst größer denken, Otto. Wo könnte Scheunemann stecken?«

Er rieb seine lange, durstige Nase. »Ich hab was läuten gehört, dass sie ihn unter Verputz halten. Er säuft ihnen zu viel, verstehst du?«

»Wo ist das, Otto?«

»Eine Privatklinik. Kommst du nie rein, Harder. Keine Chance. Es sei denn, du treibst jemand auf, der ein Machtwort spricht.«

Er sah auf die Uhr. Drinnen ging ein Höllenlärm los.

»Wetten, dass Vladimir den Ringrichter ins Publikum geworfen hat? Das macht er immer, wenn der Job ihn anödet. Es ist zwanzig nach acht.«

»Mit Machtwörtern kennt Vladimir sich eben aus«, sagte ich.

»Lass uns mal abschwirren«, sagte Kleppinger und zog mich vom Eingang fort.

»Wohin?«

»Zu einem, der sich auch mit Machtwörtern auskennt.«

5

Es war fünf Minuten nach neun, als wir den Mann aufstöberten, der sich auch mit Machtwörtern auskannte. Der Mann war um die vierzig, steckte in einem Trainingsanzug, der mit Schweißflecken übersät war, und hing an der Sprossenwand eines Bräunungs- und Fitness-Studios in der Nähe des Hauptbahnhofs, als Kleppinger den Inhaber und zwei Assistenten des Mannes davon überzeugt hatte, dass wir weder ein Attentat noch ein Interview vorhatten.

»Aber Ihren Nikotinnuckel stecken Sie man weg, bevor Sie reinkommen«, sagte der Inhaber, und Kleppinger steckte wortlos die qualmende Pfeife in seine Manteltasche. Wenn die Zeit wirklich knapp war, konnte man sich auf Otto verlassen. Er brauchte höchstens eine Minute, bis der Mann, der sich mit Machtwörtern auskannte, sein Gesicht trockengerieben hatte, und noch eine halbe, bis der Mann mein Gesicht ein für alle Mal in seinem Gedächtnis gespeichert hatte. Mit ihm konnte ich mir das ersparen; er war nicht in so kurzer Zeit nach oben gekommen, um sich schon bald wieder zu verabschieden. Schließlich winkte mich Kleppinger dazu. Die Assistenten, deren Trainingsanzüge so aussahen, als wären sie gerade frisch von der Reinigung gekommen, bezogen wieder Stellung an der Tür.

»Ich höre, Sie müssen unbedingt mit Paul Scheunemann

reden«, sagte der Mann, der sich mit Machtwörtern auskannte. Sein Atem ging immer noch stoßweise.

»Das könnte ihm später eine Menge Schwierigkeiten ersparen.«

»Gut. Schwierigkeiten hat er nämlich schon genug. Und die größte von ihnen ist, dass er krank ist. Sehr krank.«

»Ich brauche wirklich nur ein paar Minuten mit ihm.«

»Aber die sofort.«

»Sofort ist immer besser«, sagte ich lächelnd, »in Ihrem Geschäft, und in meinem auch.«

Er lächelte zurück. Wir hatten eine Gemeinsamkeit – ein Lächeln, das bei bestimmten Frauen gut ankam und bei deren Männern überhaupt nicht.

»Was mein Geschäft ist, wissen Sie ja«, sagte er. »Und was ist Ihr Geschäft?«

»Ich bin ein Ausputzer«, sagte ich.

»Ausputzer«, wiederholte er lächelnd. Wenn er sich noch ein paar Pfund abtrainierte und zwei oder drei wirkliche Krisen durchstand, konnte er irgendwann mal ein Gesicht haben, dem man es abnahm, dass der Mann sich nicht nur mit Machtwörtern auskannte, sondern auch mit der Macht. »Ausputzer klingt gut. Vielleicht ist Ihr Geschäft gar nicht mal so verschieden von meinem.«

Er winkte einem der Assistenten und ließ sich ein Telefon bringen, das in einen Anschluss eingestöpselt wurde, der neben der Sprossenwand lag. Der Assistent wählte eine Nummer, murmelte etwas und gab seinem Chef den Hörer. Er sagte seinen Namen und fragte, wie es Scheunemann ging, bloß, dass er nicht Scheunemann sagte, sondern ›unser gemeinsamer Freund‹.

»Das hört sich ja gar nicht mal so schlecht an«, sagte er nach einer Weile. »In ein paar Minuten kommt jemand aus meinem Büro vorbei, es gibt da ein paar Fragen zu besprechen, die bis morgen geklärt sein müssen. Nein, das duldet keinen Aufschub, Professor, Sie wollen doch auch nicht, dass wieder jemand von der Staatsanwaltschaft bei Ihnen rumschnüffelt. Also dann. Der Mann kommt in fünf Minuten. Gute Nacht, Professor.« Er legte auf, und der Assistent brachte das Telefon weg.

Der Mann, der sich mit Machtwörtern auskannte, betrachtete mich noch einmal nachdenklich und ohne die Spur eines Lächelns.

»Mein Freund Otto hat etwas von einer Familienangelegenheit erzählt«, sagte er schließlich, »und ich habe keinen Grund, an seinem Wort zu zweifeln. Aber eines will ich Ihnen noch sagen, Herr Ausputzer: Paul Scheunemann stammt aus einer Ära, in der ich mit vielen in meiner Partei über Kreuz lag, aber deswegen lasse ich ihn nicht hängen. Ich habe dafür gesorgt, dass Paul die Ruhe und die Pflege bekommt, die er dringend benötigt, ohne dass ihn eine bestimmte journalistische Kanaille belästigt. Für mich ist Loyalität eines der Prinzipien, ohne die unsere Gesellschaft zum Untergang verurteilt ist. Ich weiß nämlich, wie es ist, wenn man darauf angewiesen ist.«

»Ich auch«, sagte ich, und das brachte ihn so aus dem Konzept, dass er mir nur noch zunickte und sich dann vor einem Sandsack aufbaute. Die Audienz war beendet.

Kleppinger wollte zurück zum Catchen. Vielleicht zog er die Kommunalpolitik des großen Vladimir der im Fitness-Studio vor. Ich versprach, ihn auf dem Laufenden zu halten.

»Ich hoffe, du hast bei dem Kerl da drinnen jetzt keine Schulden gemacht«, sagte ich, als ich den Honda aufschloss.

»Bei dem? Wenn der die nächste Wahl verliert, kann er den Rest seines Lebens damit verbringen, die Mitgliedsbeiträge zu kassieren«, sagte Kleppinger und verschwand um die Ecke.

Sie empfingen mich zu dritt – der Nachtportier, die Nachtschwester und Professor Vittinghoff, der aussah, als sei er ohnehin nur nachts unterwegs. Er war groß und hager und hatte eine bleiche Haut, an die zum letzten Mal Sonne gekommen sein musste, als seine Mutter mit ihm im Bauch durch den Park spazieren gegangen war, und entzündete Augen hinter dicken Brillengläsern und graues Haar, das ihm auf den Kragen seines Arztmantels fiel.

»Das ist alles höchst irregulär«, sagte er, als ich im Foyer stand, das trübe erleuchtet war und nach Äther roch. »Paul braucht jetzt eigentlich seine Spritze.«

»Er wird schon keine weißen Mäuse sehen, wenn er seine Spritze zehn Minuten später bekommt«, sagte ich. »Worauf warten wir noch?«

»Sie müssen sich schon ausweisen, junger Mann«, sagte die Nachtschwester, die ungefähr fünf Jahre jünger war als ich, aber das nützte ihr auch nichts. Sie gehörte zu denen, die alt auf die Welt kommen und immer nur älter werden.

»Erzählen Sie mir doch keinen Stuss«, sagte ich barsch. »Der Professor hat gerade mit meinem Chef gesprochen.«

»Jeder, der um diese Uhrzeit die Klinik betritt, muss sich ausweisen«, sagte der Nachtportier, der einfach nur ein alter Mann in einer Uniform war, die selbst bei der Wach- und Schließgesellschaft als verhärmt gegolten hätte.

»Professor«, sagte ich, »wenn ich in einer Minute nicht mit Paul Scheunemann spreche, dann haben Sie morgen früh einen Aufstand in Ihrem Haus, der Ihre sogenannte Spezialklinik ein Jahr lang nicht mehr aus den Schlagzeilen bringt.«

Dabei wussten sie natürlich, dass das Machtwort längst gesprochen worden war. Aber stur, wie sie waren, wollten sie unbedingt noch mal in den Arsch getreten werden.

»Das geht dann schon in Ordnung«, sagte der Professor schließlich. »Aber über Ihren unverschämten Tonfall werde ich mich bei Ihrem Chef beschweren. Eine Schande, aber das kommt eben auch davon, mit welchen Methoden der Mann an die Spitze kommen will.«

»Solange Sie Ihren Schnitt machen, kann Ihnen das scheißegal sein«, sagte ich.

Er schob seine Schwester aus dem Foyer, bevor sie mir die Augen auskratzen konnte, und dann blieb ihm nichts anderes übrig, als mich selbst zu Scheunemann zu bringen. Die Klinik lag in einer der kleinen Villen am Rand der Eilenriede, ein altes, winklig gebautes Haus in einem Garten mit Pflaumenbäumen. Die Fenster waren ausnahmslos vergittert, und es war so still im Haus, dass man die Bäume im Stadtwald rauschen hörte. Wir stiegen die Treppe hoch, die knarrte wie die Schlosstreppe in einem englischen Gespensterfilm.

»Ziemlich still«, bemerkte ich, als wir im ersten Stock in den Korridor einbogen. »Patienten schon alle ruhiggestellt?«

»Mit Ihnen rede ich nicht«, sagte Professor Vittinghoff.

»Macht nichts«, sagte ich. »Hauptsache, Ihre Patienten reden, wenn der Laden mal auffliegt.«

Er blieb vor einer weißlackierten Tür stehen, die die Zimmernummer 9 trug, und checkte seine Uhr.

»Sie haben genau zehn Minuten«, sagte er, »dann lasse ich Sie rauswerfen.«

»Dann rufen Sie schon mal Ihre Anwälte an«, sagte ich und ging ohne anzuklopfen hinein.

6

Ich stand in einem engen Zimmer mit einem Krankenhausbett, einem Beitisch mit Bettpfanne, zwei Stühlen, einem Wandschrank, einem senffarbenen Teppichboden und einem Tropf, der neben dem vergitterten Fenster stand. Kein Bild an den senffarbenen Wänden, keine Blumen. Die Klause eines armen Mannes oder das Refugium eines Mannes, der auf nichts mehr Wert legte. Auch hier wurde am Licht gespart, aber der Mann, der im Bett lag, die Decken bis zum Kinn hochgezogen, brauchte auch nicht viel Licht. Paul Scheunemann hatte die Augen geschlossen und machte sie erst auf, als ich mir einen Stuhl ans Bett rückte und eine Gitane anzündete.

»Aschenbecher gibt es keinen«, flüsterte er. »Nehmen Sie den Zahnputzbecher, und geben Sie mir auch eine.«

Ich holte den Zahnputzbecher vom Waschbecken und gab ihm auch eine. Bevor er sich Feuer geben ließ, roch er an der Zigarette wie ein Süchtiger an einer Prise weißen Pulvers, von dem er hofft, dass es kein Puderzucker ist. Den ersten Zug behielt er so lange in den Lungen, bis er sich dort völlig aufgelöst hatte. Das gab mir Zeit, ihn mir näher anzusehen, aber sein Gesicht verriet nur, dass er ein Mann war, der mit dem Schnaps auf vertrautem Fuß stand – und dass Alkohol auch konservieren kann. Scheunemann musste an die sechzig sein, aber sein rotblondes Haar war noch voll und kaum angegraut, seine Haut wirkte gut durchblutet, und die tiefen Kerben auf der Stirn und um den Mund passten schließlich nur zu seinem Alter – und zu dem, was er in seinem Leben gemacht hatte.

Er machte noch einen Zug, und dann öffnete er die Augen, und ich konnte ihr klares Blau bewundern. Er blinzelte mir zu. »Worum geht's, junger Mann?«

»Um Ihre Tochter.«

»Also um meine ehemalige Frau«, seufzte er und gab mir die halbgerauchte Zigarette. Ich drückte sie aus.

»Ihre Tochter ist seit einem halben Jahr verschwunden, und Ihre Exfrau macht sich jetzt solche Sorgen, dass sie mich gebeten hat, Miriam zu suchen.«

»Wieso Sie?«

»Ich bin Experte in solchen Ermittlungen.«

»Privatdetektiv?«

»Journalist.«

»Ach so. Deswegen sind Sie auch hier reingekommen. Vor Journalisten haben sie alle Schiss. Und in welchem Blatt darf ich dann lesen, wie Sie Miriam gesucht haben? Und alles über die zerrüttete Familie Scheunemann?«

»In gar keinem«, sagte ich und lockerte meinen Schlips.

Es war verdammt heiß in dem engen Zimmer, aber Scheunemanns Stirn schien so kühl wie eine Marmorplatte. »Momentan recherchiere ich für ein Buch. Eine Dokumentation über Jugendliche, die von zu Hause weglaufen oder verschwinden. Ihre Motive, und was mit ihnen geschieht. In diesem Zusammenhang ist Ihre Exfrau auf mich aufmerksam geworden.«

»Hat Sie Ihnen dafür Geld geboten?« Seine blauen Augen fixierten mich. »Oder etwas anderes?«

»Wir haben ein Erfolgshonorar vereinbart«, sagte ich. »Damit könnte ich dann weitere Recherchen finanzieren.«

»Verstehe. Ich habe nur deswegen gefragt, weil ich aus Erfahrung weiß, dass es besser ist, wenn man für Geld arbeitet anstatt für hehre Ideale – oder für die unsterbliche Liebe. Kenne ich Sie als Journalist?«

Ich sagte ihm meinen Namen.

»Die Sache in Bonn«, sagte er mit einem diskreten Lächeln. »Sie sehen, Herr Harder, ich gelte zwar als erledigt, aber solche Geschichten sprechen sich sogar noch bis zu mir herum. Ich konnte das Arschloch, um das es ging, ohnehin nie ausstehen. Und jetzt suchen ausgerechnet Sie Miriam.«

»Ihre Exfrau behauptet, Sie könnten bei Miriams Verschwinden die Hand im Spiel gehabt haben.«

»Das sieht ihr ähnlich«, sagte er und betrachtete seine Hände. »Glauben Sie Nora?«

»Ich sehe kein Motiv.«

»Eine ehrliche Antwort.«

»Die mich aber auch nicht weiterbringt.«

»Geben Sie mir noch eine Zigarette«, sagte er. »Die wollen hier eine suchtfreie Persönlichkeit aus mir machen, dieser Idiot Vittinghoff und seine Azubis, und alles, was sie fertigbringen, ist, dass man seinen Süchten heimlich frönt. Können Sie mir das Päckchen dalassen? Es gibt im Moment nur noch drei andere Suchtpersönlichkeiten hier, und bei denen hat seine Therapie anscheinend Erfolg.«

»Sie könnten doch einfach aufstehen und gehen.«

Sein Blick wich mir zum ersten Mal aus, und er flüchtete sich in einen Mundvoll Rauch. »Wissen Sie«, sagte er dann leise, »ich habe immer noch genug Geld, um mir die teuersten Kliniken in der Schweiz zu leisten – nicht, dass Vittinghoff ausgesprochen billig ist. Aber wenn man so lange wie ich im Sumpf rumgekommen ist, dann braucht man den Sumpf sogar noch, wenn man einmal im Jahr so tut, als wolle man ernsthaft aufhören, der zu sein, der man ist.«

Es war eine etwas weite Umschreibung der Tatsache, dass seine Parteifreunde ihn unter Verschluss halten wollten, aber ich saß ja nicht in seinem Krankenzimmer, weil er Alkoholiker war, sondern weil seine Tochter vermisst wurde, wenn auch anscheinend nicht von ihm.

»Ihre Exfrau behauptet, Miriam könne Sie nicht ausstehen«, sagte ich.

»Und deswegen habe ich sie verschwinden lassen? Sie dürfen Nora nicht alles glauben, Herr Harder. Diese Frau hat viel Schlimmes mitgemacht, deswegen verzeihe ich ihr solche Behauptungen. Tatsache ist, dass ich und Miriam ein fast freundschaftliches Verhältnis haben. Wir sehen uns nur alle Jubeljahre mal, weil ihre Mutter das so will, aber wir verstehen uns blendend. Miriam ist ein entzückendes Mädchen, intelligent, neugierig, tapfer, anpassungsfähig …«

»Und unheimlich bewusst«, unterbrach ich ihn.

Er starrte mich einen Augenblick lang an, dann verzog er seinen Mund zu einem Lächeln. »Verzeihen Sie, Sie haben das alles schon gehört.«

»Seit wann wissen Sie, dass Miriam nicht mehr zu Hause ist?«

»Seitdem sie angeblich verschwunden ist«, sagte er und gab mir wieder seinen Zigarettenstummel. Diesmal hatte er die ganze Zigarette geraucht. »Sie kam nämlich vorher zu mir. Auf dem Weg nach Berlin.«

»Sie ist in Berlin?«

Plötzlich legte sich ein Schleier über sein Gesicht; ich hatte den gleichen auch schon bei Nora gesehen. Scheunemann ließ er endlich aussehen, wie er mir geschildert worden war – alt, krank, kaputt. Das linke Augenlid flatterte unkontrolliert.

»Ich glaube, ich brauche meine Spritze«, flüsterte er.

»Es würde einen großen Unterschied ausmachen, wenn ich wüsste, dass Miriam nach Berlin gegangen ist.«

»Hat sie mir gesagt. Hab ihr noch Geld gegeben. Von ihrer Mutter bekam sie ja nichts, das arme Ding. Die braucht es ja zum Verzocken. Passen Sie auf, dass Sie Ihr Geld kriegen, wenn Sie Miriam finden. Aber Sie werden sie nicht finden. Nie. Weil sie nicht gefunden werden will.«

»Warum nicht?«

»Wenn Sie gehen, sagen Sie der Schwester Bescheid. Mir ist ganz mulmig.«

»Weshalb ist Miriam nach Berlin?«

»Machen Sie vorher das Fenster auf, junger Mann. Nicht gut, wenn die Schwester das riecht.«

Jetzt stand auch ihm der Schweiß auf der Stirn. Das Augenlid flatterte, als ob ein Vogel aus ihm schlüpfen wollte.

»Sie wollten mir noch erzählen, warum Miriam nach Berlin ist.«

»Noch ein Kind«, stöhnte er. »Fixe Ideen im Kopf. Berlin, große Stadt. Hat sie alles von Nora. Nora und ihre Männer. Ewige Rache der Frauen, junger Mann. Finger davon lassen.«

»Ihre Verwandten in Kladow? Könnten die mir weiterhelfen?«

Er murmelte einen Namen. »Wenn Sie das Schwein finden … steckt hinter allem …«

Einer, der nach Berlin gegangen war, nachdem seine Bar abgebrannt war? »Sagen Sie den Namen noch mal, Scheunemann.«

»Malzan«, brachte er mit einem Schwall Spucke heraus.

Malzan. Ein Name war schon eine Menge wert. Ich stand auf.

»Ich sag der Schwester Bescheid. Möchten Sie die Zigaretten? Wo soll ich sie verstecken?«

Er streckte eine Hand Richtung Wandschrank aus, und ich brauchte höchstens eine halbe Minute, um sein Versteck zu finden – eine lockere Leiste in der Verschalung, die man herausnehmen konnte. Ich tastete in den Hohlraum hinein und fand seine übrigen Schätze – zwei angerauchte Filterzigaretten, einen zur Größe einer Briefmarke gefalteten Fünfzigmarkschein und – in einer Streichholzschachtel – ein schmales Glasröhrchen, das noch halb mit einem weißen Pulver gefüllt war. Ich legte die Zigaretten dazu, brachte die Leiste wieder an ihren Platz, und nachdem ich die Kippen weggespült, das Zahnputzglas saubergemacht und das Fenster geöffnet hatte, kam ich mir vor, als hätte ich an einem obszönen Akt teilgenommen. Ich wusch mir die Hände, und im Spiegel sah ich, dass Scheunemann sich im Bett aufgerichtet hatte und jede meiner Bewegungen verfolgte.

»Von mir erfährt der Professor nichts«, sagte ich.

Er nickte und machte seinen Zeigefinger krumm. Ich bemerkte den Schweißgeruch, als ich an sein Bett trat. Sein Gesicht war klatschnass.

»Miriam«, flüsterte er. »Nie zurück … zu Nora.«

Ich machte, dass ich rauskam, bevor er mir den Auftrag geben konnte, seine Tochter zu *ihm* zurückzubringen.

Vor der Tür stand die Nachtschwester, als hätte sie die ganze Zeit am Schlüsselloch gelauscht. Sie brachte mich zur Pforte. Vom Nachtportier und von Vittinghoff war nichts mehr zu sehen, das Haus lag so still wie eine Gruft.

»Der arme Herr Scheunemann«, sagte die Nachtschwester. »Hat er Ihnen auch sein Versteck gezeigt? Sehen Sie, das ist es, was der Schnaps aus den Menschen macht, die wir hier betreuen – kindische Wesen, die sich wieder in ihre Welt versetzen möchten, wie sie war, bevor sie Verantwortung übernehmen mussten.«

»Ich wäre mir nicht so sicher, ob das der Schnaps macht«, sagte ich. »Ich tippe eher auf Sie, Schwester.«

Draußen in der klaren Nachtluft merkte ich erst, dass meine Stirn so nass wie die von Scheunemann war.

7

In dem Bungalow mit dem pinkfarbenen Neonherz schien eine Party zu laufen. Gedämpfter James-Last-Sound, das übliche nervöse Anmachgelächter und keine Parklücke mehr zwischen all den Cabrios und Benzkutschen. Bei Nora Schäfer-Scheunemann war alles dunkel, und auch nach dem dritten Läuten rührte sich nur der Hund, ein freundliches Gebell, nicht gerade geeignet, das Blut in den Adern eines nächtlichen Störenfrieds gerinnen zu lassen. Und ich war ja auch kein Störenfried, ich hatte einen Auftrag von Frauchen, ich war der Mann für gewisse Fälle und hatte auch schon drei Riesen Spesenvorschuss kassiert – und mir dafür eine Menge Zimt anhören müssen. Ich hatte die Pflicht, auf diesen Klingelknopf zu drücken. Ich drückte noch ein bisschen, und Sascha bellte noch ein bisschen, und drüben fuhr noch ein Luxusschlitten vor, und eine Frauenstimme rief: »Und lass deine schlechte Laune bloß nicht an mir aus, Fritz!«

Eine tolle Party.

Und Nora Schäfer-Scheunemann rührte sich immer noch nicht.

Noch ein Blick auf die Uhr. 22 Uhr 37. So früh ging doch selbst auf dem Land niemand mehr zu Bett, und dann noch auf dieser Sorte Land. Also tat ich, wofür ich bezahlt worden war, ich handelte. Ein Blick über die Schulter, und schon hatte ich über die Gartentür gesetzt und brauchte auch höchstens fünfeinhalb Sekunden für den Weg bis zur Haustür, über der eine Kugellampe mattes Licht verbreitete. Ich atmete tief ein und klingelte an der Haustür. Dingdong. Die Glocke musste bis zum Wald zu hören sein. Und der Hund war jetzt auf der anderen Seite der Riffelglastür und jappte vor Wiedersehensfreude. Und Nora Schäfer-Scheunemann rührte sich nicht. Alles, was mir noch fehlte, war ein misstrauischer Nachbar, eine Funkstreife, meine Fingerabdrücke überall – und Noras Leiche auf dem Perserteppich. Tja, Harder, dass die Presse lügt, stiehlt, einbricht und fälscht, um an eine Story zu kommen, das war uns ja nun schon bekannt. Dass sie neuerdings auch zum Mord greift, um Schlagzeilen zu machen, das mussten Sie uns erst beibringen. Ach so, Sie haben fünfzig Riesen Steuerschulden. Das erklärt allerdings eine Menge.

Plötzlich ging hinter der Tür das Licht an, und dann passierten drei Dinge fast gleichzeitig – die Tür ging auf, der Hund sprang an mir hoch, und Nora Schäfer-Scheunemann stand in einem Traum von schwarzem Kimono vor mir, richtete eine Kanone auf mich und sagte: »Mein Gott, haben Sie mich erschreckt, Harder!«

»Darf ich trotzdem reinkommen?«

»Worum geht es denn?«

»Ich bin der Mann, den Sie beauftragt haben, Ihre Tochter zu suchen. Sie erinnern sich doch noch?«

»Nun kommen Sie schon. Sascha, lass das! Ich habe schon meine Schlaftablette genommen, entschuldigen Sie, ich muss grauenhaft aussehen. Ich kann ohne Schlaftablette gar nicht mehr einschlafen, und manchmal nehme ich auch zu viel davon. Wollen Sie etwas trinken? Setzen Sie sich doch, die Récamiere ist viel bequemer als der Sessel, wenn Sie mich einen Moment entschuldigen ...«

Als sie aus dem Badezimmer wiederkam, hatte sie sich die Haare gerichtet und die Lippen nachgezogen, aber das machte keinen Unterschied – gerade mit ihrem vom Schlaf schon verwaschenen Gesicht sah sie hinreißend aus, zart, verletzlich und völlig unberechenbar. Sie drapierte sich auf dem Ding, von dem ich nun wusste, wie man in den Kreisen, in denen man es sich leisten kann, dazu sagt, und ich blieb mit einem Wodka an der Bar stehen. Bei Nacht wirkte auch der Blick in das Tal noch teurer als bei Tag. Eine Menge Pluspunkte hier, Harder.

»Ihr Exmann hat mit dem Verschwinden Ihrer Tochter nichts zu tun«, sagte ich, bevor Nora die Augen wieder zufielen.

»Und woher wollen Sie das wissen?«

»Ganz einfach – ich habe ihn gefragt.«

»Ach, so einfach ist das? Sie fragen ihn, und dann wissen Sie die Wahrheit.«

»Was heißt schon Wahrheit. Ich glaube ihm jedenfalls, dass er mit dem Verschwinden nichts zu tun hat – zumindest nicht direkt. Haben Sie mir heute Mittag die Wahrheit gesagt, Nora?«

Sascha hatte es geschafft und sich neben ihr eingerichtet. Sie drehte an seinen Locken, und ich bemerkte, dass sie sich die Fingernägel lackiert hatte. Eine Farbe wie getrocknetes Blut.

»Wenn Sie nur gekommen sind, um sich mit mir zu streiten, muss ich Sie enttäuschen, Harder. Ich verspüre gar keine Lust dazu. Oder sind Sie aus einem anderen Grund gekommen?«

»Ich mache nur einen Job für Sie«, erinnerte ich sie. »Nachdem ich bei Ihrem Exmann war, habe ich mehrfach angerufen, und als Sie nicht ans Telefon gingen, habe ich mir Sorgen gemacht.«

»Sie wollen sich Ihr Geld wohl wirklich verdienen?«

»Wollen Sie Ihre Tochter wirklich finden?«

Sie sah mich an, ohne etwas zu sagen, und dann machte sie den Mund auf, aber nur, um mir mit einer Art Stöhnen zu zeigen, wie sehr ich sie verletzt hatte. Ich steckte mir eine Zigarette an, nahm noch einen Schluck Wodka und bohrte etwas tiefer.

»Ich frage deshalb, weil Ihr Exmann behauptet, sie wäre nach Berlin gegangen.«

Diesmal war sie schnell. »Woher will Paul das denn wissen?«

»Nun, die beiden scheinen doch gar kein schlechtes Verhältnis zu haben. Vor ihrem ›Verschwinden‹ soll Miriam sogar bei ihm gewesen sein. Und er hat ihr Geld gegeben. Denn von Ihnen, sagt er, wurde Miriam ja kurzgehalten. Weil Sie das Geld zum Verzocken brauchen – wörtliches Zitat.«

»Glauben Sie diesem Mann wirklich mehr als mir, Harder? Wo haben Sie denn mit ihm gesprochen?«

Sie weiß genau, wo Scheunemann eingebunkert ist, dachte ich. Sie weiß viel mehr, als sie zugibt. »In einem hübschen ruhigen Zimmer an der Eilenriede.«

»In dieser Spezialklinik für Säufer und Süchtige.«

»Wir nehmen doch alle Drogen. Ihre Worte.«

»Aber die meisten von uns reißen sich dabei immer noch zusammen. Paul ist ein haltloser Alkoholiker, Harder, wie können Sie ihm auch nur ein Wort glauben? Er lebt in einer Phantasiewelt, nur Verfolgungswahn und weiße Mäuse ...«

»Dann ist es aber doppelt unwahrscheinlich, dass er mit dem ›Verschwinden‹ Miriams etwas zu tun hat. Sie hören, ich setze ›Verschwinden‹ schon in Anführungszeichen. Es müsste Ihnen doch auch zu denken geben, dass Miriam hier weg ist, kurz nachdem sie in Berlin war. Ich tippe darauf, dass sie in Berlin jemand getroffen hat, der sie dazu veranlasste, wieder hinzufahren. Das Mädchen ist achtzehn, Nora, da passiert so etwas doch – irgendwann verlieren wir alle die Unschuld.«

»Geben Sie mir eine Zigarette, Harder?«

Das hatte sie mit ihrem Exmann auch noch gemeinsam – sie mochten beide meine Zigarettenmarke. Ich gab ihr auch Feuer, vermied es aber, auf der Récamiere hängenzubleiben, obwohl ihr Mund gerade das zu verlangen schien, sondern zog den Sessel vor. Er stand immer noch so dicht bei ihr, dass ich ihre Nachtcreme riechen konnte.

»Ich werde also morgen anfangen, in Berlin zu suchen.«

»Aber da haben Sie doch überhaupt keinen Anhaltspunkt.«

»Einen vielleicht schon«, sagte ich und beobachtete sie scharf. »Der hat sogar einen Namen. Malzan. Sagt der Ihnen etwas?«

Und wie. Die Hand mit der Zigarette blieb einen langen Augenblick in der Luft hängen, und die andere verkrallte sich in den schwarzen Zotteln des Hirtenhunds, der glücklich seufzte. Vielleicht sagte ihm der Name ja auch etwas. Dann atmete sie tief aus, die Zigarette fiel in den Ascher, und Nora Schäfer-Scheunemann weinte zum zweiten Mal an diesem Tag, während ich dabeisaß und an meiner Zigarette zog und mir vorkam wie ein Sadist. Es war ein Gefühl, das mir ziemlich vertraut war.

»Tut mir leid«, sagte sie, nachdem sie ihr Gesicht mit dem Taschentuch bearbeitet hatte. »Ich dachte, da wäre etwas schon lange getrocknet und verheilt, aber das war wohl ein Irrtum. Wie kommen Sie darauf, dass Michael etwas mit Miriams Verschwinden zu tun hat?«

»Hat er das?«

»Sie bringen seinen Namen doch nicht umsonst mit ihr in Verbindung. Bei Ihnen hat doch alles Methode.«

»Danke für das Kompliment«, sagte ich und drückte ihre Kippe aus. Wenigstens brauchte ich es nicht in einem Zahnputzglas zu tun. »Der Name Malzan steht aber zunächst mal nicht mit Miriam in Verbindung, sondern mit Ihnen. Ich habe mich in Hannover umgehört, Nora.« Ich zeigte ihr den Stapel Zeitungsausschnitte. »Eine Zeitlang standen Sie ziemlich oft in den Klatschspalten. Sie haben doch wohl nicht geglaubt, dass da niemand einen Zusammenhang sieht?«

»Sie schnüffeln in den Klatschspalten herum? Ich hätte mich doch nicht mit einem Journalisten einlassen sollen.«

»Im Gegenteil. Nur ein Journalist weiß, wie dieser Mist einzuordnen ist. Dass Sie nach Ihrer Scheidung noch mal ein bisschen Highlife gemacht haben, interessiert mich doch nicht, Nora. Was mich interessiert, ist die Frage, ob

Sie sich dabei nicht auf Leute eingelassen haben, die Ihnen gefährlich werden können – Ihnen und Miriam.«

Sie wollte einen Drink haben. Gin mit Eis. Sie verputzte ihn mit einem durstigen Schluck. Und dann ein feuchter, träumerischer Blick in den nächtlichen Himmel über Volksen.

»Wir haben uns geliebt, Michael und ich. Es war – ach, Sie werden es nicht verstehen. Ihre Abwehr funktioniert viel besser. Es war wie Frühling und Sommer und Herbst zusammen, alles auf einmal. Immer in dem Bewusstsein, das ist das letzte Mal, leb es aus, vergiss alles andere. Das ist Ihnen ganz fremd, Harder, ja?«

»Stimmt. Ich kann nie alles andere vergessen.«

»Schade.« Schade? »Es war wie ein Sturm, und als der Sturm vorbei war – alle Stürme gehn irgendwann vorbei –, war ich stolz und leer und tot. So gut wie tot. Aber auch das geht vorbei.«

Es klang, als hätte sie eine meiner Serien auswendig gelernt, eine von denen, die ich in zwei Nächten hingefetzt hatte mit ein paar Pullen Wodka neben der Maschine und *Creedence Clearwater Revival* über Kopfhörer: *I see a bad moon rising.*

»Alles geht vorbei«, sagte ich. »Aber meistens nicht spurlos. Und Leute wie Malzan ...«

»Was wissen Sie denn von Michael Malzan?«

»Hatte er nicht eine Bar in Hannover, die abbrannte? Sie sehen, für den Anfang reicht es schon. Und dann ist er nach Berlin gegangen. Haben Sie nie mehr von ihm gehört?«

Sie hatte. »Einmal rief er noch an ...«

»Jetzt mal genau, Nora. Wann?«

»Sie quälen mich, Harder. Michael und Miriam, das ist doch hirnverbrannt. Das haben Sie auch von Paul, das hat er Ihnen eingeflüstert in seinem Delirium, geben Sie es zu ...«

»Nein«, sagte ich und stand auf. »Wenn Sie das alles so quält, hat es wohl keinen Sinn. Sie hätten sich das früher überlegen müssen. Es ist nun mal nicht angenehm, fremde Leute ins Haus lassen zu müssen. Und ihnen dann auch noch den Dreck zeigen zu müssen, der sich ein ganzes Leben lang angesammelt hat. Aber so ist das nun mal, wenn jemand spurlos verschwindet. Und wenn das Ganze erst ein Fall für die Polente ist, du meine Güte – das kann Sie mehr als zwanzig Mille kosten.«

»Bleiben Sie«, flüsterte Nora.

»Ich hätte gute Lust, die Sache hinzuschmeißen.«

»Helfen Sie mir«, flüsterte sie. »Miriam ist in Gefahr – ich spüre es. Ich weiß es. Ich bin doch ihre Mutter.«

»Ich kann Ihnen nur helfen, wenn Sie mir helfen. Ich erwarte ja gar nicht, dass Sie jede meiner Fragen wahrheitsgemäß beantworten – das tut kein Mensch, der nicht in die Klapsmühle will. Aber ich erwarte, dass Sie mit ein paar handfesten Fakten rüberkommen.«

Und genau das konnte sie nicht. Es gab einige Wörter, die in ihrem wunderschönen Mund immer obszön klingen würden – und das Wort Fakten stand ganz obenan. Nach einer endlosen Viertelstunde wusste ich von Michael Malzan nur, dass er Mitte dreißig war, aus München kam, früher mal geschauspielert hatte und von Beruf Märchenprinz war – und alles, was die andern sagten, war von Neid, Hass und Vorurteil diktiert.

»Und Miriam? Wie stand sie denn mit Malzan?«

»Sie war natürlich eifersüchtig.«

»Auf wen?«

»Auf ihn, Harder. Auf wen denn sonst? Aber im Grunde hat sie ihn wohl gar nicht richtig wahrgenommen.«

Mit der Wahrheit ist es wie mit Perlenketten – ihr Glanz hängt von der Haut der Frau ab, die sie trägt. Und ihre Schönheit vom Auge des Betrachters.

»Ich fahre jetzt nach Berlin zurück«, sagte ich.

»Es gibt zwei Gästezimmer, Harder.«

»Danke, aber ich fahre.«

»Ich weiß gar nicht, wie wir jetzt verblieben sind.«

Sie war so schläfrig inzwischen, dass ihre Zunge die Worte nur noch als Brei über die Lippen brachte.

»Ich rufe Sie die Tage mal an.«

»Sie mögen mich … nicht besonders …«

Es war der richtige Augenblick, um die Kanone, die sie neben sich liegen hatte, zu überprüfen. Ein 22er Colt mit Elfenbeingriff, hübsche handliche Damenwaffe. Ich blickte in die Trommel. Ungeladen. Pathetisch, so etwas. Sie machte die grünen Augen noch mal auf, und ich sah die Bitte darin und die Begierde – und die Verachtung und die Angst. Ich warf den Colt auf die Récamiere und verließ das Haus, und als ich in den Honda stieg, sah ich, dass sie das Licht gelöscht hatte, und ahnte, wie sich eine Fliege fühlen muss, die in ein Spinnennetz geraten ist und in letzter Sekunde das Netz zerreißen kann. Diesmal.

8

Dienstagmittag. Zögernd tastete sich die Sonne durch den verkleisterten Himmel. An der Anlegestelle verließ ich die Fähre und nahm den Weg in den Ort. Kladow ist eine Kleingartenkolonie, die sich an einigen Stellen zum Villenvorort gemausert hat – Makler, Manager, Anwälte, Mitglieder des Yachtclubs und ein paar arrivierte Künstler. Eine Menge Mopeds waren unterwegs, aber auch Alfa Romeos und ein cremefarbener Bentley mit Vorhängen an den Fenstern. Stuckvillen, Malerateliers, älteres Geld und neueres, und dazwischen Staatsknete – in einer Telefonzelle zwei mongoloide Jungen in Skianoraks, die darauf warteten, dass Geld aus dem Apparat fiel.

Ich fand das Haus, das ich suchte, ein stocksolide wirkender Kasten mit holzverkleidetem Obergeschoss und rotem Ziegeldach in einem großen, tadellos gepflegten Garten. DR. HERTHA STAHL – DIPL.-VOLKSWIRT – STEUERBEVOLLMÄCHTIGTE. Vielleicht kannst du hier auch gleich als Klient einsteigen.

Ich klingelte und sah dabei an mir herunter. Heute hatte ich meine Stiefel geputzt, trug ein schwarzes Baumwollhemd mit dezenten grauen Streifen und einen Hauch von Aftershave. Der Summer ertönte, ich drückte die Tür auf, und dann stand auf der Treppe an der Haustür eine weißhaarige Dame in einem stahlgrauen Kostüm und fragte, ob ich angemeldet wäre.

»Das nicht«, gab ich zu. »Ich komme in einer dringenden Familienangelegenheit, Frau Richter. Sie sind doch Frau Cäcilie Richter?«

»Das kann sich dann ja wohl nur um die Scheunemanns handeln«, sagte die alte Dame. »Was ist denn nun schon wieder los bei ihnen?«

»Das würde ich ungern in die Gegend posaunen, gnädige Frau.«

Mit der gnädigen Frau hatte ich sie. Leder und Jeans, und dann gnädige Frau – hereinspaziert. Einen bissigen Hund schien es nicht zu geben. Vielleicht hatten sie eine Selbstschussanlage.

Sie bat mich in eine Art Salon – ein Satz Empirestühle, ein Sekretär, der nach verflucht viel Geld aussah, eine Reihe von alten Stichen an den Wänden, die mit vornehm lindgrünen Lilien tapeziert waren, und vor einem Brokatsofa ein Rauchtisch mit Marmorplatte. Das Licht war äußerst gedämpft – all die Tannen im Garten –, und die Zimmertemperatur lag knapp über dem Gefrierpunkt. Vielleicht hätten sonst die Möbel gelitten.

Ich hatte ihr meine Karte gegeben – die große zum Aufklappen mit der Computerschrift –, und nachdem sie auf dem Sofa Platz genommen hatte und ich auf einem der harten Stühle saß, betrachtete sie die Karte mit ihren scharfen hellblauen Augen und sah mich dann fragend an. Ihr Blick war noch etwas kühler als die Zimmertemperatur.

»Jetzt weiß ich zwar, wie Sie heißen, Herr Harder, aber

mit dem Rest kann ich immer noch nichts anfangen. Was bedeutet das – ›Expertisen – Bergungen – Internationaler Informationsaustausch‹?«

Ich räusperte mich und fiel in einen gemäßigten Plauderton. »Im Wesentlichen genau das, was auf der Karte steht, Frau Richter. Unsere Agentur bietet ihren Service exklusiv in Fällen an, in denen es um die Grauzone zwischen polizeilichen Ermittlungen einerseits und Presserecherchen andererseits geht. Sie können sich ja vorstellen, was heutzutage alles in diese Kategorie fällt. Wir sehen unsere Aufgabe vor allem darin, in solchen Fällen nichts anbrennen zu lassen und wenn, dann stellen wir den Topflappen, mit dem man das Angebrannte vom Herd holt.«

Frau Richter rieb ihre geschwungene Nase, die gut zu einer Figur auf einem Bild aus der Renaissance gepasst hätte – Tante Borgia –, und ließ meine Karte auf den Rauchtisch fallen.

»Sie müssen sich etwas deutlicher ausdrücken, junger Mann.«

»Ich bin schon dabei. Es geht um Miriam Schäfer-Scheunemann. Sie ist seit einem halben Jahr verschwunden, und ihre Mutter hat unsere Agentur damit beauftragt, sie zu suchen.«

Die Mitteilung überraschte Frau Richter nicht im mindesten. Sie schob einen Aschenbecher aus schwarzem Onyx über den Tisch. »Rauchen Sie nur, ich sehe doch, dass Sie ohne Zigarette nicht auskommen. Und warum ist Nora nicht zur Polizei gegangen?«

»Der Polizei sind in solchen Angelegenheiten die Hände gebunden, solange keine Anhaltspunkte für eine Straftat vorliegen. Miriam ist schließlich volljährig. Außerdem können Sie sich ja vorstellen, dass die familiären Verhältnisse – und nicht nur die familiären – in diesem Fall besonders delikate Ermittlungen voraussetzen.«

»Das kann ich mir allerdings vorstellen«, sagte sie mit einem tückischen Glitzern in ihren Augen. »Mich wundert, dass Nora überhaupt jemanden mit Ermittlungen beauftragt hat. Es würde ihr viel ähnlicher sehen, Miriam einfach abzuschreiben. Ein Verlustgeschäft mehr oder weniger, macht das noch einen Unterschied?«

Vielleicht wollte das Aas mich provozieren. »Ich hatte den Eindruck, dass Frau Schäfer-Scheunemann von Miriams Verschwinden ziemlich mitgenommen ist«, sagte ich, ganz der loyale Bergungsexperte, der nichts auf seinen Auftraggeber kommen lässt.

»Ja, schauspielern konnte sie immer schon«, entgegnete Frau Richter ungerührt. »Und was sagt Paul dazu? Oder hat sie Ihnen ihren Exgatten verschwiegen?«

»Ich habe bereits mit Herrn Scheunemann gesprochen. Er geht davon aus, dass Miriam in Berlin ist. Deswegen bin ich auch hier, Frau Richter.« Ich blätterte in meinem Notizbuch. Auch wenn man alles im Kopf hat, sieht das immer professionell aus. »Miriam war ja zuletzt über Ostern bei Ihnen. Hat das Mädchen Ihnen gegenüber Freunde erwähnt, Bekannte, Kneipen, in denen sie verkehrte, Klubs?«

»Ich will Ihnen mal etwas erzählen, Herr Harder.« Sie verschränkte ihre Hände auf den Knien. Für ihr Alter – ich schätzte sie auf fünfundsechzig –, war sie noch fesch zurechtgemacht, und an ihren Fingern blitzten vier Diamanten. »Miriams Vater ist ein Vetter meines verstorbenen Mannes. Seit mein Mann vor fünfzehn Jahren starb, haben wir mit Paul und seiner Frau nur selten das Vergnügen gehabt. Es gab da geschäftliche Beziehungen zu Freunden dieses Hauses, aber seit Pauls Zusammenbruch und seinem dubiosen politischen Engagement ist das alles sanft entschlafen. Und das ist gut so. Aber was Miriam betrifft, hielt ich es für richtig, ihr noch einen Rest familiären Zusammenhalts zu ermöglichen – fragen Sie mich nicht, warum. Wir haben alle unsere Schwächen. Leider haben wir zu spät bemerkt, dass ihre Mutter Miriam dazu benutzt hat, um uns hier auszuspionieren.«

Allmählich bekam die Sache Pfiff. »Wie darf ich das verstehen, gnädige Frau?«

»In einer Familie mit unseren wirtschaftlichen und politischen Verbindungen, Herr Harder, gibt es immer Dinge, Affären, Unternehmungen, die zu wissen für eine Frau wie Nora von Vorteil sein kann.«

»Wollen Sie damit andeuten, dass Frau Schäfer-Scheunemann –?«

»Uns erpressen könnte?« Die Vorstellung schien sie köstlich zu amüsieren. »Nun, in Ihrem Gewerbe liegen solche Gedanken wohl nahe. Lassen wir es dabei bewenden. Natürlich hat sich nichts dergleichen ereignet und wäre auch gar nicht möglich, aber es war uns allen doch klar, warum Miriam uns so oft besuchte. Und dazu kommt natürlich, dass sie leider für solche unappetitlichen Dinge prädestiniert ist.«

»Wie meinen Sie das, Frau Richter?«

»Nora Schäfer-Scheunemann ist eine moralisch durch

und durch verkommene Person, der sogar ihr Mann weggelaufen ist – und Paul ist wahrlich kein Heiliger. Er ist nur ein Schwächling. Was erwarten Sie denn als Produkt einer Ehe zwischen solchen Menschen?«

»Ich weiß nicht«, sagte ich und drückte die Zigarette aus. »Vielleicht eine große Begabung für die Oper?«

Sie schoss einen scharfen Blick auf mich ab. »Vielleicht sollte ich Ihnen erklären, dass ich bereits zweimal meine Familie verloren habe – einmal mit dem Ende des Krieges, und dann mit dem Tod meines Mannes. Wir hatten keine Kinder. Das, was ich jetzt noch an Familie habe – hier, in diesem Haus –, werde ich nicht verlieren, solange ich noch am Leben bin. Jedes Mal, wenn Miriam in den letzten Jahren hier war, kam mit ihr etwas ins Haus, was ich fast körperlich wahrnehmen konnte – etwas Böses, junger Mann, etwas durch und durch Negatives und Zerstörerisches. Die Jungens – die beiden Söhne meiner Nichte, beide in Miriams Alter – waren davon jedes Mal wie infiziert. Mal lethargisch, mal aufsässig, gereizt, hypernervös, wie unter einem bösen Bann. Wenn Miriam wegfuhr, verschwanden die Symptome. Und kehrten erst mit ihr zurück. Vielleicht kann sie ja nichts dafür. Manche Menschen tragen eben das Böse mit sich herum wie eine ansteckende Krankheit.«

»Sie denken an eine Art geistig-moralisches AIDS?«

»Wollen Sie leugnen, dass es das gibt? In Ihrem Beruf müssten Sie damit doch vertraut sein.«

»Mit dem Bösen an sich können wir in unserer Branche wenig anfangen. Ein paar handfeste Fakten wären mir lieber.«

»Die habe ich Ihnen gerade gegeben, Herr Harder.«

»Hat sie Ihnen gegenüber je einen gewissen Michael Malzan erwähnt?«

»Malzan? Der Name sagt mir nichts. Sie muss wohl Freunde in Berlin haben. Als sie über Ostern hier war, hat sie sich kaum blicken lassen. Wir waren ziemlich erleichtert darüber, das können Sie mir glauben.« Ihre Finger flatterten über ihre Dauerwelle. »Ach ja, jetzt fällt mir etwas ein. Als sie eines Tages zum Frühstück erschien – natürlich zu einer Zeit, wenn wir schon zu Mittag essen –, fiel mir ein Anhänger auf, den sie trug. Ein Silberschmuck in Form einer stilisierten Schlange. Ich fragte sie, ob das indianisch sei – man findet solche Sachen in Mexiko –, und sie sagte, indianisch nicht, Tante, indisch. Und dann verlor sie ein paar Worte über diese merkwürdige Sekte von Schlangenbeschwörern, wo sie anscheinend verkehrte. Schlangenbeschwörer in Berlin – nun ja.«

»Sie hat nicht zufällig eine Adresse erwähnt?«

»Ich glaube, sie erwähnte die Bleibtreustraße. Ja, ich erinnere mich noch daran, weil meine Schneiderin dort ihr Atelier hat. Stellen Sie sich das mal vor, und nebenan beschwören diese Leute Schlangen. Nun, es wird wohl so ein Guru sein, der damit den Leuten das Geld aus der Tasche zieht. Oder etwas wirklich Kriminelles. Das ist es ja meistens.«

»Hatte diese Sekte einen Namen?«

»Das dürfen Sie mich nicht fragen.«

»Ob Ihre Neffen den Namen vielleicht wissen?«

»Meine Neffen haben im September ihr Studium an der Bundeswehrhochschule in München aufgenommen, Herr Harder.«

»Ja, da haben sie natürlich andere Gurus.«

»Wenn Sie mich jetzt entschuldigen wollen«, schloss Frau Richter die Audienz, »ich glaube nicht, dass ich Ihnen bei Ihren Ermittlungen weiterhelfen kann. Ich, oder sonst jemand in diesem Haus.« Sie wischte die Karte über den Tisch. »Und nehmen Sie das wieder mit. Ich halte es für ziemlich unwahrscheinlich, dass wir Ihre Dienste jemals in Anspruch nehmen werden.«

Ich steckte den Karton wieder ein. Vielleicht hielt sie ihn für ansteckend. Vielleicht trug er das Böse in sich. Als wir in der Diele waren, fand Frau Richter sich doch noch zu einer Erklärung genötigt.

»Sie mögen mich für eine hartherzige alte Frau halten, aber Miriams Verschwinden überrascht mich nicht im mindesten. Und ich bin froh, dass wir sie hier nicht mehr haben werden.«

»Wären Sie auch froh, wenn sie tot wäre?«

»Jeder Mensch ist für sein Schicksal mitverantwortlich, Herr Harder.«

»Und nur der liebe Gott vergibt die Sünden.«

»Immerhin war ich die Einzige in diesem Haus, der Miriam nie etwas vorzumachen brauchte.«

»Eine Art Seelenverwandtschaft?«

»Ich überlasse es Ihnen, das herauszufinden.«

»Noch eine letzte Frage, gnädige Frau: Wer ist der Glückliche auf diesem Foto?«

Neben der Garderobe war eine kleine Fotogalerie, und ein Foto zeigte den Vorgänger des Regierenden Bürgermeisters von Berlin, der einem großen, hageren, grauhaarigen Mann in einem schwarzen Anzug einen Orden verlieh.

Daneben stand Frau Cäcilie Richter und sah mit einem Ausdruck von katzenhafter Zufriedenheit zu.

»Das ist Dr. Myslisch, der Abgeordnete. Mein Mann war sein politischer Mentor.«

»Ich wusste doch, dass ich das Gesicht kenne. Aus der Zeitung, selbstverständlich. Dann ist er also gewissermaßen ein Freund der Familie?«

»Auf dem Foto sind zwei Freunde der Familie«, sagte Frau Richter, und daran schluckte ich noch, als die MS *Kohlhase* mich wieder auf die andere Seite des Sees gebracht hatte.

9

Nachts ist die Kantstraße das Paradies der flüchtigen Träume. Dann bieten die bunten Lichter der türkischen Imbissstuben und ägyptischen Snackbars, der chinesischen und spanischen Restaurants, der Destillen und Neoncafés, der Diskotheken und Striptease-Schuppen genau die richtige Beleuchtung für die Geschichten, die nur die Großstadt erzählt – und sie auch nur noch mit heiserer Stimme und gespaltener Zunge. Nachts glaubt ein Mann, dass er in dieser Straße alles findet, was er zum Leben braucht; was es nicht für Geld gibt, kann er sich dazudenken, und wenn ihm an Gerechtigkeit liegt, dann trinkt er sich bis zum Charlottenburger Amtsgericht hoch und wartet, bis Justitia die Binde von den Augen fällt. Die Currywurst an der Bude gegenüber soll eine der besten in Berlin sein. Ich mag keine Currywurst.

Am Tag ist die Kantstraße der Ku'damm des kleinen Mannes. Ich kam von der Wilmersdorfer Straße, ließ die Betonklötze der beflaggten Warenhäuser hinter mir, warf einen Blick in die jugoslawische Wurstküche, wo die ewigen Verlierer aus der Fußgängerzone über ihrem Nachmittagsrausch ins Grübeln kamen: Heimat, wie ist dir. Die Sonne hatte eingepackt, jetzt trieb der Rauch vom Kraftwerk Charlottenburg herüber und vermischte sich mit dem Hausbrand und den Auspuffgasen auf der Kantstraße. Es war nur eine Frage der Zeit, bis die letzten Fußgänger mit Gasmasken herumliefen. Noch immer Mädchen mit viel Bein und Regenbögen im Haar, und dann die smarten Geschäftsfrauen um vierzig, die in ihren Textilgeschäften und Modeboutiquen, Parfümerien und Schmuckgeschäften einen zähen Kampf gegen Dollarkurs, Kriminalität, Kaufkraftschwund und einsame Nächte führten. Schon wieder ein neuer Asian Shop mit Lycheefrüchten und Sojakeimen und tiefgekühlten Krabben und Gingembre de Thaïlande, wo man immerzu fragen möchte, ob sie nicht auch eine Unze Opium haben, und dann kauft man eben doch 50 Gramm Gunpowder Tea, Temple of Heaven. Schon wieder hatte ein Neoncafé den Pächter gewechselt und lockte jetzt mit exotischen Cocktails und einem Art-déco-Interieur mit Weltraumstyling und wusste nicht, dass es so auch keine Chance hatte, weil der Fluch auf diesem Ort lag.

Laut amtlichem Telefonbuch wohnte Michael Malzan in dem gelbverputzten Haus neben der Kantgarage, aber auf dem Klingelbrett fehlte sein Name. Langsam stieg ich die Treppe nach oben. Dies war sicher keine erste Adresse, aber ein guter Platz für einen, der in dem Dschungel ringsum auf Beute aus war. In der letzten Etage lagen zwei Wohnungen. Aus einer Wohnungstür drang gedämpfte Rockmusik, an der anderen hing das Reklameschild einer Sektmarke. Die mit dem gewissen Etwas. Ein Ironismus. Ich klingelte, aber niemand öffnete, so wie niemand ans Telefon gegangen war. Nun ja – ich würde wiederkommen. Ich wandte mich zum Gehen, als die andere Tür aufging.

Ein Turm von einem Kerl, um die dreißig, mindestens

1,90 m groß und breit wie ein Bierwagen. Schwarze Haare, eine Boxernase, schwarzer Seehundschnauzer, misstrauische dunkle Augen. Er hatte ein verschwitztes T-Shirt mit dem Aufdruck BOSTON HARBOR HEALTH CLUB und Jeans an, und den Bauch wölbte nicht Bierfett, sondern harte Muskeln.

»Was wollen Sie denn?«

»Ich suche einen gewissen Herrn Malzan, Michael Malzan. Scheint nicht da zu sein. Kennen Sie ihn?«

»Nie gesehen. Hier kennt keiner den anderen.«

»Tja, wie das so ist in der Großstadt.«

»Sind Sie vom Finanzamt?«

»Sie machen aber Witze. Nein, ich bin von der Versicherung. Malzan hat Außenstände bei uns.«

»Soll ich ihm was ausrichten? Vielleicht seh ich ihn doch mal.«

»Wenn Sie ihn bisher nicht kennen, wäre das ja ein etwas merkwürdiger Beginn der Bekanntschaft. Nein, ich komme im Laufe der Woche wieder vorbei.«

Er nahm einen Schluck aus der Bierdose, die in seiner Pranke fast verschwand, und wischte seinen Schnauzer ab. »Wie Sie wollen.«

Die Bruce-Springsteen-Platte, die er laufen hatte, klickte aus, und ich hatte eine Idee.

»Sollten Sie Herrn Malzan zufälligerweise doch sehen, geben Sie ihm meine Karte. Falls es Ihnen nichts ausmacht.«

Er überflog die Worte, die ich neben meinen Namen gekritzelt hatte. »Bei welcher Versicherung sind Sie denn?«

»Herr Malzan weiß dann schon Bescheid.«

Er steckte sie in seine Gesäßtasche und musterte mich

noch mal ausgiebig. Dann: »Okay, Mann. Ich les mal mein Buch weiter.«

»Welches?«

»Weiß nicht, wie's heißt. Aber der Mann, der es geschrieben hat, ist der Größte. Mickey Spillane.«

»Dann will ich nicht weiter stören«, sagte ich und stieg die Treppe hinunter. Ich hatte das Gefühl, dass der Große mir nachstarrte, bis die Haustür ins Schloss fiel.

Aber dann war er schnell. Ich stand noch neben dem Buchladen auf der anderen Straßenseite und versuchte, ein Taxi zu finden, als er schon aus der Haustür stürmte. Eine schwarze Armyjacke spannte sich um seine Schultern. Er verschwand in der Kantgarage, und während ich immer noch darauf fluchte, dass ich den Honda zurückgegeben hatte, und nach einem freien Taxi Ausschau hielt, schoss der Große in einer weinroten BMW-Limousine aus der Garage und bog dann gleich nach rechts ab – Richtung Bleibtreustraße, immerhin.

Jetzt hielt ein Taxi, aber ich schüttelte den Kopf. Welche Adresse hätte ich dem Fahrer geben sollen? Ich schlenderte von der Kantstraße hinüber zur Bleibtreustraße, und dort hatte ich Glück. Fußgängerglück. Ich entdeckte den weinroten BMW.

Er war vor einem grauen Gebäude mit Stuckverzierungen aus Jugendstiltagen geparkt, das in einem Block zwischen einem Supermarkt und einem indischen Restaurant lag. Ein winziger Vorgarten mit dürrem Gesträuch, ein großes, mit Messing verziertes Portal. In der Eingangshalle – Marmorboden und roter Läufer – studierte ich den stummen Portier. Anwälte, Ärzte, eine Zeitschriftenredaktion, ein *Institut für physio-soziale Therapie,* ein Verlag, eine *Magic Air & Transport GmbH & Co.* KG, eine *Vishnu Food Products GmbH & Co.* KG und, im letzten Stockwerk, der *Club Kamasutra.*

Berlin war manchmal eine mysteriöse Stadt, aber auch eine praktische. Gleich gegenüber lag ein Café, und ich konnte mich an einen Tisch neben dem Eingang setzen, einen Espresso schlürfen und mich fragen, was physiosoziale Therapie sein mochte, während ich den BMW im Auge behielt – und die Eingangstür. Es war genau fünfzehn Uhr sieben, als der Große aus der Kantstraße erschien. Er war nicht allein. Ein blonder, gutaussehender Mann Mitte dreißig, etwa meine Größe, neben dem Bierwagen schmächtig, aber immer noch ansehnlich, in einem Kamelhaarmantel, wie sie jetzt wieder schick waren. Ich zahlte, und diesmal fand ich ein Taxi, während der BMW sich noch in den Verkehr einfädelte. Die Jagd war auf.

Mein Fahrer war ein sportlicher Studententyp, lange Haare, Seemannspullover, Lederhose und goldener Ring im Ohrläppchen. Einer von denen, die jede Mark für das Sektfrühstück in der WG und den Shit und die alljährliche Reise nach Sri Lanka oder Goa brauchen. Ich zückte meinen alten Presseausweis.

»Du verdienst dir doch bestimmt gern ein paar Mäuse extra.«

»Was soll's denn sein?«

»Ich bin Reporter, hinter 'ner heißen Story her. Diesen BMW da vorn, Kennzeichen B-KS 4369, den möchte ich gern absolut bogartmäßig beschatten. Wie lange, weiß ich nicht, aber außer dem, was auf dem Taxameter steht, kriegst du fünfzig Mark extra, wenn du ihn nicht verlierst.«

»Machen wir doch. Für wen ist die Story?«

»Muss auch noch top secret bleiben, aber ich schreibe nur für die großen Blätter.«

»Kapiert. Schickste mir 'n Heft?«

»Sicher.«

»Also gut, Chef, dann wollen wir mal.«

Der Junge hatte den Bogen raus – immer hübsch Abstand halten, aber nie vom Haken lassen. Wir hatten relativ lange Ampelphasen, so dass er sich auch mal zurückfallen lassen durfte, ohne den BMW plötzlich verlieren zu können – vorausgesetzt, die andern merkten nichts. Aber Taxis übersieht man zunächst mal. Wir fuhren an der Gedächtniskirche vorbei, über den Tauentzien, vorbei am KaDeWe und Wittenbergplatz, dann die Bülowstraße zur Potsdamer hoch. Sieht aus, als ob er auf dem Kiez zu tun hätte, dachte ich, aber er blieb auf der Potsdamer und fuhr am Kleistpark vorbei, Hauptstraße Richtung Innsbrucker Platz, Friedenau, Steglitz. Was suchte Malzan denn in dieser öden Gegend? Der Tag war grau, die Stadt war grau, mir war grau. Dann bog er tatsächlich Richtung Bundesplatz ab und fuhr durch das stille Viertel mit den Straßen, die nach Taunusorten benannt sind. Ein Viertel diskreter Luxussanierung. Als der Taxameter auf 21,50 stand, parkte der weinrote BMW, und Malzan stieg aus und betrat ein kleines, hell erleuchtetes Café an einer Straßenkreuzung.

Wir fanden gerade noch eine Parklücke vor einer Bankfiliale und warteten. Nach fünf Minuten hielt an der Ecke ein schwarzer Mercedes 350 SL, die Beifahrertür ging auf, und ein ziemlich großer, dunkelgekleideter älterer Mann mit einer russischen Fellmütze stieg aus. Auch der Mercedes suchte eine Parklücke, fand aber so schnell keine. Der Mann betrat das Café, und ich zog die Luft ein – ich hatte dieses markante Profil doch erst heute Mittag gesehen. Auf einem Foto in der Diele von Frau Cäcilie Richter. Dr. Harald F. Myslisch lautete sein voller Name. *Mein Mann war sein politischer Mentor.*

»Das scheint ja ein echter Knüller zu werden«, sagte der Taxifahrer. Ich hatte gar nicht gemerkt, dass er mich im Rückspiegel beobachtete. »Und für mich sieht er aus wie ein Spießer, der Hunger auf Schwarzwälder Kirschtorte hat.«

»Warte hier mal«, sagte ich und gab ihm einen Fünfzigmarkschein. »Ich will mir das genauer ansehn.«

»Ist das das Ende der Fahrt?«

»Wenn ich nicht zurückkomme, ja.«

Ich kam aber zurück, und zwar ziemlich bald. Ich war verrückt, meine Deckung zu verlassen – der BMW parkte so, dass der Große den Eingang im Visier hatte –, aber ich musste schließlich Gewissheit haben. Ein rascher Blick vom Verkaufsraum in die Cafėstube genügte auch. Ein Servierfräulein servierte ihnen gerade. *Tea for two.* Ich kaufte eine Tüte voll Plundergebäck. Noch ein Blick. Myslisch hatte seinen Mantel ausgezogen und schien sich hier länger aufhalten zu wollen, aber Malzan beachtete seinen Tee gar nicht. Er rauchte eine Zigarette und erzählte Myslisch etwas, der eifrig nickte. Keine Papiere, keine Aktenkoffer, nur zwei äußerst seriöse Herren bei einem kleinen Plausch in einem Friedenauer Café, zwischen alten Damen, die beim Kuchenessen ihren Kapotthut aufbehielten, und Schülerinnen, die Cola tranken und Filmzeitschriften tauschten. Ich wartete ab, bis ein Schwung von ihnen das Café verließ, und mogelte mich mit ihnen raus. Die zwanzig Meter zum Taxi wurden ziemlich lang.

»Alles klar?«

»Ich glaube, wir fahren gleich weiter.«

Das taten wir auch. Malzan brauchte noch drei Minuten, dann bestieg er den BMW. Die Limousine Myslischs glitt in die Parklücke, und wir folgten dem weinroten Schlitten zum Stadtring. Es war 15 Uhr 54, als wir auf die Stadtautobahn Richtung Nord einbogen.

»Die machen zum Airport«, meinte der Taxifahrer, als wir die Abfahrt Kaiserdamm/Charlottenburg hinter uns ließen. »Da ist dann aber für mich Ende, Chef.«

»Abwarten.«

Tatsächlich bog der BMW in den Kurt-Schumacher-Damm ein, fuhr dann aber weiter, statt in Richtung Flughafen Tegel abzubiegen. Jetzt waren wir in Reinickendorf. Es war ein Ausflug auf die falsche Seite der Stadt – schäbige Siedlungen, Großtankstellen, Einkaufszentren, Güterbahnhöfe, Vertreterhotels, die Kasernen der französischen Streitkräfte. Und dazu der schmutzige Himmel, der langsam dunkel wurde, und der Stoßverkehr. Und keine Ahnung, wohin die Fahrt ging. Wir bogen in die Oranienburger Straße ein, die durch Wittenau führt. Vor uns tauchten die Hochhäuser des Märkischen Viertels auf, wo die Kinder nur mit einem Lineal auf die Straße dürfen, damit sie den Fahrstuhl holen können. Experimente in modernem Wohnen.

»Bleibt nur noch die Klapsmühle«, sagte der Taxifahrer. »Bonnies Ranch.«

»Abwarten. Und sieh zu, dass du Abstand hältst. An der letzten Ampel war es ziemlich knapp.«

»Bei dem Verkehr …«

Er legte einen größeren Abstand ein, und prompt war der BMW an der nächsten Ampel weg. Wir hielten am S-Bahnhof Waidmannslust. Der Fahrer gab einen unterdrückten Fluch von sich.

»Ich glaube, die sind rechts abgebogen«, sagte ich.

»Da geht es nach Lübars. An den Arsch der Welt.«

»Versuchen wir's mal.«

Der Zabel-Krüger-Damm führte hart am Märkischen Viertel vorbei, an rissigen Betonklötzen mit Fenstern wie Spione, an Spielplätzen, die an Truppenübungsplätze erinnerten – und auf der anderen Straßenseite die Parzellen der Kleingärtner und ihre saubergeschrubbten Einfamilienhäuser, eine Wagenburg gegen die Gesetzlosen.

»Da vorne ist er!«

»Jetzt mal keine Hektik. Wo führt diese Straße hin?«

»Nach Lübars rein.«

»Und dann?«

»Tja, dann ist da die Grenze, Mann. Die Mauer.«

Was zum Teufel trieb Malzan hier? Die Gegend wurde immer ländlicher, zur Linken hatten wir schon Ausblick auf Dorfidylle am See, und nur die Wachtürme am Waldrand störten das Bild – mit Hochständen hatten sie nur sehr entfernt zu tun.

»Vielleicht haben diese Leute hier ein Pferd«, meinte der Taxifahrer. Ich erinnerte mich: Lübars war bekannt für seine Reitställe. Beliebtes Ausflugsgebiet im Sommer, Ponyreiten, Landspaziergang, Blumenpflücken, und richtige Weizenfelder. Die ersten Pferdeställe tauchten auf, und dann fuhren wir durch Alt-Lübars, und zwischen uns und dem BMW lag nur noch ein Bus, der an der Kirche hielt, Endstation. Stallungen, Höfe, Gewächshäuser – und nur noch eine Straße vor uns, und 25 Meter Abstand zu dem weinroten BMW, der unbeirrt Richtung Mauer fuhr.

»Fahr langsam, aber bleib dran.«

Wir fuhren durch eine Chaussee, zu beiden Seiten der Straße Mauern aus Laub. Vor uns die Lichter an der Grenze. Welliges Land, Kornfelder, Gärten. Kurz vor der Mauer lag eine Laubenkolonie, eine Ansammlung von Hütten mit Holzschuppen für Hasen, und Hühner in mickrigen Gärtchen. Der BMW bog nach rechts ab und rumpelte langsam an der Kolonie vorbei. Wenn wir jetzt auch noch abbogen, musste ihnen klar werden, dass wir ihnen gefolgt waren.

»Was liegt denn da vorne, wo der hinfährt?«

»Ich bin hier auch zum ersten Mal«, gab der Taxifahrer zu.

»Woraus ich dir keinen Vorwurf mache. Sieht aber doch so aus, als wenn dahinter nichts mehr käme.«

»Das Märkische Viertel.«

»Dann wären sie aber anders gefahren. Bleib du hier und warte. Ein Fußgänger fällt weniger auf.«

Wir rechneten ab, und ich gab ihm auch schon die 50 Mark Bonus. »Wenn ich in einer Viertelstunde nicht zurück bin, gib Gas.«

Er sah mich besorgt an. »Bist du sicher?«

Ich hatte keine Ahnung, ob ich sicher war, aber ich stieg

aus, und er wendete und parkte am Straßenrand. Direkt an der Mauer führte ein Fußweg entlang, und ich arbeitete mich langsam am rückwärtigen Rand der Kleingärten vor, über mir die Lichter der Todeszone. Niemand war zu sehen, es roch nach Dung, Hundekot und den Briketts, die die Kleingärtner in ihren Öfen verheizten. Und dahinter die Skyline des Märkischen Viertels.

Dann stand ich an der Ecke, vor mir freies Land, und rechts führte eine Straße zurück nach Lübars. Es war ein Schotterweg, der keinen Namen trug, nur eine Nummer, zu meiner Rechten lag die Kolonie, zur Linken eine von der Schotterstraße etwas zurückgesetzte Gruppe von flachen, barackenähnlichen Gebäuden hinter einem Drahtzaun – und davor der weinrote BMW mit dem Kennzeichen B-KS 4369.

Ich blieb stehen und zündete mir eine Zigarette an. In dem BMW saß niemand mehr. In einem der Flachbauten sah ich Licht. An der Ecke lag ein Kinderspielplatz, und zwei dickvermummte Fünfjährige hockten in der Sandgrube und schmierten sich ihre Jacken voll. Keine geeigneten Informanten. Ich ging an ihnen vorbei, und dann dachte ich, Geld kostet was, und ging über die Straße und sah mir die Sache aus der Nähe an. Die drei Flachbauten waren solide Angelegenheiten aus Beton und bildeten ein u-förmiges, zur Straße offenes Viereck mit einem Parkplatz davor. Der Drahtzaun war auch solide, dicht gesetzte mannshohe Holzpflöcke mit Maschendraht, ich tippte auf Militärbestände, und am Eingang, einer schweren Eisentür, hing ein Messingschild, auf dem in schwarzen Lettern stand: FARM FÜR FREIE ENTFALTUNG – Institut für physio-soziale Therapie – Besuch nur nach tel. Vereinbarung. Und ein Wappen, eine stilisierte Schlange, die etwas im Maul hatte, was ich nicht erkennen konnte. Dafür konnte ich etwas anderes erkennen – die Videokamera in einem Aufbau auf der mittleren Baracke, deren glänzendes Auge direkt auf mich gerichtet war.

10

Jade Beinstein stand an der Bar des Klubs Berliner Krimi-Fans (KBKF) und schwenkte die neueste Ausgabe des *Armchair Detective.*

»Ich sage euch, ich hatte ein Gefühl; als ich das Ding aus dieser Mottenkiste ziehe, ich dachte, ich höre Dashiell Hammett im Grabe husten. Dieser Laden war nun wirklich unterwegs in Sachen Ramsch, Kinder, nichts als zerfledderte Kladden, Rumpelkammern voller vergammelter Comics, Regale mit Lore-Romanen – und mittendrin ein Exemplar der limitierten Erstausgabe von *You Only Live Twice.* Und was lese ich im *Armchair*? Ohne Schutzumschlag ist das Buch heute 1100 Dollar wert.«

»Und mit Schutzumschlag?«

»Man kann nicht alles haben, Kinder.«

Jade war ungefähr 1,85 m groß, ein sehniger, nervöser Bursche in meinem Alter, der einen Hang zu auffallenden Klamotten hatte. An diesem Abend trug er einen flaschengrünen Samtanzug mit aufgesetzten Taschen, violettes Hemd mit weißem Kragen, einen safrangelben Pullover, eine weiße Seidenkrawatte mit aufgestickten schwarzen Pistolen und spitze schwarze Tangoschuhe mit weißen Kappen. Angeblich verkaufte Jade Versicherungspolicen, aber wenn ihn jemand nach Einzelheiten fragte, winkte er ab:

Versicherung? Lass die Finger davon, Alter. You only live twice. Ein Paradiesvogel unter den Krimi-Fans, in der Regel arbeitslose Lehrer auf der Suche nach einem Lektor, der ihre stümperhaften Thriller-Versuche abnahm, oder die typischen Sammlerfiguren, manisch Depressive, deren Leben ein Surrogat von stockfleckigen Schmökern, Preislisten und imaginären Trödelläden war, in denen sie eines Tages eine limitierte Erstausgabe der burmesischen Übersetzung von Sherlock Holmes fanden. Und dann gab es noch die Aficionados, die echten Kenner wie Jade, oder der Mann, der ihr Klubchef war, Leute, die eine ganze Nacht damit verbringen können, die Bedeutung der Ortsnamen in den Romanen von Agatha Christie zu erklären – und warum Mike Hammer nur eine 45er benutzt.

Und deswegen war ich am Dienstagabend da.

Ich drängte mich zur Bar durch und bestellte mir etwas zu trinken, und schließlich gelang es mir, Jade in Beschlag zu nehmen und ihn nach einem schwarzhaarigen Bierwagen zu fragen, der Mickey Spillane für den Größten hielt. Aber Jade musste passen.

»Und ich bin schließlich fast jeden Dienstag hier.«

Dienstags tagten die Krimi-Fans im Klubraum, freitags die SF-Fans, und die Dekoration war infolgedessen eine bizarre Mischung – Barbarella und Bogart.

»Schlechten Tag gehabt, Harder?«

»Einen seltsamen. Kennst du zufällig einen Club Kamasutra?«

»Den alten hab ich gekannt, der dann abgebrannt ist. Der war früher in der Kaiser-Friedrich-Straße, gegenüber vom Boheme. Das war ein gehobener Puff, Harder, wenn du mal gut gezogen hattest und dir eine angenehme kleine Orgie in relaxter Atmosphäre gönnen wolltest. Aber der ist dann abgebrannt, letztes Jahr.«

»Es gibt ihn aber wieder. In der Bleibtreustraße.«

Jade nickte und nahm einen Schluck Bacardi. »Weiß ich, Harder. Aber unter neuem Management. Ganz anderes Ambiente. Zutritt nur noch mit feinsten Connections. Man hört da so manches. Ein Klub für spezielle Wünsche, du verstehst schon.«

»S/M?«

»Och, du darfst da sicher auch rein, wenn du in Schürze und Häubchen unterwegs bist. Oder auf dem Scheißhaustrip. Aber nur, wenn du kohlemäßig absolute Sahne bist.«

»Wo hört man solche Sachen, Jade?«

»In meiner Branche muss man so etwas wissen, mein Junge. Darf man fragen, warum du dich dafür interessierst? Ich meine, wenn du ein gepflegtes Bordell zu zivilen Preisen suchst …«

In diesem Augenblick sagte eine hohe, heisere Stimme in unserer Nähe: »Harder interessiert sich doch nicht für Puffs. Harder interessiert sich doch nur für heiße Stories, hab ich recht, Harder?«

Wir machten nicht den Fehler, uns nach der Stimme umzudrehen. Wir brauchten nur nach unten zu sehen, und da stand er, Albin, ein zwergenhafter Mensch, vielleicht eins fünfunddreißig klein, das Maskottchen des Klubs. Mr. Horror, wie sie ihn hinter seinem Rücken nannten, verdiente sein Geld mit kleinen Rollen beim Film (und als Amateurzuhälter, hieß es). Er war zwischen vierzig und fünfzig, trug immer nur Nadelstreifenanzüge und T-Shirts und hochhackige Stiefel aus echtem Krokodilleder (von einem weiblichen Verehrer, hieß es). Er hatte ein bleiches, von Falten schraffiertes Gesicht mit schwarzen, stechenden Augen, trug seine schwarzen Haare lang und im Nacken zu einem Entenschwanz frisiert und rauchte parfümierte Orientzigaretten aus einer langen Elfenbeinspitze. Wenn Albin in der Nähe war, brauchte man keinen Gruselfilm mehr.

»Ich bin aus dem Geschäft mit den heißen Stories ausgestiegen«, sagte ich.

»Und was machst du jetzt?«

»Vielleicht schreibe ich einen Krimi.«

»Damit lässt sich in Deutschland kein Geld verdienen.«

»Wer redet von Büchern? Ich dachte an einen Film.«

»Mit anderen Worten, du bist doch noch hinter heißen Stories her.«

»So wie du hinter heißen Muschis«, sagte Jade.

Albin verzog seine blutleeren Lippen zu einem wölfischen Grinsen. »Dass ihr immer auf uns kleine Menschen so futterneidisch sein müsst«, flüsterte er und driftete zur Sitzecke, wo gerade eine erregte Diskussion über die neuen amerikanischen Polizeiromane in Gang war – der Trend der achtziger Jahre, was die Verfechter und Gralshüter der ›Private Eye‹-Tradition in Rage versetzte: »Dazu kann man nur sagen, was schon Chandler von Spillane sagte …« Sie brachten sich in Stimmung für den Höhepunkt des Abends, den gemeinsamen Besuch der Nachtvorstellung von *Point Blank* mit Lee Marvin, einem Film, von dem sie jede Einstellung und jeden Dialog auswendig kannten, ob sie nun zur klassischen ›Detection‹-Fraktion, zum ›Private Eyes‹-Flügel oder zu den Rabauken zählten, die nur die allerhärtesten Helden gelten ließen und einen Film wie *Bring mir den Kopf von Alfredo Garcia* für den absoluten Gipfel menschlicher Schöpfungskraft und künstlerischen Genius hielten.

»Du siehst nach Schwierigkeiten aus«, fand Jade. »So hab ich dich noch nie erlebt.«

»So oft hast du mich überhaupt noch nicht erlebt.«

Ich kannte Jade, seit ich in Berlin lebte, gut zwei Jahre, aber öfter als ein halbes Dutzend Mal hatten wir uns noch nicht getroffen. Man traf sich, trank einen zusammen, und dann verschwand jeder wieder mit seinem Leben in seinem Teil der Stadt.

»Ich bin tatsächlich einer Story auf der Spur. Vielleicht schaffe ich damit mein Comeback. Die Sache hat bis jetzt aber noch jede Menge lose Enden, und eins davon könnte in der Bleibtreustraße sein – in dem Haus, wo auch das Kamasutra liegt.«

»Wenn du Hilfe brauchst, ich hab momentan nicht so arg viel um die Ohren«, sagte Jade. »Versicherungsmäßig läuft die Chose an mir etwas vorbei in letzter Zeit.«

»Was hörst du denn von der Zentrale?«

»Düsseldorf? Du weißt doch, wie das ist, wenn man so lange in der Kälte ist, Harder. Das Tam-Tam kommt noch laut und deutlich durch, aber in den Leitungen ist schon so ein hohler Pfeifton, als ob der ewige Winter mitschwingt.«

»Düsseldorf liegt doch nicht in Sibirien. Und das mit der Kälte ist doch aus einem Agenten-Roman.«

»Versicherungsagenten sind auch Agenten, Harder.«

In diesem Augenblick fiel das Licht aus.

Stille. Nervöses Kichern. Plopp-plopp-plopp: der undichte Wasserhahn am Tresen.

Dann: »Ein Kurzer, ist nur ein Kurzer!«

»Hast du denn keine Taschenlampe!«

»Und das im Krimi-Klub!«

»Nur Ruhe bewahren, meine Damen und Herren. Die Jungs von der Spurensicherung treffen sofort ein …«

Gelächter, Proteste: »Sogar einen Kurzschluss benützt ihr, um den Police Procedural abzufeiern!«, mehr Gelächter, und dann ein Schrei – aber einer, der echt klang. Eine Frauenstimme, hoch, schrill, zu Tode erschreckt. *Mord im Krimi-Klub* – was für Schlagzeilen. Bevor allen die Nerven durchgingen, war das Licht wieder an.

»Verdammt, was war das denn, Beate?«

»Da – eine Schlange!«

»Mensch, die ist doch aus Plastik!«

Befreites, hysterisches Gelächter. Da war sie wieder, die Schattenlinie zwischen Fact und Fiction. Das Untier ging von Hand zu Hand – eine Plastikschlange, wie man sie in jedem Geschäft für Schabernackartikel bekommt.

»Welcher Idiot war das?«

»Wo wir sowieso so wenig Frauen haben im Klub!«

»Das fragst du noch? Kann doch nur Mr. Horror gewesen sein.«

»Der Zwerg!«

»Mensch, nicht so laut! Der hört das nicht gern.«

»Das kann er aber ruhig hören, mich so zu erschrecken.«

»Wo ist er denn?«

»Nun komm schon, Albin, musst ja nicht gleich beleidigt sein.«

»Was macht er denn jetzt wieder?«

»Albin, wo bist du?«

Aber Mr. Horror antwortete nicht. Er war verschwunden. Ich sah mir die Schlange an. Nur so ein billiges Plastikding. Ein Scherzkeks, der Zwerg. Ein billiger Witz mit dem falschen Adressaten. Allerdings – ich hatte ihn ja mitbekommen.

11

Nett, dass du dich mal wieder blicken lässt, Harder«, knurrte Betsy Glück und hielt mir ihre Wange hin. »Hast dich ziemlich rar gemacht.«

Ich hauchte einen Kuss dahin, wo das dicke Make-up die Narbe verdeckte, die ein unvorsichtiger griechischer Handelsmatrose Betsy vor langen Jahren mit dem Messer beigebracht hatte, bevor sie ihn mit einem Handkantenschlag außer Gefecht setzte. Das war angeblich in Marseille gewesen, wo Betsy am Alten Hafen gearbeitet hatte – hauptberuflich als Stauer, wie böse Zungen gelegentlich flüsterten. Die Figur und die Stimme dafür hatte sie, aber was das andere betraf, hatte noch nie jemand den Beweis dafür angetreten, dass Betsy nicht von Anfang an das gewesen war, was sie heute sein wollte.

»Willst du etwa wieder zu Nuchali?«

»Ich war nur in der Gegend und wollte mal reinschauen.«

»Sie ist nämlich im Interconti. Wir haben doch wieder drei Kongresse gleichzeitig und gerade erst das Jazzfestival hinter uns. Nächste Woche gehe ich in Urlaub.«

»Südfrankreich?«

»Wohin denn sonst?«

»Hast du das Geld für dein Restaurant endlich zusammen?«

»Nächstes Jahr ist es so weit.«

Es war immer nächstes Jahr so weit, das Spezialitätenrestaurant, das Betsy in ihrem Fischernest bei Banyuls aufmachen wollte. Sie haben alle etwas für nächstes Jahr.

»Dann komm mal rein in die gute Stube.«

Nach den Neonspotlights im Flur war das gedämpfte Licht in der Küche eine Wohltat. Es war bullig warm. Eine schokoladenbraune Schönheit von höchstens zwanzig Jahren, die nichts als einen Tangaslip und einen BH anhatte, lagerte auf dem Plüschsofa unter dem spätimpressionistischen Gemälde ›Die Kaiser-Wilhelm-Gedächtniskirche und das Romanische Café‹, mit dem irgendein längst vergessener Bordellkunde seine Schulden bezahlt hatte, und las mit gekrauster Stirn in einer alten Ausgabe von *Newsweek.* Vor dem Video thronte eine Rothaarige mit einer Rubensfigur, die von einem schwarzen Korsett nur knapp zusammengehalten wurde, und betrachtete hingerissen den alten John Wayne, der gerade mit schmerzverzerrtem Gesicht seinen Gaul bestieg. Auf dem Herd dampfte der Wasserkessel. Schweiß, Parfüm, feuchte Handtücher, Achselspray, Alkohol, Massageöl, Zigarettenrauch und ein Hauch von Vaseline – ich atmete tief durch.

»Wenn du diesen Geruch auf Flaschen ziehst«, sagte ich zu Betsy, »kannst du viel Geld damit machen.«

»Meinst du?«

»Du musst nur auf die Flaschen schreiben: ›Berliner Luft‹.«

»Mach keine faulen Witze, Harder. Ich trinke jetzt einen Kamillentee.«

»Und ich leiste dir dabei Gesellschaft.«

Die schokoladenbraune Schönheit warf mir einen fragenden Blick zu. Sie hatte die Augen einer jungen Gazelle und einen atemberaubenden Mund. Und in fünf Jahren steht sie auf der Potse und macht es für einen halben Schein, dachte ich. Damit sie was gegen ihren Cold Turkey kriegt. Schuss für Schuss. Wenn du jetzt eine Latte kriegst, dachte ich, verzeih ich dir das nie. Ich bekam eine Latte. Das Läuten der Wohnungstür rettete mich. Betsy klatschte in die Hände.

»Das sind die Herren von der Konditorinnung, Mädels! An die Arbeit!«

»Ausgerechnet jetzt«, maulte die Rothaarige. John Wayne biss gerade die Zähne zusammen. Der letzte Ritt zum Rio Bravo. Sie stoppte die Kassette, warf einen Blick in den Spiegel neben der Tür und mir beim Abgang eine Kusshand zu. Die Gazelle war einfach verschwunden.

»Wie lange ist die Schöne denn schon bei dir?«

»Ein paar Wochen. Völlig unbegabt, das dumme Ding.«

»Ich frage mich, wie die nach Berlin kommt.«

»Mit einem Visum, Harder, wie alle andern auch.«

»Jemand muss das doch aber organisieren.«

»Stell keine blöden Fragen. Schütt lieber das Wasser in die Kanne.«

Ich brühte den Kamillentee auf und stellte mir dabei vor, wie der Herr von der Konditorinnung auf die kaffeebraune Schönheit stieg. Sahnetörtchen für die Gazelle. So kam ich nicht weiter. Ich steckte mir eine Zigarette an und fragte Betsy, wie die Geschäfte gingen.

»Beschissen, Schätzchen.«

»Ich dachte, Puffs wären wieder im Kommen.«

»Aber doch nicht solche Tante-Emma-Läden wie der hier. Bring mir ein Schälchen ans Sofa, Harder, und nimm dir einen Wodka.«

»Kamillentee ist gerade richtig«, sagte ich, goss den Tee in zwei chinesische Schalen und rückte den Tisch ans Sofa. Wir schlürften und rauchten, bis wir richtig eingenebelt waren – Betsy verputzte drei Schachteln Tiparillos am Tag –, und ich bewunderte ihre neue tomatenrote Haarfarbe, die das Paprikarot ihres seidenen Hausmantels und das Burgunderrot ihrer Lippen und das Orangerot ihrer Netzstrümpfe komplettierte.

»Was für eine Art Betrieb hat denn jetzt Konjunktur?«

»Du musst an das Publikum denken«, sagte sie, »an das zahlungskräftige Publikum. Die Werbefritzen, die Mikrochiphersteller, die Aufsteiger an der Uni und in der Politik. Der Mann hat schon mit zwanzig in Wohngemeinschaften gelebt und gehascht, der ist mit dem Motorrad durch die Staaten gegondelt und hat beim Bhagwan Gruppensex gemacht. Der hat die Bi-Welle mitgemacht und die Partnertauschwelle und die Ich-fick-überhaupt-nicht-mehr-Welle, der kennt die chinesische Dreifachrolle rückwärts und hat auch schon mal mit dem Leder und dem Wäscheseil geprobt. Ganz zu schweigen von dem Koks und den Poppern und der ganzen Chemie. Wenn du den in ein Etablissement locken willst, mein Junge, da musst du schon etwas Spezielles bieten. Der will doch nicht in so einen Puff, wo vielleicht noch der Abgang von seinem Großvater in den Ritzen verschimmelt.«

»Pass auf, Betsy.« Ich beugte mich zu ihr und legte mein Gesicht in besorgte Falten. »Ich suche ein Mädchen. Privat.

Hat nichts mit einer Reportage zu tun. Ein Mädchen ist verschwunden, ich helfe den Leuten, sie zu finden. Könnte sein, dass sie im Milieu gelandet ist.«

Ihr Bulldoggengesicht drückte Desinteresse aus – aber vielleicht auch Vorsicht. »Mädchen verschwinden immer mal, Harder. Du hast doch genug Mist darüber verzapft.«

»Hier geht es um einen Freundschaftsdienst, Betsy. Und du weißt doch, wie das mit Freundschaftsdiensten ist.«

»Ich hab keine Freunde.«

»Man tendiert dazu, ziemlich hartnäckig zu sein.«

»Ach Gottchen. Nun hör mir mal zu, Harder. Du bist hier gern gesehen – als Kunde. Aber wenn du anfängst, dumme Fragen zu stellen und herumzuschnüffeln nach kleinen Mädchen, dann ist es vorbei mit der Freundschaft. Leute, die herumschnüffeln und Erkundigungen über irgendwelche verlorenen Töchter einziehen, sind in diesem Geschäft eine Pest. Aber eine Pest, gegen die es Mittel gibt.«

»Nun übertreib mal nicht«, sagte ich und lächelte aufmunternd. »Einigen wir uns darauf, dass es schlechte Reklame ist. Verdammt schlechte Reklame, wenn da so eine trübe Geschichte aufgerührt wird. Nicht für die Spezialbetriebe, Betsy. Die feinen Etablissements, die haben ihre Kundschaft sicher. Aber die Leute von der Konditorinnung, die werden mal wieder nachdenklich, wenn sie so eine Geschichte in der Zeitung lesen. Und dann streichen sie beim nächsten Innungsabend den Besuch im Puff. Du weißt ja – mein Gott, das könnte ja meine Tochter sein.«

»Worauf willst du hinaus, Harder?«

»Sag ich doch – ich helfe den Leuten, ihre Tochter zu finden. Vielleicht ergibt sich ja, dass alles ein Missverständnis war. Vielleicht ist sie längst in einer Hippie-Kommune in Katmandu. Oder einen Meter tief verscharrt im Grunewald. Aber es gibt da eine mögliche Verbindung zu einer Art Sekte. Hier in der Bleibtreustraße. Indische Mystik, Schlangenbeschwörung, dieser Zimt. Und im gleichen Haus gibt es eben auch den Club Kamasutra. Verstehst du, worauf ich hinaus will?«

Ihre Augen waren nur noch zwei Schlitze, und ihre Stimme rutschte eine Oktave tiefer. »Kamasutra? Schlag dir das aus dem Kopf, Schätzchen. Im Kamasutra arbeiten keine Anfängerinnen.«

»Ich würde ein paar Scheine springen lassen, wenn ich mich davon selbst überzeugen könnte.«

»Vergiss es. Für ein paar Scheine bekommst du im Kamasutra noch nicht mal einen Kamillentee.«

»Und wenn du mich dort anmeldest?«

Sie lachte, und wenn Betsy Glück lachte, sah man den griechischen Matrosen am Boden liegen. »Mach dir lieber mit deinen Scheinen einen netten Abend, Schätzchen. Das ist billiger und auch viel gesünder.«

In diesem Augenblick steckte Nuchali ihren Kopf in die Küche, und als sie mich entdeckte, strahlte sie.

»Dein Schatz ist schon da«, sagte Betsy Glück, eine Oktave höher. »Er hat gerade eine Menge Geld gespart, mach's ihm also schön, Nuchali, mein Täubchen. Macht's euch gemütlich, Kinder, und, Harder – bleib bei deinen Artikeln. Da kosten dich die Fragen nichts.«

12

Nuchali verschwand erst im Badezimmer, und ich ließ mich solange in dem Sessel neben dem Waschbecken nieder und blätterte in dem Stapel Zeitschriften auf dem Teewagen. Die Thailänderin liebte unsere Illustrierten, und seit sie wusste, dass ich auch mal für sie geschrieben hatte, wartete sie Woche für Woche geduldig darauf, dass endlich mein Name unter einem Artikel stand – und sei es unter einem Kochrezept.

Die Neonröhre in dem engen, überheizten Zimmer mit den schwarzen Tapeten verbreitete ein bläuliches Licht, gerade die richtige Beleuchtung, um nachzusehen, was die Jungs in der Branche sich abfriemeln mussten: Waldsterben ... Flick ... die Hungersnöte ... aber dann doch immer wieder das gute alte Lesefutter und das Diktat der Farbstrecken ... und die Serien ... ob Heimat oder Impotent, ob Königshäuser oder Cruise Missiles ... was hatten die beim *Stern* denn wieder rausgekramt? ›Zurück zur Liebe‹, Kinder, das hab ich doch schon 1979 für die Konkurrenz gemacht.

Als Nuchali aus dem Bad kam, trug sie einen hautengen roten Bodysuit, der ihre Kurven gut zur Geltung brachte. Sie war fünfundzwanzig, aber es war schon abzusehen, dass sie bald aufgehen würde wie ein Buddha. Ich hatte nichts dagegen, wenn Deutschland wenigstens dazu gut war. Sie kniete sich vor mich hin.

»Möchtest du bleiben, Joe?«

Ich steckte drei Scheine in die Blumenvase.

»Betsy sagt, ich soll machen, dass du länger bleibst. Warum?«

»Sie braucht den Zaster. Du weißt doch, sie spart auf ihr Restaurant.«

Aber Nuchali zog ihre Nase kraus und senkte die Wimpern. Der Druck ihrer Ellenbogen verstärkte sich. Mit Sprechen verstehst du mich nicht, hieß das. Machen wir anders weiter.

Ihr Bettkasten stand erhöht und durch einen Vorhang mit aufgedruckten Sternzeichen vom Zimmer abgetrennt. Ein Sündenpfuhl aus dicken Schaumgummimatratzen mit einem dunkelroten Stretch-Betttuch und bunten Seidenkissen. Nuchali steckte ein Räucherstäbchen an. Sweet Jasmine. Die Hi-Fi-Anlage, die alle Räume berieselte und von der Küche aus gesteuert wurde, gab einen seichten Swing von sich. Abstellen konnte man sie nicht. Ich hatte mich schon bei Betsy deswegen beschwert, aber nur eine dumpfe Ausrede gehört: Im Supermarkt beschwerst du dich auch nicht, Schätzchen. Als ich meine Klamotten los war, fing Nuchali an, mich zu massieren.

»Entspann dich, Joe. Nur atmen …«

»Ja, da oben.« Ich unterdrückte einen Schrei, dann: »Sag mal, kennst du den Club Kamasutra?«

»Ja, Joe. Hab ich auch gearbeitet.«

»Wann war das?«

»Vorher. Entspann dich, Joe.«

»Mach ich doch. War der da schon in der Bleibtreustraße?«

»Ist doch egal.«

»Gute Arbeit da?«

»Arbeit, Joe. Ich musste bezahlen für Aufenthaltsgenehmigung, Arbeitserlaubnis, all das.«

»Und im Kamasutra hast du viel Geld verdient?«

»Arbeitserlaubnis, Aufenthaltsgenehmigung.«

»Das heißt, du hast für die Papiere gearbeitet?«

»Egal, Joe. Nur atmen.«

Für die Papiere ficken – das passte. Im KZ hatten sie sie auch gefickt – und manche waren sogar mit dem Leben davongekommen.

»Sag mal, wer hat dich ins Kamasutra gebracht? Der Mann, der dich aus Thailand geholt hat?«

»Egal, Joe. Hier ist es besser. Bei Betsy.«

»Hm. Mach da unten weiter, Nuchali, ja.«

Ihre Finger konnten alles – sie waren stark wie Affenpfoten, scharf wie Katzenklauen und zärtlich wie Schmetterlingsflügel.

»Wann warst du zuletzt im Kamasutra, Nuchali?«

»Oh, manchmal arbeite ich da noch.«

Ich hielt ihre Hand fest und zog sie zu mir. »Für wen?« Sie schüttelte den Kopf und deutete mit einem Finger auf die Lautsprecherbox. Dann eine Bewegung zum Mund. Und schließlich ihr Mund an meinem Ohr: »Betsy kann uns hören, Joe.«

Die alte Mamasan? Möglich. Vielleicht konnte sie nicht mehr anders, obwohl Betsy mir meistens jenseits von Gut und Böse schien. Aber da war das Spezialitätenrestaurant …

ich drehte die Musik lauter. Sehr laut. Abstellen konnte man sie nicht, aber man konnte sie so laut aufdrehen, dass die Scheiben zitterten.

»Nimmt Betsy das alles auf Tonband?«

Nuchali zuckte die Schultern. »Ein Mädchen hat mir das gesagt, Joe.«

»Pass mal auf, Nuchali. Im Kamasutra, was ist da die Spezialität?«

»Warum willst du das wissen, Joe?«

Ich erzählte ihr – Stichworte genügten – von dem Mädchen, das ich suchte, aber sie schüttelte den Kopf. Sie kannte die anderen Mädchen nicht, die dort arbeiteten. Nuchali kam ins Kamasutra nur für einen besonderen Kunden. Einen, den sie von früher kannte.

»Was ist das für ein Mann?«

»Big Boss, Joe. Mehr weiß ich nicht.«

Ich sah einen Funken in ihren Augen. »Hast du Angst?«

Sie zuckte die Schultern. »Keine Angst. Aber warum fragst du das alles? Das ist nicht gut, Joe, so viel Fragen. Warum musst du das Mädchen finden?«

Ja, warum? Ich steckte mir eine Zigarette an. Die Musik war viel zu laut. Da konnte kein Mensch denken. Ich machte sie leiser. Die Zigarette, richtig. Nikotin half beim Denken. Oder warum rauchte man sonst? Schlechte Gewohnheit? Bestand das ganze Leben nur aus schlechten Gewohnheiten? Angst, Feigheit, für Geld ficken, für Geld fragen, für Geld nicht fragen? Ich starrte die Thailänderin an. Was hatte sie davon, mir meine Fragen zu beantworten? So ging das nicht. Harder, du baust Scheiße. Bleib bei deinem Job, Harder, das sagten sie alle. Fragt sich bloß, was ist mein Job? Ich muss das Mädchen suchen. Malzan. Wer ist dieser Malzan?

Ich beschrieb ihn Nuchali, und obwohl sie den Kopf schüttelte, merkte ich, dass sie ihn kannte.

»Ist das der Big Boss?«

Kopfschütteln. Blick zur Lautsprecherbox.

»Zieh dich an, Nuchali. Wir gehen zu mir.«

Kopfschütteln. »Ich kann nicht, Joe. Später kommen viele Leute, viel Arbeit.«

»Verdammt, ich bezahl das schließlich.«

»Morgen, Joe.«

»Gut, dann morgen. Ich ruf dich an, und dann kommst du. Hier ist es auch viel zu ungemütlich. Aber nimm dir morgen auch Zeit, verstehst du?«

»Ich bleib die ganze Nacht, wenn du willst.«

Plötzlich fiel mir ein, was Betsy Glück ihr aufgetragen hatte – warum sollte ich länger bleiben, wenn sie nachher doch volles Haus hatte? »Massier mich noch weiter«, sagte ich laut, legte einen Finger auf die Lippen und stieg schnell in die Klamotten. Nuchali sah mir mit einem Stirnrunzeln zu, das viel bedeuten konnte – aber auch gar nichts. Und so saß sie noch da in ihrem roten Bodysuit, mit den langen schwarzen Locken um ihr Gesicht, eine Frage auf der Stirn und eine Antwort auf den Lippen, als ich leise die Tür aufmachte und mich verzog.

Bis morgen, Kleines.

Als ich an der Ecke stand, fuhr ein Mercedes vor dem Haus vor, und drei Männer stiegen aus und betraten es. Noch eine Innung, sicher. Aber vielleicht auch ein Rollkommando.

13

Es war elf Uhr abends, und ich stand in meinem Apartment im 13. Stock und starrte auf die Leuchtreklame in der Bismarckstraße, die an- und ausging: WÄSCHE … KLEBBA … WÄSCHE … KLEBBA. Vor der hell erleuchteten Oper warteten die Taxis. Dunkler, niedriger Himmel, die Lichter am Funkturm, der SFB, die roten Warnlichter der Kirchtürme, die Lichtkette der Stadtautobahn, Tegel und Reinickendorf sendeten: Berlin auf Posten.

Das Abbruchhaus lag verlassen da, nur in zwei Zimmern noch ein heller Schein. Vor der Diskothek gegenüber der Oper ein Pulk von Jugendlichen, knatternde Mopeds, kreischende Mädchen. Einer warf eine Bierflasche, verfehlte knapp die Bogenlampe an der Ecke. Die Flasche krachte vor einem Auto auf die Kreuzung, zersplitterte. Der Wagen stoppte kurz, die Jugendlichen setzten sich schon in Gang, Action, tierisch. Der Wagen fuhr weiter. WÄSCHE … KLEBBA. Ich nahm einen Schluck Wodka und füllte in der Küche das Glas auf. Auf dem Küchentisch meine Notizen. Harder, Heinz, Beruf: Zeilenschinder. Der Wind fauchte um den Beton.

Das ist also dein Zuhause, dachte ich. Jedenfalls, wenn du mal saubermachen und die Flaschen wegwerfen und den Müll vom Balkon räumen und die Bücher aufstellen und einen Schrank kaufen und deine Klamotten reintun und deinen Spion blank putzen und dein Bett beziehen und dein Bad schrubben und den Fußboden scheuern würdest, hättest du den Anfang für ein Zuhause. Der Trouble mit dir ist, Harder, dass du lieber den Anfang für eine Story hättest als den Anfang für ein Zuhause.

Immerhin hatte ich eine Zimmerpalme. Ich hatte sie von einem Bekannten übernommen, der nach London gegangen war, um ins Videogeschäft einzusteigen, jetzt verkaufte er in Lesotho Antibabypillen, und die Zimmerpalme gedieh. Mich beunruhigten nur ein paar gelbe, fasrige Blätter, ich rieb sie einmal in der Woche mit Bier ab, aber jede Woche kam eins dazu. Ich gab ihnen Wasser. Vielleicht durfte man nur noch abgekochtes Wasser nehmen. Die meisten Leute tranken angeblich nur noch abgekochtes Wasser und kochten ihren Kaffee nur noch mit abgefülltem Tafelwasser, das Leitungswasser in Berlin ist völlig vergiftet, hieß es. Ich gab es trotzdem der Palme. Dafür bekam sie ja auch Bier. Zu einer Zimmerpalme gehört auch eine Zimmerschlange, dachte ich, etwas, das den Steuerfahndern einen Schreck einjagt, sie muss ja nicht giftig sein, nur so aussehen, und dann kriecht sie aus deinem Hemdsärmel, wenn der Mann dir gerade das Formular hinhält, auf dem du dein Urteil gegenzeichnen sollst. Im Namen des Fiskus.

Das Telefon klingelte. Es war meine Exfrau.

»Ich komme am Donnerstag nach Berlin«, verkündete Evelyn. Sie wohnte nur in Hamburg, aber wenn sie *Berlin* sagte, klang es wie die Hauptstadt der mandschurischen Volksrepublik. »Ich kann nur bis Freitag bleiben, aber ich hoffe doch sehr, dass wir uns sehen können. Ausführlich.«

»Ich werde es einrichten, Pussycat.«

»Nenn mich nicht Pussycat. Du hörst dich an, als ob du beschäftigt bist. Arbeitest du endlich wieder?«

»Kann man sagen.«

»Für welchen Verlag?«

»Der Name wird dir nichts sagen.«

»Gut, darüber möchte ich nämlich auch mit dir reden.«

»Über meine Arbeit? Wir sind seit fünf Jahren geschieden, Evelyn.« Was sie allerdings noch nie davon abgehalten hatte, meine Angelegenheiten weiter zu manipulieren – besonders die Steuersachen.

»Du hast hoffentlich nicht vergessen, dass du Journalist bist, Harder. Du hattest alle Chancen. Und jetzt sitzt du in einem von diesen Berliner Hinterhöfen und schreibst wahrscheinlich an einem Roman, den kein Verlag drucken wird. Dabei tut sich gerade so viel in der Branche.«

»Das tut es doch immer. Wo steigst du ab?«

»Im Schweizerhof. Ich habe einen Termin um 15 Uhr, sagen wir um fünf in der Bar? Wir können dann ja zusammen essen.«

»Ich werde da sein«, sagte ich und legte auf. Ich sah sie in ihrem Studio in Pöseldorf mit Alsterblick auf ihrer Couch von de Sède, sicher hatte sie noch ihre Nanas und das Zeug von Hundertwasser an den Wänden. Evelyn hatte sich ihren Namen in der Welt der Hochglanzzeitschriften und farbigen Beilagen gemacht mit Nanas und Beuys und Hundertwasser, Spezialistin für den Geschmack der Zeit und zahlungskräftiger Kunden und die Cadillacs der Wiener Schule und die golddurchwirkten Käppchen von Ernst Fuchs und für Venedig, Vision des Untergangs, und was die

Bankiersfrauen und die Jil-Sander-Models sonst noch interessierte zwischen Sitzungen mit ihrem Haarstylisten und Wirtschaftskrisen. Sie hatte im Feuilleton angefangen, ich als Volontär bei der *Hessischen Volkszeitung*, im Sport, »Borussia macht alles klar«. Ich war wie wild gewesen auf diese Schickse mit ihrem kastanienbraunen Haar und ihren grünen Augen und ihrem Bessere-Leute-Lächeln und ihren langen Beinen und ihren arroganten Arschbacken und ihren Herrenreiterallüren und dem roten Schamhaar am Schlitz, das erste Mal hatte ich sie im Damenklo einer Münchner Moderedaktion im Stehen gefickt, ich hatte ihren Maxi-Rock von Courrèges versaut, und sie hatte so laut, so irre gestöhnt, dass ich dachte, jetzt ist es aus, jetzt hast du dich durchgefickt, jetzt hast du etwas, das echt ist, eine echte Frau, echte Klasse, Harders Klassenkampf.

Ich trank den Wodka aus und sah nach, was ich zu essen hatte. Ich fand etwas im Tiefkühlfach, *Scholle mit Champignons*, und schob es in die Backröhre. Morgen würde ich mir ein gutes Stück Fleisch gönnen. Evelyns Kunstzeitschrift hatte es ja.

Als das Zeug heiß war, aß ich es direkt aus der Alu-Schale und trank noch einen Wodka dazu. Beim Essen ging ich die Notizen durch, die ich mir gemacht hatte. Sie gaben nicht viel mehr her als die Scholle. Das einzig Handfeste war das, was die alte Zicke in Kladow mir erzählt hatte, und die Baracke in Lübars. *Farm für Freie Entfaltung.* Und dann waren es doch wieder nur ein paar arbeitslose Heilpraktikerinnen mit einem Batik-Tick und einer Ringelnatter, um die sie einen altgermanischen Fruchtbarkeitstanz aufführten. Und das, was Nuchali mir geflüstert hatte? Kein

Redakteur hätte auch nur eine Zeile davon gedruckt. Immerhin, ich arbeitete nicht für einen Redakteur, ich arbeitete für Nora Schäfer-Scheunemann. Michael Malzan. Klang wie ein Künstlername. Der semmelblonde Bayer mit Kamelhaarmantel und Verbindungen zur Farm für Freie Entfaltung, der ehemalige Schauspieler, vor dem Paul Scheunemann Schiss hatte, dass die Schwester gar nicht mit der Spritze nachkam. Mit einem persönlichen Draht zum Abgeordneten Dr. Myslisch. Archiv, dachte ich, morgen musst du sofort ins Archiv. Du musst vorgehen, wie du es gelernt hast, was, wo, wann, wer, wie, warum. Dr. Harald F. Myslisch, Anwalt, Abgeordneter, ein Name, der immer wieder auftauchte, wenn in Berlin von Skandalen die Rede war. Ein Freund der Familie in Kladow. Ein Freund, der viele Freunde hatte. Eine Spur, die sich zu verfolgen lohnte.

Ich presste zwei Pampelmusen aus und mixte den Saft mit Wodka und einem Spritzer Zitrone, viel Eis. Wenn es anfängt, Winter zu werden, darf man nicht am falschen Ende sparen. Letztes Jahr um diese Zeit hatte ich mich zum ersten Mal von Kopf bis Fuß durchchecken lassen, Herz, Lunge, Blut, Leber, Nieren, auch die Augen, die Wirbelsäule, die Ohren, das Einzige, was sie noch nicht durchchecken konnten, war das Hirn, für das, was das Hirn produzierte, gab es andere Spezialisten. Sie müssen das so sehen, Ihr Körper ist eine Maschine, hatte der Arzt gesagt, Ihr Auto muss ja auch alle paar Jahre durch den TÜV, neue Reifen, Ölwechsel, Bremsflüssigkeit, wie wichtig sind schon die Scheibenwischer, und er hatte etwas von Alkohol und Nikotin gemurmelt und mir Pillen verschrieben.

Zu Hause hatte ich die Packungsbeilagen studiert und

das Zeug anschließend in den Müllschlucker befördert – zusammen mit den leeren Bierdosen, Würstchenpackungen, Alu-Schalen, Joghurtbechern, Kaffeebüchsen, Zahnpastatuben, Zigarettenschachteln, Spraydosen, Schnapsflaschen und all dem andern Krempel, in dem verpackt war, was man zum Leben brauchte und dafür, um es bei sich zu behalten. TÜV. Saufen gehörte einfach dazu, gesoffen hast du, als du zum ersten Mal deinen Namen im Blatt gesehen hast, gesoffen hast du, als der Lokalchef dich rausschmiss, weil es den Verkehrsunfall mit drei Toten gar nicht gegeben hatte, den du am 1. April auf die erste Seite gesetzt hast, mit Toten macht man nämlich keine Scherze, gesoffen hast du, als du den ersten Riemen auf Hochglanzpapier hattest, gesoffen habt ihr, als der Chefredakteur sagte, Harder, mit dir hab ich noch viel vor, du bist der Mann, der mir die Serien schreibt, pack den ganzen Krampf rein, Junge, hier, mach mal, die Fußballbräute. Gesoffen wurde immer. Du hast immer auf Zeile geschrieben, die Deadline gehalten, und wenn Not am Mann war, haben sie dir die Pulle auf den Tisch gestellt, und du hast im Layout noch die Motti und die Unterzeile gemacht, Harder, König der Unterzeile, sie konnten dir jede Farbstrecke hindonnern, acht Seiten Busen auf den Bahamas, nichts wie Sand und Titten, und in 20 Minuten hattest du den Text, Sonne auf Sappho, und deine Serie wurde vom Blatt redigiert. Du hast tierisch gesoffen, du warst tierisch glücklich, bis Evelyn kam, hattest du alles im Griff. Und dann diese Frau und das Kind. Du hast ihnen die Füße geleckt, du hast sie auf den Thron gesetzt, du hast aufgehört zu saufen, du hast aufgehört zu schmieren, du hast gedacht, aus dir wird noch etwas ganz

Feines, mein Mann macht jetzt nicht mehr diesen Tittenjournalismus, er macht eine Serie über die deutschen Filmemacher, die Radikalität des Weltbilds bei Fassbinder, lass doch den Scheiß, hat der Chef gesagt, Kulturwichser gibt es genug, hier, Busenwunder Made in Germany, das ist dein Terrain, das ist dein Acker, oder hier, die Frauen der Politiker, über Film kann jeder schreiben, Harder, du machst wieder die Frauen, die verschwunden sind. TÜV.

In Bonn wurde noch tierischer gesoffen als anderswo, die Frau des Abgeordneten, der sich Hoffnungen auf den Posten des Parlamentarischen Staatssekretärs im Ministerium für wirtschaftliche Zusammenarbeit machte, rieb sich die Titten mit Goldpuder ein und sagte, wenn du dir die Haare zurückkämmst und die Zähne fletschst, siehst du aus wie Jack Nicholson in *Shining,* Männer sind von Natur aus Mörder, dann riss sie dir mit ihren Nägeln die Haut in Streifen vom Rücken, und du standst in ihrem Morgenmantel da und hast die Akten durchgewühlt, als der Abgeordnete vom Wahlkampf zurückkam, er hatte den Bundeswehrhubschrauber benutzt. Irgendwo hättest du sicher wieder die Motti machen können.

Ich hockte mit dem leeren Glas auf einer Umzugskiste mit Büchern, als auf der Straße jemand schrie.

»Feuer! Feuer!«

Ich hatte nur drei Schritte zum Balkon. Der kalte Wind fauchte mich an. Auf der Straße standen sie schon, die Jugendlichen von der Diskothek, Passanten, Leute aus den Kneipen. Das oberste Stockwerk in dem Haus gegenüber brannte.

Erst war es nicht viel mehr als ein züngelndes Licht, das

in zwei Zimmern an den Wänden hochflackerte, aber das alte Zeug brannte wie Zunder, und der Wind fachte die Flammen noch an. Schon hörte man die Feuerwehrsirenen. Es brannte und krachte. Überall ging Licht an, Fenster wurden aufgemacht, die Leute drängten sich auf ihren Balkonen. Die ersten Spritzenwagen donnerten von der Kantstraße her, die Polizei kam von der Bismarckstraße, zwei Streifenwagen. Das Feuer griff um sich, niemand kam aus dem Haus gelaufen, vielleicht hatten sie es alle schon verlassen und dann das Feuer gelegt. Wem nützte es? Vor der Oper standen sie in ihren Roben und dunklen Mänteln und hatten gleich die Gläser zur Hand, und als die Flammen aus den Fenstern schlugen, setzte es Bravos und *Zugabe!* von den Stehplätzen, und dann riegelten sie die Straße ab und fuhren die Schläuche aus.

Ich füllte mein Glas nach, als das Telefon läutete.

»Harder?«

»Wer ist da?«

»Heinz Harder, der Journalist?«

Es war nicht viel mehr als ein Flüstern. »Wer spricht da?«

»Hast du mal aus dem Fenster gesehen, Harder? Nettes Feuerchen, nicht? Stell dir mal vor, es brennt in deinem Hochhaus. Wo wohnst du? Im dreizehnten Stock. Ob du da noch rechtzeitig runterkommst?«

Ein heiseres Flüstern. Die Stimme kam mir bekannt vor.

»Hier ist ein Fan von dir, Harder. Ein Fan, der möchte, dass du noch lange lebst. Und wunderschöne Berichte schreibst. Über Frauen mit geilen Titten. Und das wirst du auch, Harder. Du musst nur aufpassen, wem du dumme Fragen stellst.«

»Du bist ja verrückt, du Sau.«

»Meinst du? Sieh dir das Feuerchen genau an, Harder, und stell dir vor, wie es sein wird, wenn es in deinem Hochhaus brennt und du stehst auf deinem Balkon und unter dir liegt nur das Dach der Tiefgarage. Guck dir das Feuerchen an und pass auf, Mann, wem du Fragen stellst. Pass auf.«

Klick.

»Du dumme Drecksau, dich kauf ich mir«, schrie ich in die tote Leitung, dann legte ich auch auf.

Dich schmeiß ich in den Müllschlucker, dachte ich, da gehörst du hin, in den Müllschlucker, zu den leeren Büchsen, den Tampons und den Ratten. Da hat Betsy Glück aber schnell geschaltet, dachte ich. Da muss ich ihr doch einen gehörigen Schrecken eingejagt haben. Wollen mich verarschen, wollen mir Angst machen, wollen, dass ich mir die Decke über den Kopf ziehe und über die Radikalität des Weltbilds bei Fassbinder nachdenke. Da müsst ihr aber früher aufstehn, Jungs.

Ich nahm das Glas und stellte mich wieder auf den Balkon, ich guckte mir das Feuerchen an, oh ja. Ich sah zu, wie sie die Leitern ausfuhren und den Schaum rausspritzten, wie sie ein Loch in das Dach schlugen, um an den Brandherd zu kommen, wie die Leute in dem Neubau nebenan ihre Kinder beruhigten und sich beruhigten und ihre Einbauküchen und ihre Bankkontos und Versicherungspolicen, ich sah zu, wie der Wind abflaute und die Opernbesucher nach Hause fuhren und die Diskobesucher sich zerstreuten, bringt doch nichts, Mann, wie sie das Feuer schließlich erstickten, wie sie die Straße wieder räumten, wie der verkohlte Stumpf des Hauses noch rauchte und ächzte und schließlich nur noch dastand und darauf wartete, dass die Geier kamen. Einen Drink später wusste ich, wem die Stimme gehörte, dieses heisere Flüstern. Ich hatte es doch erst ein paar Stunden früher gehört, dieses heisere, hohe Flüstern, das musste man sich doch einprägen, er arbeitete ja schließlich auch bei Film und Fernsehen, Albin der Zwerg, dich kauf ich mir, Mr. Horror.

14

Bei der Kriminalpolizei in der Keithstraße wedelte ich am nächsten Vormittag Punkt zehn Uhr mit meinem alten Presseausweis und wurde gleich in den zweiten Stock geschickt. In der Treppenhalle war es so still wie in einer Kirche, und so sollte es ja auch sein – Vater, ich habe gesündigt. Nur Gott konnte Gnade vor Recht ergehen lassen; aber der Bulle brauchte Beweise.

Kriminaloberrat Smetana stand am Fenster seiner preußischen Sakristei und rieb sich die Hände. Er war ein mittelgroßer Mann in mittleren Jahren, der eine Vorliebe für gedeckte braune Anzüge hatte, die am besten zu seinen haselnussbraunen Augen passten, die man für die Augen eines Privatgelehrten oder eines Priesters halten konnte, was Smetana sicher auch geworden wäre, wenn er nicht als preußischer Polizeibeamter das Licht der Welt erblickt hätte. Als er mich erkannte, kam er mit einem huldvollen Lächeln auf mich zu und gab mir die Hand.

»Nett, Sie mal wieder zu sehen, Harder.«

»Hat man Ihnen die Heizungszulage gestrichen, Herr Rat? Verdammt kalt bei Ihnen.«

»Man geht davon aus, dass uns die Pflicht einheizt.«

»Treiben Sie das Preußentum nicht auf die Spitze?«

»Das sagen Sie jetzt. Und wenn wir irgendwann unser

neues Dienstgebäude beziehen, macht ihr uns wieder madig. Tee?«

Es war eine rhetorische Frage. Bei Smetana gab es niemals etwas anderes als Tee, und den bereitete er selbst auf einer Platte hinter seinem Schreibtisch zu und servierte ihn in echten Porzellantassen. Auf seinen Tee hielt Smetana sich etwas zugute. Seine Bewegungen waren geschmeidig und perfekt koordiniert. Es war eine Freude, ihm beim Teekochen zuzusehen. Wenn ich ein Krimineller gewesen wäre, hätte er mich schon damit eingesackt.

»Am Telefon klangen Sie etwas vage«, sagte Smetana, nachdem er den Tee an seinem Konferenztisch serviert hatte. »Was kann ich denn für Sie tun?«

Ich probierte einen Schluck. Köstlich, wie immer.

»Sie wissen doch«, sagte ich, »wie solche Themen immer wieder aufs Tapet kommen. Mal sind es die vermissten Mädchen, mal die verschwundenen Ehemänner. Jetzt geistert da wieder eine Zahl durch die Presse – jeden Tag verschwindet in Berlin ein junges Mädchen –, Sie kennen sich doch aus, Herr Rat. Prompt ruft mich der Redakteur an: Harder, ab geht er.«

Smetana zelebrierte seinen ersten Schluck. Dann kam die Zigarette, und das Lächeln, das jetzt um seinen Mund spielte, hatte ich außer bei ihm nur im Zoo gesehen. Bei den Hyänen. »Ich kann mich an Ihre letzte Reportage erinnern«, sagte er. »Wie hieß sie noch gleich?« Sein Zögern war Mache. Er hatte lückenlose Belege. »Ah ja, ich hab's: › … und morgens das leere Bett‹. Ziemlich plastischer Titel.«

»Aber falsch. Das war die über die verschwundenen Ehefrauen, Herr Rat. Die über die Mädchen hieß …«

»›Immer, wenn das Telefon klingelt‹. Hab ich doch glatt verwechselt.«

Noch mehr Mache. Smetana hatte noch nie etwas verwechselt, nicht mal zwei von den unbekannten Toten, für die er – zusammen mit den Bränden und den Vermissten – zuständig war.

»Den Titel macht in der Regel der Redakteur«, sagte ich.

»Gute Arbeit«, versicherte er. »Jedenfalls haben die Fakten meistens gestimmt, und was das betrifft, werden wir ja von Ihren Kollegen nicht gerade verwöhnt. So auch diesmal, Harder. ›Jeden Tag verschwindet in Berlin ein junges Mädchen‹, das können Sie sich gleich abschminken. Da hat mal wieder ein Kollege aus dem Ressort Fantasy zugeschlagen.«

»Hab ich mir doch gedacht, Herr Rat. Aber wie diese Redakteure in ihrem Stumpfsinn sind, jetzt warten die darauf, dass ich mit einer Story überkomme. Sie ahnen ja gar nicht, was da an Stichworten fiel. Rauschgift. White Slavery. Weiße Mädchen für Manila. Eine Phantasie haben die Leute, wie ein abgenagter Zahnstocher.«

»White Slavery«, wiederholte Smetana und schnüffelte an dem Ausdruck herum wie eine Hyäne, die auf ein Stück Aas gestoßen ist, das selbst ihr verdächtig vorkommt. »Das rangiert gleich hinter dem Ungeheuer von Loch Ness, würde ich sagen.«

»Hab ich mir auch gedacht. Deshalb möchte ich die Sache auch ganz anders angehen, Herr Rat. Ich hab nämlich in meinem Bekanntenkreis so einen Fall, wissen Sie – ein Mädchen, das in Berlin verschwunden ist –, und daran werde ich meine Reportage festmachen.«

Er ließ etwas Rauch aus der Nase driften, dann betrachtete er seine halb gerauchte Zigarette und drückte sie aus. Ein echter Pausenfüller. Schließlich räusperte er sich.

»Ist das Mädchen als vermisst gemeldet?«

»Nein.«

»Wie alt?«

»Fast neunzehn.«

»Woher?«

»Raum Hannover.«

»Konkrete Anhaltspunkte?«

»Wofür?«

»Für Ihre Behauptung, dass das Mädchen verschwunden ist. Und zwar in dieser Stadt.«

»Konkret ist noch nichts. Ich fange ja auch gerade erst an zu recherchieren. Eventuell spielt da eine Art Sekte rein, hier in der Bleibtreustraße, so was Indisches mit Schlangenbeschwörung. ›Institut für physio-soziale Therapie‹. ›Magic Air & Transport‹. ›Farm für Freie Entfaltung‹ in Lübars. Sagt Ihnen das etwas?«

Er lehnte sich zurück, schlug die Beine übereinander, so dass ich feststellen konnte, wie gut seine nussbraunen Socken zu seinem tabakbraunen Glencheck-Anzug und seiner ockerfarbenen Krawatte passten, und gönnte mir ein mitleidiges Lächeln.

»Sie haben einen Beruf, um den man Sie beneiden kann, Harder. Keine festen Bürozeiten, können kommen und gehen, wie Sie wollen, frei wie die Lilien auf dem Feld, und wenn es Ihnen passt, stricken Sie eine kleine Story zusammen, ›und morgens das leere Bett‹ – Leser gibt es immer. Und wenn Ihnen mal etwas nicht geheuer vorkommt, gehen Sie einfach zur Kripo, da findet sich schon jemand, der Ihnen weiterhilft. Und damit es denen nicht einfällt, Sie für einen Ruhestörer zu halten, garnieren Sie das Ganze noch mit dem persönlichen Bekanntenkreis. Ach ja, fast hätte ich die White Slavery vergessen. Als Appetithäppchen vorweg.«

»Ich weiß nicht, womit ich das verdient habe«, sagte ich. »Da arbeitet man mit der Polizei zusammen, und dann wird man auch noch beleidigt.«

»Sie? Sie sind doch nicht so schnell zu beleidigen, Harder. Ihr Problem ist, dass Sie zu viel von diesen Serien gestrickt haben, und jetzt tapsen Sie nur noch in Ihren eigenen Kulissen herum. ›Farm für Freie Entfaltung‹ – sind Sie sicher, dass Sie das nicht schon 1976 hatten? Als Sie die Reformkostschwindler gemacht haben? Oder was immer?«

»Als Sie noch bei der Mordkommission waren, Herr Rat, hatten Sie eine andere Einstellung zum Verbrechen.«

»Wo liegt denn hier ein Verbrechen vor?«

Also gut. Malzan musste her. Ich hatte ihn mir aufheben wollen bis zum Schluss, aber wenn Smetana ihn haben wollte, konnte er ihn gleich haben.

»Und oben in dem Haus liegt der Club Kamasutra«, schloss ich. »Sie werden ja nicht behaupten wollen, dass der auch eine Erfindung von mir ist.«

Smetana wirkte schon sehr viel nachdenklicher. Das stand ihm auch besser. »Nein«, sagte er und putzte seine Brille mit der Krawatte ab, »das behaupte ich in der Tat nicht. Und dieser Malzan hat mit dem Kamasutra zu tun?«

»Möglicherweise.«

»Könnte für Sie kritisch werden, wenn Sie da auffallen, Harder.«

»Herr Rat, ich bin persönlich involviert. Das sind Bekannte von mir, ich möchte ihnen helfen.«

»Wie gut bekannt? Das Mädchen kennen Sie auch?«

»Nicht direkt«, gab ich zu, »aber ich bin nicht nur hinter einer Story her, glauben Sie mir. Stories pflück ich vom Baum. Das hier ist persönliches Interesse.«

»Human interest. So heißt das ja wohl in Ihrer Branche. Ich übersetze es mal wohlwollend: Sie machen persönlich engagierten Journalismus. Freut mich, Harder. Fabelhaft. Und wenn Sie ihn noch mit Fakten würzen, dann werde ich der Erste sein, der Ihnen gratuliert.«

Richtig witzig, der Bulle. »Mittlerweile könnten Sie mal Ihren Computer befragen, Herr Rat. Vielleicht spuckt er ja diesen Malzan aus.«

»Wissen Sie, dass wir letzte Woche sechs Fälle von vermissten Jugendlichen hatten, die uns schlaflose Nächte gekostet haben, Harder? Ganz normale vermisste Jugendliche, der Jüngste war gerade acht, von der Schule nicht nach Hause gekommen, in der Gegend war erst vor kurzem eine Serie von Sexualdelikten mit Kindern, können Sie sich vorstellen, was da los war? Und am nächsten Morgen kommt der Lausebengel in die Schule, als wäre nichts gewesen. War ja auch nichts gewesen. Bei der Omi war er, hat er ganz vergessen zu sagen, und die Omi hat kein Telefon, und von der Omi hat uns die Mami in der Aufregung gar nichts gesagt. Das ist der normale Alltag bei uns, Harder. Abgesehen von den Brandanschlägen, den Leichensachen, den Drogen, der ganzen ausgeflippten Zeit. Und dann kommen Sie auch noch an mit Magic Air & Transport. Weiße Mädchen für Manila. Ich lach mich tot. Wie war der Name noch mal?«

Man musste Smetana einfach aussitzen, wenn er diese Stimmungen hatte. Ich nahm noch einen Schluck kalten Tee, während er den Namen durchgab. Dann rief er eine andere Stelle an, und sein Gesichtsausdruck veränderte sich. Man musste ihn kennen, um das mitzukriegen, weil es nur ein winziger Knick um den Mund war, aber ich kannte ihn ja. Er legte auf, und als er wieder den Mund aufmachte, sah er schräg an mir vorbei auf einen Spalt im Parkett – oder auf eine unsichtbare Schrift an der Wand.

»Michael Malzan«, sagte er. »Nein, gegen den Mann liegt nichts vor, Harder. Abgesehen von gewissen Erkenntnissen, die in bestimmten Abteilungen dieses Hauses gesammelt wurden.«

»Was heißt das?«

Er nahm seine Brille ab und fing wieder an, sie zu polieren. Dabei war Smetanas Brille immer so sauber wie ein Computerausdruck.

»Hören Sie, Harder, an Ihrer Stelle würde ich einen anderen Aufhänger für diese Reportage nehmen. Wir können ja mal die Akten durchsehn, da finden wir schon etwas. Haben wir doch früher auch so gemacht.«

Ich stand auf. »Ist es politisch, Herr Rat?«

»Mein Rat an Sie ist nicht politisch, nein. Rein menschlich. Kommen Sie die Tage wieder, wir finden dann etwas.«

»Ich hab Ihnen doch gesagt, Herr Smetana, ich bin persönlich involviert in diesen Fall.«

»Welchen Fall? Es gibt keinen Fall. Keine Anzeige, kein Fall. Und jetzt habe ich zu arbeiten.«

Ich konnte einen Wink mit dem Zaunpfahl verkraften. Harder, der Mann, den nichts umhaut, keine Beleidigung, kein Wink mit dem Zaunpfahl. Was heißt Zaunpfahl? Mit dem Berliner Polizeipräsidium.

»Dann komme ich also die Tage wieder.«

»Wir sehen uns bestimmt bald.« Und das war noch nicht alles. Als ich schon die Tür aufmachte, schoss er seine letzte Patrone ab. Er blätterte dabei in einer Mappe. »Hören Sie mal, was ich da in einer Zeitschrift gefunden habe. Kurios. Eine Anzeige. ›Sind Sie verzweifelt? Dann wenden Sie sich an Ihren Bergungsexperten für außergewöhnliche Fälle, Berlin Postfach, oder im Notfall Telefon …‹ Was sagen Sie dazu?«

»Wir leben in verzweifelten Zeiten«, sagte ich und machte die Tür zu, bevor er wieder laden konnte.

15

Servus, Harder«, trompetete Oskar Luckenrieder und kippte einen Berg von Papieren aus seinem Besuchersessel, »was trinkst du? Komm, wir trinken ein Weißbier, ich hab Erdinger Weißbier, genau wie früher, freut mich, setz dich.«

»Ich hätte lieber einen Kaffee«, sagte ich.

Er starrte mich einen Augenblick mit seinen blutunterlaufenen Augen an, dann riss er die Tür nach nebenan auf. »Mach uns Kaffee, Margit, extra stark, wir arbeiten!«

Oskar hatte immer noch das freundlichste Brüllen, das man in seiner Branche zu hören bekam, und Sommersprossen in einem Lausbubengesicht, wie in den Zeiten, als er noch eine gepunktete Fliege und Samtanzüge trug und sich seine ersten Sporen in der Werbung für Pfanni verdiente, während ich die Busenwunder betextete. Jetzt war ich Bergungsexperte, und Oskar machte die Wahlkampagne für die fundamentale Opposition. In Jeans und Hemdsärmeln. Auch seine Haare fingen an, sich zu lichten.

Er pflanzte sich wieder hinter das übliche Chaos auf seinem Arbeitstisch und legte die Beine hoch. Ich stellte fest, dass er immer noch spitze schwarze Halbschuhe trug, deren Schnürsenkel lose herabhingen.

»Wie geht's der Wahlkampagne, Oskar?«

»Pfundig«, legte er los, »ich bin total happy. Ich mach eine Wahlkampagne, was Tolleres gibt es nicht, Harder. Ich hab ein Fünftel vom Etat der FDP, lächerliche Summe, absoluter Kinderkram, und was soll ich dir sagen? Ich brauch gar nicht mehr. Wir können nur gewinnen.« Er fuchtelte mit Listen herum. »Schau dir an, was du in einer Wahlkampagne an medialen Zielmitteln hast und was wir davon machen können, da hätte ich dich früher aus dem Büro gelacht als Kunde, wenn du mir das geboten hättest, für die Politik mach ich es, für diese Politik, und weißt du warum? Ich fühl mich saugut dabei.«

Seine Sekretärin brachte den Kaffee, der so stark war, dass mir der Schweiß ausbrach. Oskar brach auch der Schweiß aus, das beruhigte mich.

»Und wie stehen eure Chancen?«

»Harder, wir können gar nicht verlieren. Es ist mir ja fast schon peinlich, aber es sieht nun mal so aus, was die andern auch machen, wir profitieren davon. Aber es geht ja gar nicht um Stimmen.«

»Regieren wollt ihr nicht?«

»Regieren? Du meinst, die Ohnmacht verwalten. Ja, sind wir denn blöd? Haben wir nichts gelernt? Beten wir den Schwindel nach, den die andern als Politik ausgeben? Die Wahl ist für uns nur Mobilisierung, Harder, Aufklärung, richtig gutes 19. Jahrhundert, so machen wir das, pfundweise Broschüren. Allein zum sozialen Wohnungsbau haben wir da ein Ding, das ist so saugut, dafür müssten wir den Nobelpreis kriegen, alles ausgerechnet, Modelle durchgespielt für die nächsten 50 Jahre, das ist Wahlkampfwerbung im absolut jungfräulichen Zustand, ein paar Stelltafeln, ein paar give-aways, ein paar Spots, das ist alles. Unsere Anzeigen druckt die bürgerliche Presse in dieser Stadt ja nicht, diese freie Presse, Harder, da kriegst du das Kotzen, nichts gegen deinen Beruf. Willst du bei uns mitmachen?«

»Ich bin Illustriertenschreiber, Oskar, das ist zwar auch fundamental, aber anders. Wieso drucken die eure Anzeigen nicht?«

»›Entspricht nicht dem Stil unseres Hauses‹, wenn du da nur mal antippst, was an Schweinereien abläuft, ›müssen wir leider stornieren, Herr Luckenrieder‹, und immer nur mündlich, die Brüder legen sich ja nicht mehr schriftlich fest, bloß keine schriftlichen Festlegungen, das haben sie inzwischen gelernt, damit sie hinterher erstaunt fragen können, der Kindermund: ›Ich? Ich war damals im Urlaub, Teneriffa‹, und den Flugschein haben sie dann eben zur Hand, von der Tante oder dem Parteikassierer. Tja, mein Lieber, was du da an Ohnmacht erfährst, und du kannst doch nicht ewig rumlaufen damit, davon gehst du doch kaputt.

Ich mach Wahlkampf. Ich geh nicht kaputt. Und was machst du, damit du nicht kaputtgehst?«

»Ich wühl im Dreck«, sagte ich. »Und wie ich da so im Dreck wühle, bin ich auf etwas gestoßen, das wäre vielleicht was für euch. Munition, meine ich. Wahlkampfmunition. Allerdings, sehr jungfräulich ist es nicht.«

»Das ist Dreck doch nie«, sagte Oskar. »Lass schon hören.«

Ich ließ ihn etwas von einem verschwundenen Mädchen hören, dessen Vater in den 60er Jahren tief im Berliner Baugeschäft gesteckt hatte, ich erwähnte einen zwielichtigen ehemaligen Barbesitzer und eine mysteriöse Sekte mit Sitz sowohl in der Bleibtreustraße als auch an der Sektorengrenze in Lübars – und dann malte ich mit dickem Filzstift einen Kreis.

»Dr. Harald F. Myslisch«, sagte ich. »Er war, wie ich im Archiv herausgefunden habe, einer der Anwälte dieser Baufirma bei einem Prozess, in dem es um den Einsturz eines Neubaus ging – der berühmte Ziegelsplittbeton-Prozess von 1962. Wenn man da ein bisschen mehr kratzt, kommt man wahrscheinlich ziemlich rasch in die Kloake, Oskar.«

»Das ist aber eine ziemlich alte Kloake, Harder.«

»Je länger es zurückgeht, desto besser. Gerade in der Baubranche. Die Vergangenheit ist das Fundament von allem, was sie bis heute hochgezogen haben. Grab die Leichen aus, und du bringst es zum Einsturz. Das nenne ich Fundamentalopposition, Oskar.«

»Myslisch ist doch bekannt als Skandalpolitiker, damit mobilisierst du niemand, wenn du ihm jetzt noch was anhängst, und wenn es junge Mädchen sind – im Gegenteil.«

»Myslisch ist einer der starken Männer der jetzigen Regierung dieser Stadt, Oskar. Wenn der fällt, wackelt der Laden.«

»Und was willst du ihm anhängen? Dass der Mann sich mit zweifelhaften Figuren abgibt, ist doch bekannt. Damit macht er sein Geld. Für 30 Riesen kannst du als Ausländer einen deutschen Pass bei ihm bekommen, für 50 verhindert er, dass du ausgeliefert wirst, und für 100 übernimmt die Stadt dich in den öffentlichen Dienst oder subventioniert dein Reisebüro – alles längst aktenkundig.«

»Und was macht ihr damit?«

»Was sollen wir denn damit machen?«

»Wenn ich zu dir mit Beweisen käme, Oskar, mit glasklaren Beweisen, Fotos, Tonbänder, Protokolle, dass Myslisch – nur um ein Beispiel zu nennen – in einem Mädchenring drinhängt, Prostitution, Drogen, Waffen, was würdest du machen? Ihr seid doch für die große Sauberkeit – saubere Luft, sauberes Wasser, saubere Verhältnisse.«

Oskar seufzte, nahm eine von meinen Zigaretten, paffte ein paar Züge und drückte sie dann angeekelt aus. »Siehst du, Harder, du hast einfach keine Ahnung von unserem Politikverständnis. Saubere Verhältnisse – Herrgott, die schaffst du doch nicht, indem du irgendeinen von diesen Aasgeiern aus dem Verkehr ziehst und damit einem neuen die Gelegenheit gibst, sich aufzubauen. Das schaffst du doch höchstens durch eine radikale Veränderung der politischen Strukturen. Wir führen keinen Wahlkampf gegen bestimmte austauschbare Repräsentanten des Systems, wir führen überhaupt nicht *gegen* etwas Wahlkampf, sondern *für* etwas. Wir sind eine positive Kraft.«

»Hört sich an, als hättet ihr vom Bhagwan abgeschrieben.«

»Wir nehmen von überall, wenn es gut für uns ist. Wenn es uns weiterbringt. Positiv, Harder. Und da kommst du an und willst eine Dreckkampagne, das ist doch dein Illustriertenscheiß, die Auflage hochputschen, warum willst du das denn überhaupt? Wo ist denn für dich der Schnitt dabei?«

»Mein Schnitt ist die Story.«

»Die Story, aha. Und ich dachte schon, du machst es

wegen der Mutter. Oder der Tochter. Und wer bringt die Story?«

»Das ist es doch, Oskar. Ich geb sie euch. Eine Originalstory.«

Er setzte sich aufrecht hin und kratzte seine Nase. Nebenan lief ein Kopiergerät auf Hochtouren, und irgendwo läuteten zwei Telefone gleichzeitig.

»Wir zahlen aber nicht, Harder.«

»Da siehst du mal, wie schlecht du mich kennst. Ich geb sie euch, Oskar, weil sie mir sonst weggenommen wird. Ich kenn die Schweine in den Redaktionen doch. Unsereins macht die Drecksarbeit, und die schmücken sich dann mit den Lorbeeren. Ich geb die Story euch, unter einer Bedingung: dass ihr sie ungekürzt bringt.«

»Und dann? Der Mann ist Anwalt, Harder. Das endet alles in jahrelangen Prozessen, dieser ganze pseudolegale Scheiß, irgendwann haust du ihn weg vom Fenster, ja und? Das bringt nichts, das ist nicht unser politischer Stil, das muss doch alles von unten nach oben verändert werden, es geht um unsre Ohnmacht in diesem System, nicht um einzelne Personen.«

»Politik wird aber nun mal von Personen gemacht. Vielleicht sollte ich mich an eure Konkurrenz wenden.«

Oskar brüllte vor Lachen.

»Die? Die haben doch selbst ihre Myslischs, Harder, von wegen Baubranche, Servus! Und was ist, wenn sie nach der Wahl mit denen koalieren müssen? Die fassen so eine Story nicht mit der Kneifzange an. Für ein Fetzelchen von der Macht schlucken die eine ganze Menge mehr Dreck als einen Myslisch.«

Ich stand auf. »Und wenn es nach euch geht, ändert sich auch nichts. Ihr wollt ja keine Macht, nicht mal ein Fetzelchen, nicht mal so viel, um einen Myslisch aus dem Verkehr zu ziehen. In Wirklichkeit habt ihr gar nichts gegen diese Leute. Je dreckiger sie sein dürfen, desto sauberer dürft ihr sein.«

»Wenn du wirklich an etwas rankommst, lass es mich trotzdem zuerst wissen, Harder.«

»Es gibt noch andere Mittel, um mit den Myslischs fertig zu werden.«

Oskar Luckenrieder sah mich besorgt an. »Pass auf, Harder. Es sind schon viele auf der Strecke geblieben, die sich mit Leuten wie Myslisch angelegt haben. Warum steigst du nicht bei uns als Texter ein?«

»Ich bin nicht positiv genug«, sagte ich. »Und ich hab nicht genug Angst vor Leuten wie Myslisch.«

16

Seit zwei Jahren war ich nicht mehr in einer Redaktion gewesen. Um in die des *Berliner* zu kommen, musste man vier Treppen hochsteigen, und dann bestand sie auch nur aus zwei mit Gerümpel vollgestellten Kabuffs, aber riechen tat es eben doch wie in allen Redaktionen, und ich atmete tief ein. Schrille Telefone, Pappbecher mit Kaffeeresten und aufgeweichten Kippen, Stapel von vergilbten Zeitschriften, Titelentwürfe an der Wand, ein Satz Dias, mit Zucker bestreut, der Fahrer, der einen Andruck brachte, ein nervöser Schreiberling, der einen Riemen loswerden wollte, den niemand bestellt hatte – auch wenn ich größere Redaktionen gewohnt war, plötzlich hatte ich einen Schüttelfrost weg. Entzug.

Tex Netzle, zuständig für Kunst und Lokales, Esprit und Tratsch, saß hinter ihrem Schreibtisch und sah aus, als hätte sie einen Hungerstreik nur knapp überlebt. Zwischen ihren leuchtend roten Haaren hielten nur noch die großen dunklen Augen das winzige Gesicht zusammen, und das enge Netzhemd betonte eine Taille, die ein ausgewachsener Gorilla mit einer Pfote umfassen konnte.

»Bei deiner Figur ist fasten lebensgefährlich, Tex.«

»Ich hab überhaupt nicht gefastet. Mir reichen meine Depressionen.«

»Du und Depressionen?«

»November in Berlin, Harder, da fangen die Depressionen an. Und ich hab keine müde Mark und muss hierbleiben und arbeiten, und dann auch noch meine Mutter. Dabei wollte ich schon längst auf Sri Lanka sein.«

»Was ist denn mit deiner Mutter?«

»Die Frau ist achtundfünfzig und hat sich einen neuen Liebhaber aufgetan, einen vierzigjährigen rumänischen Berufszocker, und jetzt bringen sie in Monte Carlo das Häusle und das Ersparte durch. Meine Familie steht kopf.«

»Deine Mutter hat aber bestimmt keine Depressionen.«

»Und was führt dich hierher, Harder?«

»Ich mache eine Story für den *Playboy*«, sagte ich. »Eine Story über Sex & Drugs & Gurus. Und da hat mich jemand auf das Institut für physio-soziale Therapie gebracht. Und du hast mal im Sommer einen Artikel geschrieben über eine Vernissage, die dort war. Was heißt Artikel, ein paar Zeilen. Ich würde gern all das von dir erfahren, was du nicht geschrieben hast.«

»Für den *Playboy,* so.« Tex drehte sich eine Zigarette, dann gab sie sich und mir Feuer. Auf der anderen Seite des Zimmers saß ein Bärtiger mit einer dunklen Brille und tippte einen Artikel in eine alte Olympia, Modell Monica.

»Wie viele solcher Vernissagen gab es dort bisher, Tex?«

»Ich glaube, zwei. Kann auch sein, dass ich sie früher übersehen habe, weißt du, die Kunst-Szene in Berlin …«

»Ich weiß, Tex. New York ist direkt überschaubar dagegen. Im Juni warst du jedenfalls dort.«

»Und im September.«

»Was gab es da zu sehen?«

»Also das Zeug im Juni, Harder, das war ganz eindeutig. Das waren Produkte des Therapiekreises, so etwas kannst du bei jedem Drogenrehabilitationszentrum an der Wand finden.«

»Sind das denn Junkies?«

»Glaub ich nicht. Die haben ganz eindeutig einen indischen Touch. Das wird geleitet von einer Frau Frenkel-Ahimsa, die läuft nur im Sari rum und erzählt dir etwas von Karma und Wiedergeburt. Und dann hat sie einen Ehemann, einen echten Inder, der macht ein Reisebüro und verkauft indische Gewürze. Karma und Curry, das ist ihre Mischung.«

»Und Kunst.«

»Rege sind sie schon in diesem Laden. Angeblich haben sie sogar einen guten Draht zum Kultursenator.«

»Vom Senat gefördert?«

»Beweisen kann ich's nicht, aber sie haben einen sehr vifen Manager.«

»Ungefähr fünfunddreißig, groß, blond, ein Bayer?«

»Kennst du den?«

»Flüchtig«, sagte ich. Tex biss auf ihrer Unterlippe herum und starrte auf einen Packen Manuskripte. »Im September warst du doch noch mal da? Darüber hast du aber nichts geschrieben.«

»Irgendetwas an dem Laden hat mir so gestunken, Harder, dass es mir unheimlich war. Solche Institute, in denen sie mit einer Masche ein paar betuchte Leute ausnehmen, die gibt es ja wie Sand am Meer, jedenfalls in Berlin. Und dass das über Indien läuft, über Sex, über Kunst, über Therapie – alles klar. Ich meine, sie hocken da bei Kerzenschein und Sitarmusik auf dem Boden und halten Händchen oder vögeln gemeinsam oder machen Pantomime und warten auf den Urknall – Schnee von gestern. Bei denen geht es mit Schlangen ab, angeblich – warum nicht?«

»Was machen sie denn mit Schlangen?«

»Um das herauszufinden, musst du zum inneren Kreis gehören, Harder.« Sie blätterte in einem Notizblock. »Im September gab es eine Ausstellung indischer Künstler – ziemlich schwaches Zeug –, und dazu einen Vortrag von dieser Tante. ›Die Schlange führt uns zurück in den Mittelpunkt des Seins‹, ›Die Schlange ist die Nabelschnur zur Urmutter‹, also weißt du. Für mich sind Schlangen einfach eklig. Aber es waren nicht die Schlangen, die mir gestunken haben.«

»Was hat dir denn gestunken?«

»Ich wollte dann wieder dreißig Zeilen für meine Rubrik ›Wir laden ein‹ machen, weißt du, Neues von Vernissagen, der Tratsch, Insidergeklatsche, und bringe es absolut nicht fertig, auch nur einen Anfang zu finden.«

»Wenn du wüsstest, wie oft mir das passiert.«

»Ich hab aber schließlich herausgefunden, woran es lag. Das sind keine Leute, die in Kunst machen, Harder, um ein bisschen abzusahnen. Bei der Kunst-Szene gibt es eine Menge Möglichkeiten, die Leute zu verscheißern und damit abzusahnen, und ich kenne sie fast alle und kann damit umgehen, das gehört dazu. Aber dieses Institut, Harder, das gehört nicht dazu. Ich weiß nicht, was die da wirklich machen, aber mit Kunst hat es nichts zu tun.«

»Aber vielleicht mit physio-sozialer Therapie?«

»Was soll das denn sein, Harder? Ich habe gefragt und

nur Blabla gehört. Nein, was mich bei denen angeweht hat, das war beinharte Kriminalität.«

»Aber recherchiert hast du nicht mehr.«

»Harder, ich bin Kunstkritikerin.«

»Ihr hättet ja einen Lokalreporter hinschicken können.«

Sie zuckte zusammen, als ob ein kalter Windhauch sie gestreift hätte. »Augen sind der Spiegel der Seele, sagt man.«

»Sagt man.«

»Damals im September habe ich diesen Manager kennengelernt, Harder.«

»Michael Malzan.«

»Heißt er so? Den Namen hab ich nicht behalten. Ich hab nur behalten, wie seine Augen aussehen. Sind die dir nicht auch aufgefallen?«

»Aus der Nähe hab ich sie noch nicht gesehen, Tex.«

»Dann mach das mal. Geh mal hin und schau sie dir an. Dann weißt du, warum ich nichts geschrieben habe. Und niemand hingeschickt habe.«

»Aber Tex, du als Journalistin …«

Der Bärtige an der Schreibmaschine sah von seinem Artikel hoch. »Mach du doch was darüber«, schlug er vor.

»Harder arbeitet für den *Playboy*«, erklärte Tex.

»Na und? Deswegen kann er ja trotzdem auch etwas für uns darüber machen – falls das wirklich eine kriminelle Sache ist. Kriminalität fehlt dem Blatt, Tex, vergiss das nicht. Organisiertes Verbrechen.«

»Ich werde mal drüber nachdenken«, sagte ich und ließ mich von Tex zum Ausgang begleiten.

»Was macht Evelyn, Harder?«

»Sie ist morgen hier. Sicher kommt sie mal vorbei.«

»Fein. Das mit dem *Playboy* stimmt doch nicht, oder? Du schreibst doch schon lange nichts mehr. Hängst du da etwa mit drin?«

»Wo?«

»Es muss schlimm sein, wenn man nicht mehr schreibt. Pass auf dich auf, Harder.«

Verrücktes Huhn. Tex Netzle hielt mich für kriminell. Das kam davon, wenn man sich zu lange mit Künstlern abgab.

17

Institut für physio-soziale Therapie, guten Abend.«

»Guten Abend. Ich habe von Ihrem Institut gehört und hätte mich gerne mal genauer informiert.«

»Wenn Sie mir Ihre Adresse geben, Herr ...«

»Harder.«

»... schicken wir Ihnen unser Informationsmaterial zu.«

»Ach, wissen Sie, mit Broschüren kann ich nicht so viel anfangen. Ich suche lieber den direkten menschlichen Kontakt, da spürt man doch gleich, ob es das ist, wonach man sucht.«

»Ich verstehe, Herr Harder. Sie sind ein Suchender.«

»Ein Suchender und ein Hoffender, gnädige Frau.«

»Das gehört ja meistens zusammen.«

»Richtig.«

»Und wonach suchen Sie?«

»Ja, mit Worten kann ich das schlecht ausdrücken. Deswegen dachte ich ja, wenn ich sehe ...«

»Darf ich fragen, welchen Beruf Sie ausüben, Herr Harder?«

»Ich bin Geschäftsmann.«

»Geschäftsmann.«

»Ich bin Teilhaber einer Agentur. Das Finanzielle ist bei mir schon in Ordnung, wissen Sie, aber das Materielle ist ja nicht alles. Wonach ich suche, ist ein Weg, der mich in andere Bereiche führt. Und zu anderen Menschen, wissen Sie.«

»Andere Menschen.«

»Nun, ich habe gehört, dass bei Ihnen ein Kreis von Menschen verkehrt, der andere Werte anstrebt als die, die bei uns gelten, und nachdem ich schon einige Enttäuschungen im religiösen Bereich hinter mir habe, dachte ich …«

»Ich verstehe, Herr Harder. Warum kommen Sie nicht morgen Abend in unsere Institutsräume in der Bleibtreustraße?«

»Morgen Abend? Das würde mir gut passen.«

»Von Zeit zu Zeit haben wir Veranstaltungen, die einer ausgewählten Öffentlichkeit zugänglich sind. Morgen Abend findet eine Soiree mit Frau Dr. Frenkel-Ahimsa statt, und ich bin sicher, dass Ihnen bei dieser Gelegenheit die Arbeit in unserem Institut verständlich werden wird.«

»Das ist ja phantastisch. Und Sie sind sicher, dass ich so ohne weiteres dabei sein kann?«

»In der Regel sind unsere Soireen nur geladenen Gästen zugänglich, Herr Harder, aber in Ihrem Fall werden wir sicher eine Ausnahme machen können.«

»Falls ich meine Frau mitbringen könnte …«

»Also mit Ihrer Frau. Pünktlich um 21 Uhr, Herr Harder.«

»Haben Sie vielen Dank.«

»Nora? Hier ist Harder. Ich hoffe, ich habe Sie nicht geweckt.«

»Harder?«

»Ja. Der Mann, der Ihre Tochter sucht.«

»Entschuldigen Sie, ich habe Sie nicht richtig verstanden. Gibt es etwas Neues?«

»Sagen Sie, hat Miriam sich je für Schlangen interessiert?«

»Für Schlangen?«

»Ja, Schlangen. Giftschlangen. Riesenschlangen. Schlangenbeschwörung. Schlangentänze. Diese Reptilien, vor denen die meisten Leute solche Angst haben.«

»Ich weiß, was Schlangen sind. Miriam hatte zwar gern Tiere um sich, aber Schlangen … wie kommen Sie denn auf diese Idee?«

»Sie hat Ihnen nie von einem Institut erzählt, wo Schlangen gehalten werden? Hier in Berlin?«

»Nein.«

»Sie war dort, als sie über Ostern hier war.«

»Sie müssen sich schon deutlicher ausdrücken, Harder.«

»Ich werde mir dieses Institut morgen ansehen, Nora. Ich habe so ein Gefühl, als ob ich dort zumindest eine Spur finden werde.«

»Eine Spur wovon?«

»Eine Spur von Miriam.«

»Ich hoffe, Sie werden mehr als eine Spur finden. Ich habe Angst um Miriam, haben Sie das eigentlich verstanden? Sie sollen Miriam zu mir zurückbringen, hören Sie?«

»Ich höre. Sie dürfen jetzt nicht durchdrehen, Nora. Die Sache entwickelt sich sehr gut. Morgen Abend werde ich eine Menge mehr wissen.«

»Ich verlange, dass Sie mich jeden Tag anrufen, Harder.«

»Mache ich doch. Ich bin nur ständig unterwegs, und das tragbare Telefon haben wir noch nicht.«

»Es ist mir ganz egal, wie Sie das machen, ich möchte, dass Sie mich jeden Tag anrufen. Sooft Sie etwas Neues wissen. Und verrennen Sie sich nicht auf Nebenwegen, Harder. Die Gefahr, in der Miriam steckt …«

»Ich bin ganz Ohr.«

»Mit Ihrem ironischen Ton kann ich mich nur schwer befreunden, Harder. Gute Nacht.«

»Bei Betsy.«

»Gib mir mal Nuchali.«

»Wer bist du denn?«

»Graf Koks vom Gaswerk.«

»Hallo, Joe.«

»Nuchali, sehen wir uns heute?«

»Geht nicht, Joe. Zu viel Arbeit.«

»Was heißt das? Ich bezahle genauso viel wie die andern.«

»Trotzdem, Joe. Geht nicht.«

»Hat Betsy es dir verboten?«

»Nein, Joe. Das ist eine Party im Hotel, ich muss mitmachen, du weißt doch, wie das ist.«

»Na schön. Dann komm vorbei, wenn du da fertig bist.«

»Mal sehn, Joe. Vielleicht bin ich müde.«

»Du weißt doch, ich möchte mich mit dir unterhalten.«

»Ach, das ist doch nicht wichtig.«

»Wenn du nicht mehr vorbeikommst, ruf ich dich morgen an. Dann sehen wir uns morgen Nacht.«

»Morgen ist auch schlecht, Joe.«

»Schon wieder eine Party?«

»Spezial, Joe. Spezialkunde.«

»Warum flüsterst du denn?«

»Ich muss jetzt Schluss machen, Joe. Tschüs.«

Ich saß da und trank Wodka und wartete, dass sie kam, aber ich wartete vergeblich. Um halb vier hatte ich ein ganzes Buch gelesen, von dem ich keine Zeile behielt, dann machte ich das Licht aus, starrte eine Weile auf die dunkle Ruine gegenüber und schlief schließlich ein.

18

Als ich im Schweizerhof eintrudelte, saß Evelyn schon an der Bar und ließ sich von einem Kerl charmieren, der aussah wie ein smarter Heimcomputerverkäufer. Das machen bestimmte Typen überall, wo Evelyn hinkommt, in Redaktionen und Hotelhallen, auf Parties und Vernissagen, angesichts dieser Frau sondern sie sofort Sabber ab, ein Pawlowscher Reflex. Mit siebenunddreißig sah Evelyn fast noch so aus wie mit vierundzwanzig, die gleiche kastanienbraune Löwenmähne, die langen Beine, vielleicht hatte sie um die Hüften etwas zugelegt, vielleicht ein paar Falten am Hals, das Gesicht wurde immer deutlicher beherrscht von ihren grünen Augen und der herausfordernden Nase und dem arroganten Mund, der sich mit dem gleichen kühlen Lächeln über eine Auster oder einen Schwanz hermachen oder ins Telefon säuseln konnte: Siehst du, ich hab es ja immer gesagt, die Geschichte der Malerei muss neu geschrieben werden.

Ich schob mich zwischen sie und den Heimcomputerverkäufer, blies etwas Zigarettenrauch in Richtung Barkeeper, schüttelte eine Handvoll gesalzene Nüsse in den Mund und sagte mampfend: »Na, Schätzchen, wie wär's mit uns beiden?«

»Dieser Lederschlips sieht affig aus, Harder«, sagte Evelyn und nahm einen Schluck von ihrem Drink – Perrier mit Eis und Zitronenscheibe.

»Hauptsache, du weißt, wie man sich anzieht, Pussycat.«

Sie trug ein lohfarbenes Wildlederkostüm, eine passende Seidenbluse, die wie ein kleines Vermögen aussah, und glitzernde Strümpfe – garantiert mit Straps. Die Wiener Künstler hatten da sehr dezidierte Ansichten. Kein Schmuck außer dem Platinring, für den ich einmal mit einer halben Serie bezahlt hatte, und ihren mexikanischen Silberarmreifen.

»Wenn du noch einmal Pussycat zu mir sagst, laufe ich laut schreiend aus der Hotelhalle, Harder. Rauchst du immer noch diese schwarzen Stinker?«

»Und du Menthol. Ändert sich denn gar nichts?«

»Der schmachtende Blick hat dir schon früher nicht gut gestanden. Und jetzt, wo deine Haare langsam ausfallen …«

»Du siehst mich ganz falsch. Eine ziemlich einflussreiche Dame in Bonn hat mich mal den deutschen Jack Nicholson genannt, nur dass ich eben kein Schauspieler geworden bin.«

»Ein Glück für uns, Harder. Und soviel ich weiß, ist ihr Mann auch nie Minister geworden.«

»Ja, diese sogenannte Wende hat viele von uns aus dem Gleis geworfen.«

»Immerhin sitzt er noch im Bundestag. Und was ist aus dir geworden?«

»Harder bleibt Harder, Evelyn. Barkeeper, einen Wodka-Gimlet für mich, und servieren Sie ihn bitte an einem Sessel, ich hatte einen anstrengenden Tag.«

»Woran arbeitest du im Moment?«

»An einer Superstory, Evelyn. Mein ganz großes Comeback.«

Ich lag bequem in einem Ledersessel, einen Drink in Reichweite, eine schöne Frau neben mir – meine Exfrau, immerhin. In Hotelhallen hatte ich mich immer wohlgefühlt. Rotwangige englische Verkaufsdirektoren in dunklen Blazern, ein paar Mannequins mit ihren Puppengesichtern, ein Journalist mit Jeansjacke und Kassettenrecorder, der eine schüchterne junge Schauspielerin interviewte. Wie oft hatte ich das gemacht – Playmates, Starlets, Dichter, Rockmusiker. ›Wie fing das alles für dich an?‹, ›Glauben Sie an ein Leben nach dem Tod?‹

»Comeback als was, Harder?«

»Machst du ein Interview mit mir?«

»Ich versuche herauszufinden, wie es um dich steht.«

»Saugut, Evelyn, wie mein Freund Oskar Luckenrieder zu sagen pflegt.«

»Bist du jetzt bei denen gelandet?«

»Ich bin überhaupt nirgendwo gelandet, meine Teure. Ich gehe immer noch meinem alten Gewerbe nach – Sachen rausfinden.«

»Als Journalist hast du damit noch nie richtig angefangen.«

»Wobei du vergisst, dass ich schon Journalismus gemacht habe, als du noch mit deinem Kunstlehrer geflirtet hast.«

»Ich weiß – Harder, der Praktiker.«

»Harder, ab geht er.«

»Von der Unterzeile bis zur Serie. Und wenn sie dich nicht zu oft beim Fälschen erwischt hätten, könntest du jetzt auf einem Redaktionssessel in einem dieser Tittenblätter sitzen und von morgens bis abends Schwänke aus deinem Leben erzählen – die Harder-Story.«

»Was heißt fälschen, Evelyn. An deiner Stelle wäre ich ziemlich vorsichtig mit solchen Begriffen. Wenn ich mir die Geschichte der Kunstkritik ansehen …«

»Einbrechen, stehlen, lügen, Unterlagen verschwinden lassen, frei erfundene Geschichten als Recherchen ausgeben – und das ist nur das, was mir zu Ohren gekommen ist.«

»Ein freier Reporter steht immer mit einem Bein im Knast. Aber wenn man sein Leben lang nur mit sogenannten Künstlern zu tun hat, dann verschwimmt diese Seite unseres Berufes etwas. Deine Freundin Tex Netzle hält mich auch schon für kriminell – nur weil ich im kriminellen Milieu recherchiere. Kein Wunder, dass Leute wie ihr panische Angst vor Polizisten habt.«

Evelyn nahm einen Schluck Perrier, betrachtete nachdenklich den zartrosa Lippenstiftabdruck auf dem Glas und stellte es dann auf den Tisch. Ich hatte meine liebe Mühe, den Blick von ihren Beinen wegzubekommen.

»Starr nicht so auf meine Beine, Harder.«

»Immerhin ein Kompliment.«

»Aber nicht, während du solchen Unfug erzählst.«

»Dass ich mit einem Bein im Knast stehe? Ich finde, das gibt mir die innere Berechtigung, deine Beine anzustarren.«

»Du bist ein hoffnungsloser Fall.«

»Endlich siehst du es ein.«

»Endlich? Wir sind schon seit fünf Jahren geschieden.«

»Kommt mir vor wie gestern.«

»Unsere Scheidung?«

»Unser erster Kuss.«

»Das war ja wohl mehr als nur ein Kuss.«

»Es war eine Explosion.«

»Aber das Schicksal von Explosionen ist nun mal, dass sie schnell vorbeigehen.«

»Und viele Trümmer hinterlassen.«

»Manchmal auch Tote.«

»Ja, manchmal auch Tote.«

»Warum starrst du mich denn jetzt an?«

»Ich musste gerade an die Sache denken, an der ich arbeite.«

»Nun komm, erzähl schon. Wenn jemand ein Recht hat, als Erster von deinem Comeback zu erfahren, dann doch ich.«

»Dräng nicht so, Evelyn. Erzähl mir lieber, wie es Anna geht. Aus ihren Briefen werde ich nicht recht schlau.«

»Tony hat sich bei mir über dich beschwert.«

»Wer ist Tony?«

»Das solltest du aber wissen, Harder. Du hast neulich erst wieder nachts um zwei dort angerufen.«

»Nachts ist die Zeit, wenn man sich Sorgen macht, Evelyn.«

»Aber eine unmögliche Zeit, um in der Schule anzurufen.«

»Ich denke, es ist eine Freie Schule.«

»Du machst Anna damit unmöglich. Nachts, wenn du betrunken bist, dort anzurufen.«

»Warum kann unsere Tochter nicht auf eine normale Schule gehen?«

»Diese Freie Schule ist das Beste, was wir Anna bieten können.«

»Eine Freie Schule, die sechstausend Mark im Jahr kostet.«

»Wovon du in diesem Jahr noch keine müde Mark bezahlt hast.«

»Evelyn, in diesem Jahr war ich verdammt knapp dran. Und jetzt habe ich auch noch die Steuerfahndung auf dem Hals.«

»Warum das denn?«

»Das weißt du doch ganz genau. Sie haben sich schließlich bei dir sachkundig gemacht, bevor sie morgens um sechs meine Wohnung auf den Kopf gestellt haben.«

»Ich habe für so etwas einen Steuerberater, Harder. Du etwa nicht?«

»Richtig. Für so etwas habt ihr immer eure Leute – Steuerberater, Bullen, Politiker, Putzfrauen, Klempner, und all das Kanonenfutter, das ihr im Krieg verbraucht. Oder im Bett.«

»Armer Harder. Kannst du mir nicht genau sagen, worum es geht?«

»Das wäre völlig sinnlos, Liebling. Probier doch mal dein bezauberndes Lächeln beim Barkeeper, und wenn wir noch etwas zu trinken haben, erzähle ich dir, was für heute Abend auf dem Programm steht.«

Sie brauchte nur den Kopf zu heben, und schon hatten wir unsere Drinks. Selbst die Verkaufskanonen waren verblüfft. Was konnte diese Traumfrau nur an dem Kerl mit der dunklen Brille und dem Lederschlips finden? War *das* Showbusiness?

»Grins nicht so überlegen, Heinz. Ich weiß genau, was dir durch den Kopf geht, und es ist eine Todsünde.«

»Ich wusste gar nicht, dass Mitleid eine Todsünde ist.«

»Erzähl mir lieber, was auf deinem Programm steht.«

»Wollten wir nicht essen gehen?«

»Ja, und damit hat sich der Abend auch für mich. Ich habe morgen Vormittag noch zwei wichtige Termine und muss die Mittagsmaschine nehmen.«

»Ich hatte noch den Besuch einer Soiree eingeplant.«

»Was machst du denn auf einer Soiree?«

»Ich suche ein verschwundenes Mädchen.«

»Und ich dachte, du arbeitest an einer Reportage.«

»Das schließt sich ja nicht aus.«

»Kommt mir nicht ganz koscher vor, Heinz.«

»Wenn du noch einmal Heinz zu mir sagst, laufe ich laut schreiend aus der Hotelhalle, Pussycat.«

Sie machte den Mund auf, um zu schreien, aber dann tat sie lieber etwas, wofür ich sie mal geheiratet hatte – sie sank in meinen Sessel, schlang die Arme um mich und drückte ihren geöffneten Mund auf meinen. Früher hätte sie dabei allerdings auch mein Glas umgeworfen. Manches ändert sich eben doch.

19

Das Essen schmeckt wunderbar, Harder.«

»Ich weiß nur nicht, ob ich davon satt werde.«

»Du solltest langsam auf deine Figur achtgeben.«

»Das passiert Boxern immer, wenn sie mit dem Sport aufhören.«

»Du warst doch kein Boxer, Schätzchen.«

»Ich habe immerhin mit Boxern trainiert, Evelyn. Und sag auch bitte nicht Schätzchen zu mir, das hört sich nach Nutte an.«

»Vielen Dank. Gehst du immer noch so oft in den Puff?«

»Andere Frauen kosten einfach zu viel.«

Sie sah aus, als wolle sie mir eine runterhauen, dann lächelte sie stattdessen lieber einem Mann am Nachbartisch zu, der uns mit offenem Mund zuhörte, worauf er sich hastig über seine Wachtelterrine mit Sauerampfer hermachte. Ich hatte damit gerechnet, dass wir im Schweizerhof essen würden – sie hatten gerade Wildwoche –, aber Evelyn hatte natürlich schon einen Insidertipp bekommen, ein Lokal im Stil einer badischen Weinstube. Das Essen war auch wirklich gut, aber die Portionen lagen unter dem, was eine Bratwurst/Pommes an Kalorien lieferte. Und an den Wein wollte ich mich auch nicht halten. Ich hatte schließlich zu arbeiten. Ich schnitt also noch eine Scheibe Filet ab, kratzte den Rest von den Kroketten und ›Salaten der Saison‹ zusammen, spülte alles mit einem Schluck Gewürztraminer hinunter und sah mich in dem Lokal um.

Der ›Insidertipp‹ war gerammelt voll, und das schon um acht Uhr.

»Willst du mir nun nicht endlich erzählen, worum es geht?«

»Hier?«

»Harder, hier fällt man nur auf, wenn man stumm sein Essen in sich rein schaufelt. Wie du.«

»Von Schaufeln kann ja wohl nicht die Rede sein.«

»Nimm eine Nachspeise. Gerade für die Nachspeisen ist das Lokal berühmt.«

»Du weißt doch, dass ich Nachspeisen nicht mag.«

»Reg mich nur weiter so auf.«

»Wozu zahlt man ein Schweinegeld für so ein wundervolles Essen, wenn man eine Stunde später an der nächsten Wurstbude steht und zweimal Schaschlik mit Pommes frisst?«

Sie schob ihren Teller weg – ich bemerkte, dass sie immerhin auch nichts übrig gelassen hatte – und zündete sich eine Kool an.

»Ich lade dich ein, Harder.«

»Darum geht es doch nicht. Ich könnte dich auch einladen. Bin auch in Spesen unterwegs.«

»Für welche Zeitschrift?«

»Ich bin an kein Blatt gebunden.«

»Also arbeitest du auf eigene Faust. Und wer bezahlt dir deine Auslagen?«

»Die Mutter des verschwundenen Mädchens.«

»Um Gottes willen, Harder – was ist das denn für ein Dreh?«

Ich hatte das letzte Stück Fleisch gegessen, verteilte den Rest Gewürztraminer auf unsere Gläser und steckte mir eine Gitane an. Feines Kraut. Sie schmeckte nach Fischsuppen, mittäglichen Rotweinräuschen, frisch bezogenen Bordellbetten, feuchter Druckerschwärze. Nach allem, was man eines Tages von der langen Bank holt, um es durchzuziehen.

»Die Mutter dieses Mädchens war bis vor ein paar Jahren mit einem Mann verheiratet, der früher im Baugeschäft steckte und dann in die Politik gegangen ist. Als Geldbeschaffer. Die Frau war danach eine Zeitlang mit einem undurchsichtigen Geschäftemacher – möglicherweise kriminell – liiert, der wiederum hier mit einem mysteriösen Institut in Verbindung steht, in dem das Mädchen verkehrte, als es zuletzt in Berlin war. Du siehst die Möglichkeiten.«

Den Namen Myslisch wollte ich nicht ins Spiel bringen. Politik war für Evelyn – wie für Nora Schäfer-Scheunemann – etwas, das man Leuten überließ, die dafür geeignet waren und deren Namen man so wenig behielt wie den des Klempners. Dafür hätte er den Leuten in diesem Lokal bestimmt etwas gesagt. Evelyn betrachtete mich mit einem Ausdruck, den ich gut kannte. Es war der gleiche Ausdruck, mit dem sie auch die Abendnachrichten im Fernsehen betrachtete – oder die von meinen Serien, in denen ich klotzen durfte. › ... neun – zehn – aus! Boxer am Boden – Ein Bericht von Heinz Harder‹.

»Das klingt wirklich wie eine dreckige Geschichte.«

»Das Mädchen ist seit einem halben Jahr verschwunden. Du kannst dir doch wohl vorstellen, wie der Mutter zumute sein wird.«

»Hat sie sich denn nicht an die Polizei gewandt?«

»Das ist gar nicht so einfach, Evelyn.«

»Du meinst, es ist einfacher, sich an dich zu wenden? Bist du inzwischen auch schon so etwas wie ein Bulle?«

»Ich bin nur einer Story auf der Spur.«

»Unter Vortäuschung falscher Tatsachen?«

Ich wandte mich an eine Bedienung in badischer Tracht und bestellte Kaffee und einen Pflaumengeist, bevor ich Evelyns Frage beantwortete.

»Diese Art Journalismus, wie ich ihn früher gemacht habe, damit ist es für mich vorbei, Evelyn. Und da ich mich auch nicht für deinen Kulturjournalismus erwärmen kann – ich habe es ja weiß Gott versucht –, mache ich jetzt etwas Neues.«

»Was soll denn daran so neu sein?«

»Für mich neu. Ich bin selbst hautnah dran. Stecke selbst drin. Keine kritische Distanz, nichts. Wenn es schiefgeht, liege ich voll in der Scheiße.«

»Das hört sich aber gar nicht neu an.«

»Mein Gott, früher hab ich letztlich nie für mich gearbeitet, immer für die Redakteure, die Herausgeber, das Blatt.«

»Von dem du ein Teil warst.«

»Jetzt arbeite ich auf eigenes Risiko.«

»Die Spesen trägt ja immerhin eine – ja, wie nennst du das denn? Eine Klientin?«

»Warum nicht?«

»Was trägt sie denn noch?«

»Ich versteh dich nicht.«

»Wahrscheinlich stimuliert die Frau dich doch nicht nur mit ein paar Mark Spesen.«

Wir bekamen den Kaffee serviert, und Evelyn bezahlte gleich. Ich trank den Schnaps. Mit den zwei Gimlets war es der dritte. Genau richtig, fand ich. Allmählich wurde ich richtig heiß. Mit halbwegs kühlem Kopf heiß werden, das war es.

»Mich stimulieren Geheimnisse«, sagte ich.

»Wenn du Geld gesagt hättest, klänge es ehrlicher.«

»Wie läuft es denn bei deiner Kunstzeitschrift?«

»Im letzten Jahr haben wir die Auflage um 11 Prozent erhöht.«

»Und in diesem Jahr?«

»Momentan haben alle Titel dieser Art Schwierigkeiten.«

»Wenn ich gelegentlich in euer Blättchen reinsehe, könnte ich dir auch schon zehn Gründe nennen, an denen das liegt. Und die sind alle hausgemacht. Auflagenrückgang auf das Publikum zu schieben, das ist schon der Todeskuss.«

»Warum machst *du* das nicht mal, Harder? Komm nach Hamburg und setz dich mit uns zusammen ...«

Ich sah auf die Uhr. »Danke, Evelyn. Es ist rührend, wie du mich dem Journalismus erhalten willst. Wenn ich mal die Steuerfahndung vom Hals habe, kann ich es mir vielleicht auch leisten, bei euch mal über die Seiten zu gehen.«

Sie drückte ihre Zigarette aus, strich sich durchs Haar. Wenn Evelyn auf korrupt machte, war sie wunderbar. »Wenn du glaubst, dass das an meinem Steuerberater liegt, rede ich mit ihm, Harder ...«

»Komm lieber mit auf die Soirée, Evelyn. Ich kann dich schließlich nicht aus Berlin weglassen, ohne dass du etwas erlebt hast.«

Sie schlüpfte in ihren weichen Ledermantel, dessen Farbe die ihres Haars zu imitieren schien, und drängte sich dabei näher an mich, als es nötig gewesen wäre.

»Dazu bräuchten wir aber hoffentlich nicht auf eine Soirée, Harder.«

»Wer weiß? Ich war schließlich noch nie auf einer.«

20

Mein Name ist Harder. Wir sind angemeldet.«

Eine kleine Dame mit grauem Haar und herzlichem Lächeln, angetan mit einer Art Tunika aus rotem Brokat, nahm uns in Empfang.

»Willkommen bei unserer Soirée! Und Ihre liebe Frau haben Sie auch mitgebracht.«

Ich schob meine liebe Frau in das Vestibül. Helles Licht, weiße Wände, gewachstes Parkett. Gruppen von Leuten mit Gläsern, im Hintergrund gedämpfte Musik, Sitarschluchzen. Ich zückte einen Karton.

»Wenn Sie meine Karte bitte Herrn Malzan geben könnten ...«

»Herrn Malzan? Oh, ich fürchte, er ist noch nicht da.«

»Er wird aber doch noch kommen?«

»Nun, Herr Harder, es wäre ungewöhnlich, dass Herr Malzan sich um jeden einzelnen Interessenten kümmert ...«

»... in diesem Fall wird er eine Ausnahme machen.«

»Wie Sie meinen, Herr Harder. Sollten Sie oder Ihre liebe Frau Fragen haben, wenden Sie sich bitte an mich. Vielleicht können wir auch ein kurzes Gespräch mit Frau Dr. Frenkel-Ahimsa arrangieren – nach Beendigung der Soirée.«

»Das wäre entzückend«, sagte ich und steuerte meine

liebe Frau ins Gedränge. »Warum nennt sie dich so, Evelyn?«

»Vielleicht haben Frauen hier einen anderen Rang als da, wo du sonst verkehrst.«

Vielleicht erkannten sie aber auch sofort, dass Evelyn auf heimischem Parcours war – sie schnupperte die verbrauchte Luft einer Vernissage wie eine Stute die der Rennbahn ihrer großen Siege. Ein ganz in Weiß und Ocker gehaltener Saal. Dicke Teppiche. Zierpflanzen. Musselinvorhänge. Strategisch verteilte Sitzecken, an der hinteren Längswand ein dunkelroter Samtvorhang, davor Stuhlreihen für den Vortrag des Abends. An den Wänden Bilder, aber mich interessierten zunächst die Gäste der Soirée.

Ein undurchsichtiges Publikum. Grauhaarige Späthippies, auch ein paar modisch gekleidete Schickeriatypen, vor allem aber Dreißig- bis Vierzigjährige in unauffälligen Anzügen und dezenten Kostümen, die nicht so aussahen, als suchten sie hier das Geheimnis der Windradenergie oder einen Ausweg aus der Krise des post-psychologischen Bewusstseins. Mittleres Management, Handel und Verkehr, Geld und Kredit, auch auf Staatsschutz tippte ich. Aber wo war der in Berlin nicht dabei?

Dann wehte eine Gruppe von Indern in den Saal, und mit ihr bekam auch die gedämpfte Musik einen Sinn – Sari, Moschus, Brillantine, *you must come see us in Bombay,* und dazu die herzerweichende Klage aus den Lautsprecherboxen: Vishnu Food und Magic Air & Transport. Inzwischen hatte Evelyn sich die Bilder angesehen.

»Retardierte Schizophrenie«, sagte sie.

»Woran merkst du das?«

»Ich bitte dich, Harder. Hast du nie von der Kunst der Schizophrenen gehört?«

»Ich dachte, alle Künstler wären schizophren.«

»Und du warst mal mit mir verheiratet. Die Frage ist nur – ist Zernul echt oder ein Nachahmer?«

»Wer ist denn Zernul?«

»Der Künstler natürlich, Dummerchen. Da vorne neben der Schlingpflanze.«

Zernul war ein junger Mann mit rasiertem Schädel, der speckig glänzte, einem schütteren blonden Bart, einem von der Trunksucht und schlecht verheilter Akne verwüsteten Gesicht und langen, affenartigen Armen. Er war von untersetzter Statur und trug eine mit Sprayfarben verschmierte alte Lederjacke, einen dreckigen Pullover, verschlissene Kordhosen und Armeestiefel, wie sie bei den Skinheads vorgeschrieben waren. Abgesehen von seinen zarten und glänzend geschrubbten Patschhändchen war er der unappetitlichste Misthaufen, den ich seit langem gesehen hatte, bis er seinen verschorften Mund zu einem Lächeln verzog – es war das Lächeln eines Engels, der unter die Teufel geraten ist und das dem lieben Gott nie verzeihen wird. Ich merkte, wie Evelyn auf ihn ansprang. Wenn man Zernul als echt deklarierte, dann war er womöglich der Stoff, aus dem die großen Farbstrecken sind. Für mich waren seine Bilder nur bonbonfarbene Schlangenlinien – aber ich war schließlich auch kein Kunstredakteur.

»Was sollen die Bilder denn darstellen, Evelyn?«

»Aber Harder – Schlangen natürlich.«

»Dann hab ich gleich deinen Aufmacher: Zernul – der Affe, der Schlangen bändigt.«

Evelyn schien das nicht zu gefallen. Sie steuerte den Künstler und seine Kamarilla an, und ich nahm mir noch mal die Empfangsdame beiseite.

»Ist Herr Malzan schon eingetroffen?«

»Nur Geduld, Herr Harder. Wenn Herr Malzan Sie zu sprechen wünscht, wird er es Sie rechtzeitig wissen lassen.«

Ein scharfer Blick ihrer schlauen Augen, dem ich hinter meiner dunklen Brille lächelnd standhielt.

»Sie sind also doch nicht nur des Spirituellen wegen hier«, sagte sie dann, als ob sie es ja gleich geahnt hätte.

»Wissen Sie, heute kann man das doch gar nicht mehr trennen. Sie als Institut haben ja auch schon eine Galerie hier …«

»Oh, eine Galerie kann man das nicht nennen. Die Arbeiten, die wir hier zeigen, entspringen ja der Arbeit im Institut.«

»Worum handelt es sich bei der physio-sozialen Therapie?«

»Das kann Ihnen Frau Dr. Frenkel-Ahimsa bestimmt besser erklären.«

»Sie leitet das Institut?«

»In gewisser Weise.«

»Da gibt es dann bestimmt Kurse, an denen man teilnehmen kann.«

»Wir sind keine Volkshochschule, Herr Harder. Kurse würde ich das nicht nennen.«

»Aber die ›Farm für Freie Entfaltung‹ steht nur den Fortgeschrittenen offen?«

»Wir unterscheiden unsere Mitglieder nicht nach den Leistungen, die sie erbringen.«

»Also muss man bei Ihnen Mitglied werden?«

»So, wie man auch Mitglied der menschlichen Gemeinschaft erst *werden* muss, Herr Harder. Von Natur aus sind wir nichts als in Blut und Kot Geborene.«

»Aber wie wird man bei Ihnen Mitglied? Durch Beitragszahlungen? Durch Beten?«

»Wir sind ein Institut«, sagte die freundliche Dame in der Tunika, »wir heilen Menschen. Wir handeln nicht mit ihnen, und wir unterwerfen sie nicht.«

Und damit ließ sie mich stehen. Ein junges, blondgelocktes Mädchen in einem weißen Kleid reichte Sekt und Säfte herum. Für ein Institut wussten sie genau, wie man so etwas macht, und die Leute, die noch dazukamen, verbreiteten einen sanften Duft nach diskretem Geld. Und Evelyn mittendrin, in ihrem Element. Kunst als Therapie … schizophrene Dichtung … wie mir erst letzte Woche in Wien klar wurde … der Mythos der Baubo … lachende Vulvas … chinesische Tafelmalereien, auf denen eine Kobra das männliche Sexualorgan … ach wirklich? Und du dumme Gans, dachte ich und nahm mir noch ein Glas Orangensaft, willst mich nach Hamburg holen, ich soll euch eure Ergüsse auffrisieren, dieses seichte Geschnatter, das leider völlig neben dem Markt liegt, es fehlen eben die Juden, heißt es dann als letzte Ausrede, es fehlt das intelligente Lesepublikum, da muss dann also leider wieder dieser Harder ran, den Pep reinmixen in das öde Gelaber, weil sonst der Verlag den Hahn zudreht, der böse Konzern, der ja nur nach den Zahlen geht. Saft- und kraftloses Gewichse, aber immer die Nase im Trend vom letzten Jahr. Penner. Vielleicht sollte ich Smetana mal fragen, ob ich das Mitteilungsblättchen der Kriminalbeamten redigieren kann. Da steht dann wenigstens einer von der Truppe an deinem Grab, Kranz mit Schleife: *Sein Griffel war der schnellste.*

»Meine Damen und Herren, liebe Freunde …«

Ein Stiftekopp, dazu farblich passende gelbliche Plastikbrille, grüner Anzug, rosa Hemd, gestreifte Fliege, ruckartiger Bewegungsablauf. Die Gäste verteilten sich auf Sitzecken und Stuhlreihen, zwanglos, es war ja schließlich kein Volkshochschulabend, noch mal einen Sekt gegriffen, den Ascher zurechtgerückt, glatte Routine. Drei Dutzend Leute inzwischen, ein Drittel Kunst, ein Drittel Business, ein Drittel Schnorrer, fließende Übergänge zum Irrenhaus und zur Staatssicherheit. Die Sitar stoppte.

»Sie werden überrascht sein, heute Abend von einem Vertreter des Senats begrüßt zu werden«, fuhr der Stiftekopp mit einer Stimme fort, der man noch einen Bronchialkatarrh anhörte. »Dafür gibt es indessen eine plausible Erklärung, nämlich die Tätigkeit der unter der Verantwortung des Kultursenators ins Leben gerufenen Kommission für die Koordinierung kultureller Kommunikation, kurz KKK genannt, die inzwischen ihre Arbeit aufgenommen hat, und wenn jetzt einige von Ihnen mit Blick auf Amerika sagen, das hört sich ja an wie Ku-Klux-Klan, dann sage ich, das kann uns nur recht sein, Freunde, auch wir wollen Dampf machen, jawohl!« Teils peinlich berührtes, teils dummdreistes Gelächter. »Und wenn andere sagen, schon wieder eine neue Behörde, darf ich an dieser Stelle gleich unmissverständlich klarmachen, dass die KKK als eine vom Senator direkt berufene Fachkommission nun in der Tat alles andere als behördlichen Charakter hat und dies auch übrigens vom Gesetzgeber her gar nicht applikabel wäre, sondern, meine Damen und Herren, bei der Arbeit der KKK geht es um die Koordinierung von Kommunikation in einer Stadt, in der, wie wir wissen, und alle diesbezüglichen Erhebungen belegen das, die Kommunikation als soziale Software eine der großen Zukunftsaufgaben darstellt.«

Er nahm einen Schluck von seinem Saft, schließlich hatte er jetzt schon ein Stichwort angebracht. Und dann mit Verve aufs nächste. »... die soziale Software, der wir natürlich auch die neuen sozialen Bewegungen zurechnen müssen, die Ökologie, die Frauenbewegung, die Spiritualität, die neue Vergeistigung, die Suche nach den Wurzeln des Lebensbaums, liebe Freunde, die Koalition des Regenbogens. Eine solche Software hier in Berlin, in dieser geteilten Stadt, auf dem Prüfstein der Zukunftschancen zu reklamieren, das fordert uns – und das sage ich in meiner Eigenschaft als Vertreter der Kommission für die Koordinierung kultureller Kommunikation ganz offen und mit aller Leidenschaftlichkeit –, das fordert uns auf, Maßstäbe zu setzen, Felder zu belegen, konkrete Synthese, meine Damen und Herren.«

Damit hatte er das zweite Stichwort – Synthese. Es war ein Begriff, in den Berlin passte wie ein Penner in einen alten Wintermantel. In der Synthese hatten alle Platz, auch die Filzläuse, die jeder mit sich rumschleppte, Sünde durfte gewesen sein, jetzt war Synthese am Ball.

»Ich freue mich«, kam der Redner zum Schluss, »nun heute Abend bei Ihnen im Forum für – im Arbeitskreis« – verständnisvolles Kichern, jeder der Anwesenden hatte einen randvollen Terminkalender, der gewandteste Schnorrer konnte heutzutage unmöglich all seine Gastgeber im Kopf haben – »Pardon, im Institut für physio-soziale Therapie für unsere Arbeit in der Kommission geworben haben zu dürfen, ja, meine lieben Freunde, Sie haben richtig gehört, Werbung gehört in der Tat auch für uns zum Geschäft, nur aus Konkurrenz kann ja Synthese erwachsen, und mit ihr jener Zugewinn an intellektueller und kreativer Kraft, die wir als Stadt brauchen, um auf dem internationalen Feld bestehen zu können. Ich danke Ihnen und wünsche Ihnen einen recht inspirierenden Abend mit unserer Gastgeberin, Frau Dr. Gesine Frenkel-Ahimsa, die – wenn ich das jetzt richtig habe, ja, ich habe es richtig – über ›Schlangen im kollektiven Mythos‹ sprechen wird. Und ich sage noch mal: Stichwort Genesis, Stichwort Genetik – Berlin muss das transparent machen. Berlin packt es. Ich danke Ihnen.«

Applaus, Sekt, schon ging eine Spendenliste herum, der Wahlkampf warf seine Schatten. Und Evelyn schien ganz verzückt. Von wegen mandschurische Volksrepublik. Dann ging langsam das Licht aus.

21

Ein Gong. Bewegung hinter dem Samtvorhang, dann wurde er zur Seite gezogen. Unter einem Rundbogen eine Bühne, auf der eine Palme stand, grünlich fluoreszierendes Licht, und in der Mitte der Bühne ein geflochtener Korb. Raunen im Publikum. Noch ein Gong, und dann eine Gestalt auf der Bühne, eine kräftig gebaute Frau in einem bestickten goldfarbenen Sari. Derbes Gesicht, eingerahmt von blauschwarzen Haaren, um den Hals eine schwere silberne Kette, das Tiersymbol, das daran befestigt war, hatte ich schon in Lübars gesehen, eine Schlange, aus deren Maul etwas ragte, was fraßen Schlangen denn? Vegetarier waren sie jedenfalls nicht.

Ich hatte noch einen Platz in der letzten Stuhlreihe gefunden. Evelyn saß ein paar Plätze weiter. Jemand hustete ausdauernd, aber Frau Dr. Gesine Frenkel-Ahimsa ließ sich davon nicht beirren. Ihre Stimme war überraschend hoch und hell für ihre wuchtige Gestalt.

»Der Mensch teilt mit anderen ein gemeinsames Schicksal«, erzählte die Stimme, »aber er führt sein Schicksal immer auf sich selbst zurück. Der Mensch ist das Tier, das eine Geschichte hat, aber mit seinem Tod spricht er sich frei von der Geschichte. Der Mensch ist ein soziales Wesen, das im Bewusstsein seiner Einzigartigkeit die Bande mit der

Gemeinschaft zerschneidet. Der Mensch braucht den Mythos, den Mythos, der die Ganzheit wiederherstellt, wie den Mythos, der seine Einzigartigkeit bestätigt. Doch macht nicht der Mensch den Mythos, der Mythos macht den Menschen. Nur in der Welt des alten Indien ist der Mensch selbst ein Mythos …«

Ich wusste, dass mir hier nichts passieren konnte. Mr. Horror, die Warnungen Smetanas, die verräterische Betsy Glück, alles normal, Verrückte, die nur einen Mythos brauchten, Berlin, wir leben. Ich brauchte nur zu warten, warten hatte ich gelernt. Mit so einem Käse, dachte ich, wirst du im Halbschlaf fertig, irgendwann stecken sie doch ihre Palmen wieder weg, ihre Schlangen, ihre Mythen, dann ist es Zeit für die klare Aussage, dann bist du am Zug. Eine richtig schöne Serie, ich sah sie schon vor mir: ›Die Berliner Verarsche‹. Aber vorher musste ich das Mädchen finden.

»Die Schlange«, erzählte Frau Dr. Frenkel-Ahimsa, und ihre Stimme klang so hell wie ein Tempelglöckchen, »die Schlange erinnert wie kein anderes Tier den Menschen an seine Herkunft. Die Schlange erinnert ihn an den Bauch der Erde. Der Mythos der Schlange ist älter als der des Menschen. Millionen Jahre älter. In den alten Religionen des Orients, als der Mensch sich selbst noch näher war, war er auch den Tieren näher, ihren Geheimnissen, ihren Wandlungen, ihren Mythen. Durch die Tiere sprachen die Götter mit den Menschen, die Gezeiten, die Gestirne, die Mythen …«

Gute alte Menschheit, dachte ich, aus Macken mach Mäuse. Evelyn schrieb in Gedanken sicher schon ihren Riemen, Berliner Notizen, den Galeriebummel hatte sie hinter sich, das Interview mit dem Künstler der Saison, die Modenschau, jetzt gab es als Dreingabe noch eine Soiree, physio-soziale Therapie, vielleicht lag da ein Trend, mit Schlangen, das kitzelte, am Ende hatte Berlin doch immer wieder etwas zu bieten, KKK. Und wenn sie sich am Wochenende mit ihren Kolleginnen beim Italiener traf, hatte sie auch was zum Erzählen. Also Harder, wisst ihr, was der wieder macht! In einem bestimmten Alter klinken manche Männer komplett aus. Wenn du wüsstest, wie ich mich einklinke, Evelyn.

»Ägypten«, erzählte das Tempelglöckchen, »der Kult steht im Zenit der Ordnung, im Norden Horus, im Süden Seth, alle Formen der Natur sind göttliche Inkarnationen. Krokodilopolis in Arsinoe, Hermopolis, Stadt des ibisgestalteten Mondgottes Thot, ja sogar der Mistkäfer, der Skarabäus, wird als Inkarnation des Sonnengottes verehrt. In Unterägypten herrscht Uto, die Schlangengöttin, die mit Geierbalg und der Naja haje dargestellt wird, der Uräusschlange, der ägyptischen Kobra. Dagegen Apophis, die mythische Riesenschlange, Verkörperung der Sonnenfinsternis, die sich am Abend der Sonne entgegenstellt. Seth, der Gott des Südens, erlegt sie und färbt mit ihrem Blut den Himmel. Das Abendrot ist das Blut einer Schlange …«

Allmählich machte sich Unruhe bemerkbar, keiner war mehr Zuhören gewohnt ohne bewegte Bilder, und die Sensation des Abends ließ schon eine Weile auf sich warten. Was war denn nun in diesem Korb auf der Bühne? Frau Dr. Frenkel-Ahimsa konnte das Scharren und Hüsteln nicht beirren, Hethiter, klingelte die Tempelglocke weiter, Illujanka der Schlangendämon, Babylonier, Gilgamesch,

Schlangen überall. Scharren, Hüsteln, Flüstern, dann auch schon die unverhohlene Frage, wo der Sekt sei, und dann, wir hatten auch noch Korea und China gestreift, Sumatra und Japan, änderte das Licht seine Farbe, ging in ein helles Rosa über, Musik setzte ganz sachte ein, eine Flöte wisperte, eine Trommel begleitete sie wie ein nervöses Herzklopfen, unser Herzklopfen. Dann der Gong. Und die Stimme von Frau Dr. Frenkel-Ahimsa, hart diesmal, nicht silbrig, sondern metallen.

»Ich kann Ihre Unruhe verstehen, meine Damen und Herren. Was bedeuten noch die alten Mythen des Menschen, wenn wir uns in Sekundenschnelle die täglichen Sensationen des Erdballs ins Wohnzimmer holen können, wenn wir – wie Statistiker ausgerechnet haben – tagtäglich von 2800 Eingriffen ins zentrale Nervensystem, Ton-, Bild-, Schriftsignalen verstümmelt werden. Wir sind allein mit ihnen. Die Tiere, die wir halten, sollen unsere Abbilder sein, nicht mehr die der Götter, vor denen wir allen Grund hätten, uns zu fürchten. Deshalb ist es gut, dieser uralten Furcht ins Auge zu sehen. Deshalb ist es gut, der Schlange ins Auge zu sehen.«

Das rosa Licht schwenkte von der Frau im Sari zu der Stelle auf der Bühne, wo der Korb stand. Dahinter saß jetzt ein Mädchen, eine fernöstliche Maske vor dem Gesicht, weiße Wangen, knallroter Mund, dunkle Haare über einem Schleier, der ahnen ließ, dass sie darunter nackt war.

Ich nahm meine dunkle Brille ab.

Das Mädchen hob den Korbdeckel hoch, legte ihn zur Seite. Und langsam stieg aus dem Korb der schillernde Körper einer Schlange.

Die Schlange ragte starr aus dem Korb, mindestens einen Meter hoch aufgerichtet, und das Mädchen mit der Maske fing an, mit seinem Körper den Rhythmus der Musik aufzunehmen, in spiralenartigen Bewegungen, die die Schlange nachmachte. Totenstille im Publikum.

»Der Glaube des Christentums verflucht die Schlange«, sagte Frau Dr. Frenkel-Ahimsa mit ihrer metallischen Stimme, »kriechen sollst du im Staub«, die Musik setzte einen Augenblick aus, die Tänzerin sackte in sich zusammen, die Schlange sank in den Korb zurück, dann setzte die Trommel wieder ein, dann die Flöte, und langsam kam der rosa Schleier wieder in Bewegung, und mit ihm die Schlange, »die Offenbarung der Apokalypse stellt die Schlange, die alte Schlange, den Teufel, als Antipoden des Messias dar, ›und die Engel der Schlange wurden mit ihm geworfen auf die Erde‹, aber, meine Damen und Herren, denken wir an die Azteken, deren Gott Quetzalcoatl als gefiederte Schlange in den Regenwolken über der Erde schwebte und Fruchtbarkeit brachte«, der Schleier schien zu schweben, die Maske darüber auch, und die Schlange wartete ab, »und denken wir an Indien«, die Musik wurde schneller und lauter, der rosa Schleier und die Schlange glitten aufeinander zu, »denken wir an die Legende, die berichtet, wie Buddha, den sie Gautama, den Erleuchteten nannten, in glühender Sonne über das ausgedörrte Land geht«, die Flöte erzählte von der Sonne, die Trommel war der Rhythmus, den Buddhas Füße auf das ausgedörrte Land klopften, »und sich, vom Wandern müde, in die heiße, alles versengende Sonne legt«, die Tänzerin war Buddha, der sich in die Sonne legt, sie neigte ihren Körper weit nach hinten, legte den Kopf auf ihre Hände, »eine Kobra schlängelt sich des Weges«, die Schlange beugte sich über den rosa Leib der Tänzerin, jemand in der Reihe vor mir hielt scharf den Atem an, »der schlafende Buddha bedauert sie, und sie breitet ihren Schild aus und spendet ihm Schatten«, die Musik hatte jetzt einen harten, genauen Beat, die Tänzerin machte eine Bewegung, und die Schlange, hoch über ihr, fuhr ihren Schild aus, der bläulich glitzerte, »und seitdem ist die Kobra ein heiliges Tier«, zentimeterweise hob die Tänzerin ihren Körper, der rosa Schleier rollte sich aus, die Schlange wich zentimeterweise vor ihm zurück, aber die Tänzerin kam ihr immer näher, und dann war einen Herzschlag lang die Maske auf dem Schlangenmaul, die Musik setzte aus, absolute Stille, etwas so Jenseitiges hatte ich noch nie gesehen, und dann setzte die Musik wieder ein, und das Licht verließ die Tänzerin und fiel wieder auf Frau Dr. Frenkel-Ahimsa, »was wir hier gesehen haben, meine Damen und Herren, war ein Ausdruckstanz, erarbeitet und dargestellt von zwei Mitarbeitern unseres Instituts, dessen Arbeit die Bedeutung der Mythologie für die moderne Therapie in den Mittelpunkt stellt, und vergessen Sie nicht: Das Blut der Schlange ist die untergehende Sonne.«

Dunkel, Atemholen, Applaus. Dann ging langsam wieder das Licht im Saal an, aber der Vorhang war noch nicht ganz zugezogen, und so sah ich ihn einen Augenblick lang, er stand mit dem Rücken zum Saal auf der Bühne und war mit dem Schlangenkorb beschäftigt, und einen wie ihn verwechselt man nicht – Albin, der Zwerg, Mr. Horror.

»Was hast du denn, Harder?«

»Ich dachte, ich hätte einen Bekannten gesehen, Evelyn.«

»Die Schlange oder den Tänzer?«

»Das war doch wohl eine Tänzerin.«

»Meinst du? Vielleicht hat jeder das gesehen, was er sehen wollte.«

»Dann bin ich anscheinend der Einzige, der immer nur sieht, was er sehen muss.«

»Nun übertreib mal nicht. Aufregend war es ja schon. Aber auch degoutant. Obwohl die Schlange sicher harmlos war.«

»Gibt es überhaupt harmlose Schlangen?«

»Du willst mir nur noch nachträglich Angst einjagen.«

Ich griff gerade nach einem Glas Saft, als die Dame vom Empfang auftauchte.

»Herr Harder? Herr Malzan hätte jetzt ein paar Minuten Zeit für Sie.«

»Bleib in der Nähe«, flüsterte ich Evelyn zu und setzte meine dunkle Brille auf.

22

Das Büro lag zur Straße, man hörte den Verkehr vom Ku'damm. Ein kleiner getäfelter Raum, Schreibtisch, ein paar Freischwinger, ein Metallschrank, alles im Halbdunkel, denn er hatte nur eine Schreibtischlampe brennen, um deren Lichtkegel Zigarrenrauch flutete.

»Ich mag helle Räume nicht«, sagte der blonde Mann in dem dunkelblauen Nadelstreifenanzug, der auf der Tischkante saß, und machte mit seiner Zigarre eine einladende Geste. »Kommen Sie rein. Ich hoffe, das Licht genügt Ihnen. Ich finde, wenn es nicht so hell ist, hört man genauer zu.«

Sein bayerischer Akzent war so weichgeschliffen, dass man ihn fast für einen Österreicher halten konnte. Er gab mir nicht die Hand, sondern ging um den Schreibtisch herum und machte es sich in dem Stuhl dahinter bequem. Er war ungefähr so groß wie ich und hatte mit der Figur schon größere Probleme, aber dafür waren seine blonden Haare noch sehr dicht, eine dichte, sorgfältig gelegte Welle über einer niedrigen Stirn. Ich nahm den Stuhl vor dem Schreibtisch. Der Lichtkegel streifte mich; Malzan saß praktisch im Dunkeln. Er zog an seiner Zigarre. Die schwere Uhr an seinem Handgelenk schimmerte golden.

»Ich trinke um diese Uhrzeit immer ein Glas Milch«, sagte er. »Aber vielleicht ziehen Sie einen Wodka vor?«

»Milch ist doch ein sehr vernünftiges Getränk«, sagte ich. »Ich leiste Ihnen gern Gesellschaft.«

Er nickte und füllte zwei Whiskytumbler mit Milch, die er aus einem in den Schreibtisch eingebauten Kühlschrank nahm, und schob mir einen davon über die Mahagoniplatte.

»Sehr zum Wohl, Herr Harder. Was kann ich für Sie tun?«

»Sie könnten mich mit Miriam sprechen lassen.«

Seine Stimme verriet nicht die geringste Überraschung. »Miriam? Kenne ich eine Miriam?«

»Ich denke schon. Miriam Schäfer-Scheunemann. Sie werden sich erinnern – die Mutter, Nora. Das Haus in Volksen. Hannover.«

Er rollte ein Lächeln aus, was in seinem fleischigen Gesicht einiges in Bewegung setzte. Das Resultat ließ sich sehen. Noch ein Pluspunkt, den er bei Frauen hatte.

»Miriam Schäfer-Scheunemann! Natürlich kenne ich sie. Aber wie kommen Sie darauf, dass Miriam hier sein könnte?«

»Sie ist seit einem halben Jahr von zu Hause fort und hat sich vorher bei einem Berlinaufenthalt hier in der Bleibtreustraße umgesehen, Herr Malzan. Es wäre unsinnig, das abzustreiten. Wahrscheinlich gibt es ja eine völlig vernünftige Erklärung für ihr Verhalten.«

Er rollte die halbgerauchte Zigarre zwischen den Fingern und betrachtete mich nachdenklich. Es sah sicher nicht so aus, als stellte ich ein großes Problem für ihn dar – aber viele kleine Probleme können auch lästig werden.

»Heinz Harder«, sagte er. »Sie sind Journalist. Ich habe schon Sachen von Ihnen gelesen. Nicht ganz seriös, die

Sachen, aber unterhaltsam. Und jetzt machen Sie, wie heißt das auf Ihrer Visitenkarte – ›Expertisen, Bergungen, Internationaler Informationsaustausch‹. Mag sein, dass ich phantasielos bin, aber ich kann mir nichts Rechtes darunter vorstellen. Sind Sie so eine Art Privatagent?«

»Frau Schäfer-Scheunemann hat mich jedenfalls damit beauftragt, ihre Tochter zu suchen.«

Er trank in einem Zug den Rest Milch in seinem Glas. Am kleinen Finger seiner linken Hand schimmerte ein goldgefasster blauer Stein. Er stellte das Glas ab, nahm einen Zug von seiner Zigarre und betrachtete mich noch etwas eingehender. Von draußen kam undeutlich Stimmengewirr. Aufbruch der Gäste.

»Frau Schäfer-Scheunemann«, sagte er dann. »Die Heilige, so hieß Nora bei manchen Leuten. Sie hat so etwas, finden Sie nicht? Obwohl sie natürlich auch sehr temperamentvoll sein konnte. Und dann wieder diese langen depressiven Phasen da draußen am Deister …«

Er schob eine Kassette in das Deck auf dem Schreibtisch, und Jazz erklang aus den Lautsprecherboxen, die zwischen Büchern und Aktendeckeln auf einem schwarzen Regal standen.

»Miles Davis«, sagte Malzan. »*The Birth of Cool.* 1949/50. Ein Genie, für mich.«

»Ein bisschen zu perfekt für meinen Geschmack.«

»Cool.«

»Kalkuliert.«

»Ja, Sie vermissen wahrscheinlich das Gefühl. Oder die Gefühle.«

Ich war nicht gekommen, um mir einen Vortrag über

Miles Davis anzuhören. Ich steckte mir eine Zigarette an und sagte: »Herr Malzan, was ich vermisse, das ist nicht Gefühl, sondern Wahrheit.«

»Wahrheit?« Er lachte. »Herr Harder, Sie müssen schon entschuldigen, aber Sie sagen das in einem Tonfall, als hätten Sie eine klare Vorstellung von Wahrheit. Wie sie ausschaut, wie man sie abfüllt, womit man sie nach Hause transportiert, was sie zum Abendbrot isst. Für mich ist Wahrheit ein Phantom, Herr Harder. Ein Phantasieprodukt, wie Ihre Berichte in den Illustrierten. Hab ich Sie jetzt gekränkt?«

»Sie kränken mich nicht, aber Sie schweifen ab. Ich bin hierhergekommen, um Ihnen ein paar konkrete Fragen zu stellen, und Sie erzählen mir nichts als Schmäh.«

»Schmäh, so.«

»Und angesichts der Tatsache, dass einer Ihrer Mitarbeiter mich vorgestern Nacht am Telefon bedroht hat …«

»Womit bedroht?«

»Ich würde sagen, er hat mich mit dem Tod bedroht, Herr Malzan. Er hat mich damit bedroht, dass er das Haus anzündet, in dem ich wohne. Ein Hochhaus. Ein Haufen Tote, damit ich keine Fragen stelle nach dem Verbleib von Miriam Schäfer-Scheunemann. Ich finde, als Bedrohung macht sich das schon ganz ordentlich. Und ich habe etwas gegen Bedrohungen dieser Art.«

»Das hätte ich auch.«

»Wenn ein Mädchen verschwindet, noch dazu aus dieser Familie, dann kann man nicht argwöhnisch genug sein. Und wenn man dann noch am Telefon bedroht wird …«

»Sind Sie sicher, dass das Ihnen galt?«

»Allerdings.«

»Und dass es einer meiner Mitarbeiter war?«

»Allerdings. Ich habe ihn gerade erst gesehen. Hier.«

»Das macht ihn aber noch nicht zu einem meiner Mitarbeiter, Herr Harder. Sie glauben doch nicht, dass ich im Institut für physio-soziale Therapie arbeite?«

»Wie Sie das nennen, juckt mich nicht. Ich möchte das Mädchen sehen.«

Er blies einen Rauchring, der vom Lichtkegel atomisiert wurde. »Was bringt Sie eigentlich auf den Gedanken, dass Miriam verschwunden ist, Harder? Hat Ihnen die Vorstellung vorhin nicht gefallen?«

Na also. »Doch, eine gute Show. Und da sie für heute Abend vorbei sein dürfte, spricht doch nichts dagegen, dass ich ein paar Minuten mit Miriam spreche.«

»Miriam Schäfer-Scheunemann heißt jetzt Shiva. Sie mögen es für Schwachsinn halten, wenn sich ein Mädchen aus Volksen im Landkreis Hannover einen indischen Götternamen zulegt, aber ich finde, jeder von uns hat das Recht auf den Namen, mit dem er sich identifizieren kann. Wissen Sie, warum Frau Dr. Frenkel sich Ahimsa nennt? Weil Ahimsa in Hindi Gewaltlosigkeit heißt. Und wenn sich Miriam Shiva nennt, dann heißt das in erster Linie, dass sie mit ihrem früheren Leben und ihrer Familie nichts mehr zu tun haben will. Wenn Sie mich fragen, ich kann das verstehen. Wozu sollte sie mit Ihnen sprechen?«

»Ganz einfach: weil ihre Mutter Angst hat, dass sie nicht mehr am Leben ist.«

»Meinen Sie?« Er schlug die Beine übereinander und lockerte die dunkle Strickkrawatte, die er zu einem weißen Hemd trug. »Glauben Sie mir, Harder, Nora Schäfer-Scheunemann hat bestimmt keine Angst um Miriam. Wenn sie wirklich Angst um sie hätte, wäre sie zur Polizei gegangen – der alte Scheunemann kann in dieser trüben Leine noch eine Menge Schlamm aufwühlen. Warum sollte sie sich ausgerechnet an Sie wenden?«

»Daran sehen Sie, wie verzweifelt Nora ist«, sagte ich. »Sie wendet sich lieber an einen wildfremden Journalisten als an die örtliche Polizei. Die Polizei ist nun mal mit der Politik verbandelt – und mit der Politik sind ja auch gewisse Kreise des organisierten Verbrechens verbandelt.«

Malzan nahm die Zigarre aus dem Mundwinkel, streifte die Asche sorgfältig ab und starrte mich so lange an, bis er die Show mit seinem Lächeln abgezogen hatte.

»Organisiertes Verbrechen? Sie drücken ja ganz schön auf die Tube, Harder. Das Institut für physio-soziale Therapie, in dem Shiva lebt, wird vom Senat gefördert – und Sie reden von organisiertem Verbrechen. Als Journalist wäre ich vorsichtiger mit solchen Behauptungen.«

»Ich habe Ihnen nur die Ängste meiner Auftraggeberin geschildert, Malzan. Ein kurzes Gespräch mit Miriam – oder Shiva – und mein Auftrag ist erledigt.«

»Glauben Sie?«

»Was?«

»Ein Auftrag ist meiner Erfahrung nach nie erledigt, Harder. Wenn Sie – wie ich – davon überzeugt sind, dass wir alle nach einem bestimmten Auftrag angetreten sind, ich ziehe den Ausdruck *Gesetz* vor, dann stehen Sie irgendwann vor der Erkenntnis, dass höchstens der Tod diesen Auftrag erledigt – wenn Sie Glück haben.«

Die Arbeit von Frau Dr. Frenkel-Ahimsa hatte also doch auf ihn abgefärbt. »Ich bin kein Philosoph«, sagte ich und machte die Zigarette aus. »Ich möchte mit dem Mädchen sprechen, Malzan, unter vier Augen, dann ist die Sache gegessen.«

Er legte den Zigarettenstummel in den Ascher und lehnte sich in seinem Sessel zurück. »Abgesehen davon, dass Shiva jetzt schon längst nicht mehr hier ist – was glauben Sie, wie ausgepumpt sie nach so einem Auftritt ist –, interessiert mich zunächst Ihr Motiv an dieser Sache. Ich habe da eine Anzeige gelesen« – er zitierte sie aus dem Kopf – »und frage mich natürlich, Bergungsexperte, was ist das? Ein Aufhänger für eine Reportage? Ein dummer Witz? Oder für wen arbeiten Sie in Wirklichkeit?«

Von draußen Evelyns unüberhörbar hohe Stimme, Gelächter. Es tat gut zu wissen, dass sie noch die Stellung hielt. Ich nahm die dunkle Brille ab, steckte sie in die Jackentasche und knipste mein Lächeln an.

»Ich arbeite immer nur auf eigene Rechnung«, sagte ich. »Ich glaube, das ist etwas, was wir beide gemeinsam haben.«

»Möchten Sie sich auf diesem Gebiet spezialisieren?«

»Man muss sich spezialisieren, wenn man heutzutage weiterkommen will.«

»In schmutziger Wäsche?«

»Ich glaube, das könnte noch etwas sein, was wir gemeinsam haben.«

»Sie drücken sich etwas unklar aus, Harder.«

»Das meine ich ja.«

»Sie dachten aber an etwas anderes.«

»Schmutzige Wäsche? Einer Mutter ihr Kind zurückzubringen, darin sehe ich nichts Schmutziges.«

»Ein Illustriertenschreiber, der sich solche familiären Zwangslagen zunutze macht – ich hätte geglaubt, dass es in diesem Beruf so etwas wie einen Ehrenkodex gibt.«

Jetzt war es an mir, laut zu lachen, obwohl ein Glas Milch keine gute Grundlage dafür ist. »Wissen Sie, Malzan, mit Leuten wie Ihnen habe ich mich früher zwischen Tür und Angel unterhalten – und dann haben die die ganze Nacht auf die Zeitung gewartet, ob sie nun den Strick nehmen sollen oder nicht.«

Das saß. Einmal Schauspieler, immer eitel. Er stand auf, und als er die Hände auf den Tisch stützte, streifte ihn der Lichtkegel, und ich sah zum ersten Mal seine Augen aus der Nähe – groß und starr und von der Farbe geeister Vergissmeinnicht.

»Ich weiß nicht, warum ich mich mit Ihnen unterhalte«, sagte er leise.

»Weil Drohungen bei mir nichts nützen«, sagte ich.

Hinter mir gab es eine Bewegung, die Tür ging auf, ein Lächeln sprang aus Malzans Gesicht.

»Braucht ihr noch lange, Harder?«, rief Evelyn ins Zimmer.

Ich stand auf. »Ich glaube, ich sollte lieber morgen vorbeikommen«, sagte ich, immer noch zu Malzan gewandt, der sich jetzt aufrichtete und seine Krawatte zurechtrückte und Charme versprühte, der noch im Dunkeln Leuchtspuren hinterließ.

»Wer ist denn deine tolle Begleiterin, Harder?« Übergangslos war er beim Du.

»Meine Exfrau«, sagte ich und legte einen Arm um Evelyn, die nur Augen für Malzan hatte.

»Warum kommt ihr nicht mit zum Essen?«, fragte er Evelyn und gab ihr seine Hand, die sie mit angehaltenem Atem nahm. »In Berlin fängt um diese Zeit das Leben doch erst an. Übrigens, meine Freunde sagen Mike zu mir.«

23

Wir gingen chinesisch essen, eine größere Gesellschaft. Mit von der Partie waren eine hübsche Rothaarige in einem schwarzen Hosenanzug, die Malzan als Claire vorstellte (»Claire achtet auf die Abläufe, Harder«), Zernul der Maler, Frau Dr. Frenkel-Ahimsa und ihr indischer Mann (»Wenn Sie nach Madras kommen, müssen Sie uns unbedingt besuchen«) und ein paar Leute, die wie Therapeuten wirkten oder wie deren Opfer (»Ich bin wirklich nicht bhagwangeschädigt, aber …«). Mr. Horror war nicht dabei. Ich vermisste ihn auch nicht.

Wir saßen an einem Banketttisch im Hintergrund des Lokals, wodurch wir zwar um den Blick auf den nächtlichen Ku'damm, dafür aber in den Genuss eines perfekten Service kamen. Die Kellner kannten sogar Zernul und seine besondere Vorliebe für Glasnudeln, die bald seinen Pullover drapierten wie ein Action Painting. Über der Wan-Tan-Suppe wollte Evelyn unbedingt wissen, warum Malzan in Berlin lebte. »Warum, Berlin, Mike? Warum nicht Paris, London, Wien?«

»Evelyn ist verrückt nach Wien«, erklärte ich. »Vor allem nach den Wiener Künstlern.«

»Lebt man nicht immer da, wo man am besten verstanden wird?«

»Die Berliner verstehen Sie am besten?«

»Berlin«, sagte Malzan und tupfte seinen Mund ab, »hat sich sicher verändert – ich war vorher nie hier, aber die Berliner betonen das ja ständig, wie die Wiener, die Pariser, die Londoner –, für mich hat es aber immer noch mehr Dynamik als jede andre Stadt in Deutschland. Amerika. Nach Berlin geht man noch, um sein Glück zu machen. Wer geht schon nach Stuttgart, um sein Glück zu machen?«

»Ich sprach auch nicht von Stuttgart.«

»Paris oder London, das sind doch nur so Vorstellungen. Wo leben Sie, Evelyn?«

»In Hamburg.«

»Und warum?«

»Weil sie dort einen Job hat«, sagte ich, bevor Evelyn sich über das wunderbare Licht und die strengen Räume und Nolde verbreiten konnte.

»Sehen Sie, und ich bin in Berlin, weil ich hier einen Job habe.«

»Was sind Sie von Beruf, Mike?«

Er schenkte ihr ein Lächeln, das selbst Evelyn mit ihren Wiener Erfahrungen erröten ließ. »Ich bin ein Vermittler.«

»Ein Vermittler? Ist das ein Beruf?«

»Sogar einer der ältesten. Jeder Galerist ist ein Vermittler. Jeder Verleger. Jeder, der etwas produziert, sei es Kunst oder Käse, braucht einen Vermittler. Einen Mittelsmann zwischen sich und dem Markt. Ohne Vermittler gäbe es keinen Markt. Und ohne Markt keine Vermittler.«

»Aber was um Himmels willen vermitteln Sie denn, Mike?«

»Ich kann Ihnen die Hummerkrabben in Spezialsauce

wärmstens empfehlen, Evelyn. So gute gibt es in Berlin nur hier.«

Evelyn lachte über diese köstliche Pointe und bestellte eine Portion, obwohl sie ja längst gegessen hatte. Ich aß auch ein paar Hummerkrabben. Sehr delikat. Für Evelyn war das Thema damit aber nicht abgeschlossen. Sie näherte sich ihm auf einem anderen Weg.

»Im Hotel habe ich gehört, dass man hier ein riesiges Las Vegas aufziehen will, ein High-Tech-Las Vegas. Unterhaltungsindustrie plus Silicon Valley plus Gunstgewerbe in allen Spielarten. Ist das die Zukunft der Stadt?«

»Ich glaube, es ist schon die Gegenwart«, sagte Malzan. »Ich spiele selbst auch ganz gern.«

»Mike ist ein leidenschaftlicher Spieler«, sagte Claire mit ihrem leichten französischen Akzent. »Wissen Sie, was ein leidenschaftlicher Spieler ist? Einer, der mit allem spielt.«

»Dann sind Sie also ein Berufszocker, Mike?«

Er saß zwar ziemlich im Schatten, aber wir konnten das amüsierte Glitzern seiner kalten Augen gut erkennen. »Jeder Job, bei dem man ein Risiko eingeht, ist ein Spiel mit hohen Einsätzen. Jedenfalls ist Berlin das richtige Pflaster für jemand wie mich.«

»Wo kommen Sie her, Mike?«

»Von sehr weit weg, Evelyn.«

»Bayern ist doch nicht so weit weg.«

»Ich meinte damit auch keine geographische Angabe. Und warum bist du in Berlin, Harder?«

»Unterwegs in Sachen Mythos, wie Frau Dr. Frenkel«, sagte ich, und damit war aus dem Thema endlich die Luft raus. Aber nicht aus dem Thema ›Heiteres Beruferaten‹.

»Wie wird man das, was Sie jetzt sind, Mike?«, wollte Evelyn wissen.

»Zum Nachtisch empfehle ich gebackene Ananas.«

»Evelyn darf man nicht so ernst nehmen«, sagte ich. »Sie glaubt immer noch, dass Journalismus aus Fragen und Antworten besteht.«

»Und woraus besteht er deiner Ansicht nach?«

Ich erinnerte mich an Kleppinger bei den Catchern. »Wenn einer hinfällt, ihm in die Fresse treten«, sagte ich und trank meinen Jasmintee aus.

»Man sieht ja, wohin du es damit gebracht hast«, sagte Evelyn mit ihrer spitzen Mach-mich-nicht-an-Stimme.

»Weit«, sagte ich und blickte Malzan an. »Ich bin jetzt auch ein Vermittler.«

Evelyn hatte ihr Stichwort. »Was du vermittelst, Harder, das kann ich mir vorstellen. Aber ich würde zu gern wissen, was Mike vermittelt – außer Soirées mit Schlangentanz.«

»Mit dem Institut habe ich nur ganz am Rand zu tun«, sagte Malzan mit Managerflair und setzte eine Zigarre in Brand. »Ich mache der Frau Gesine nur das Geschäftliche, die Kontakte zur Wirtschaft, das bissel Organisatorische. Man hilft den Leuten halt aus Sympathie, weil man diese Arbeit wichtig findet.«

»Was ist das für eine Arbeit?«

»Ja, Therapie, was ist das? Arbeit am Menschen.« Er nahm noch einen Zug, blies eine perfekte Rauchwolke, runzelte die Stirn, in die eine blonde Locke fiel. »Es gibt ja in dieser Stadt einen hohen Anteil von Kaputten. Und eben nicht nur in den Slums. Da am wenigsten. Die meisten kaputten Existenzen haben eine gute Adresse, ein gutes Einkommen, gute Beziehungen. Und innerlich sind sie völlig zerstört. Also ich glaube, diese Art Arbeit trägt zur Hygiene der Stadt bei, zu ihrer Moral. Wir müssen die Stadt ja halten. Sogar erneuern. Deswegen finde ich es auch richtig, dass das Institut jetzt vom Senat gefördert wird. Mit vielen anderen Gruppen und Einrichtungen, die diese Arbeit am Menschen leisten.«

»Dann muss das ja ein ziemlich lukratives Unternehmen sein«, sagte ich.

»Typisch, Harder«, sagte Evelyn. »Was mich interessiert, ist diese Therapie selbst. Was wird da genau gemacht – Malerei und Schlangen, und was noch?«

»Fragen Sie doch Frau Dr. Frenkel-Ahimsa.«

Malzan hob seine Stimme nur unmerklich, hatte aber sofort die Aufmerksamkeit aller am Tisch bis auf Zernul, der mit dem Kopf in der Reisschüssel eingenickt war, eine Batterie leerer Sake- und Bierflaschen vor sich. Farbstrecke ade, dachte ich.

»Aber freilich, meine Liebe«, sagte Frau Dr. Frenkel-Ahimsa mit ihrem Tempelglöckchenklang. Aus der Nähe sah sie wie eine Walküre im Sari aus – eine Walküre mit blauen Haaren. Ihre dicken Finger rückten die Schildpattbrille zurecht, die sie beim Essen trug. »Im Mittelpunkt unserer Therapie steht natürlich die Meditation, in der wir versuchen, den ganzheitlichen Kreis, der so lange unterbrochen ist, zu schließen …«

Das Tempelglöckchen klingelte sich durch Selbstheilung, Karma, Wiedergeburt und den Verlust der mythischen Erfahrung, der nur durch eine Rückkehr zu den Quellen auszugleichen war. Ihr Mann, Geschäftsführer von Vishnu

Food und Magic Air & Transport, nickte und bestellte eine zweite Portion überbackene Ananas. Mit Sahne.

»Ich verstehe ja«, sagte Evelyn, die überhaupt nichts verstand, »aber wie ist das mit den Schlangen? Glauben Sie, dass der Umgang mit Schlangen bei Schizophrenen eine ähnliche Funktion haben kann wie der mit Kunst?«

»Darüber kann ich Ihnen leider nichts sagen, meine Liebe. Die Arbeit mit den Schlangen ist bei uns denen vorbehalten, die schon in ihren Mythos eingedrungen sind.«

»Dann gibt es also doch einen inneren Kreis bei Ihnen«, sagte ich. »Geistig und räumlich.«

Sie lächelte verständnisvoll und ein bisschen erhaben. »Wenn Sie sich für unsere Arbeit interessieren, würden wir uns freuen, Sie wieder einmal bei uns begrüßen zu dürfen.«

Die anderen Therapeuten saßen da wie eine Wand aus Misstrauen. Evelyn konnte man damit allerdings nicht so leicht abschrecken. »Können Sie mir denn sagen, welche Art von Krankheit Sie mit Ihrer Therapie zu heilen versuchen? Ich könnte mir vorstellen, dass es Neurosen gibt, die …«

Frau Dr. Frenkel-Ahimsa hob ihre Stimme. »Sehen Sie, meine Liebe, Ihre Frage ist für uns schon das Symptom einer Krankheit. So viel Fragen, so wenig Antworten – das ist *ein* Leiden der westlichen Kultur.«

»Ich hätte trotzdem noch eine Frage«, sagte ich. »Diese Kobra bei dem Tanz vorhin – war die giftig?«

Sie lächelte, eine Buddha-Walküre in Berlin 15. »Junger Mann, glauben Sie, dass der Erleuchtete die Schlange, die ihm Schatten spendete, gefragt hat, ob sie giftig sei?«

24

Ich will nach Haus«, flüsterte Evelyn. Sie hatte den Kopf an Claires Schulter gelehnt, starrte mich aber an und rieb mit einer Schuhspitze an meiner Hose. »Ciao, Berlin. Ciao, Vermittler. Ciao, Mythen.«

»Hier ist es doch nett«, sagte ich und nahm einen Schluck Wodka. In der Paris-Bar hockten nach Mitternacht die Habitués. Dramatiker aus Ost-Berlin auf dem Weg ins Bordell, Szene-Journalisten auf der Suche nach einem Abstauberfick oder einer Dosis Schnee, aufstrebende Avantgardisten aus dem Schwäbischen und den Grazer Vorstädten, die auf den Anschluss nach New York warteten, Modedesigner, die in Kreuzberger Hinterhöfen den Bettel-Look der achtziger Jahre entwarfen, angeschickerte Filmproduzenten, die bei jedem Anruf zusammenzuckten: »Wenn es Hollywood ist, ich ruf zurück.« Malzan schlürfte Maltwhisky. Claire nippte Champagner. Ich schnupperte am Wodka. Und Evelyn tat so, als sei sie sinnlos betrunken.

»Mein Traum ist es immer gewesen«, sagte Malzan, »eine Bar zu haben in Berlin. Eine Bar auf einem Turm, der sich dreht, wie das Restaurant auf dem Fernsehturm drüben, mal siehst du nach Osten, mal nach Westen. Als ich das erste Mal hier war, Mitte der Siebziger, war die erste Kneipe, in die ich kam, die Paris-Bar.«

Hatte er vorhin nicht erzählt, er wäre noch nie in Berlin gewesen? Es schien nur mir aufzufallen. Ich war auch der Einzige, der einen Grund hatte, ihm genau zuzuhören. Einen 20 000-Mark-Grund. Obwohl ich mir bei Evelyn auch nicht ganz sicher war.

»Hab ich noch gekannt«, sagte ich, unterwegs in Sachen Gemeinsamkeit. »Die zerschlissenen Polster, die alten Plakate, die hinkenden Kellner. Zwiebelsuppe und roter Landwein in der Karaffe und blutige Beefsteaks und Studentinnen mit Baskenmützen und Feuilletonisten mit dem Frühstücksei auf dem Schlips. Eine andere Epoche.«

»Ich saß da und dachte, damit fängst du an. Mit der ersten Million kaufst du den Laden samt den Karaffen und Kellnern, lernst das Gewerbe, und von da aus nimmst du Kurs auf die Bar, auf die Drehscheibe.«

»Das hat dann aber etwas zu lange gedauert mit der ersten Million.«

»Die ist noch in Arbeit«, gab er zu. »Aber selbst wenn ich sie hätte, würde ich sie nicht mehr in diesen Laden stecken.«

»Aus der Traum?«

»Modifiziert. Aber du musst zugeben, Harder, was könnten wir aus dieser Stadt machen, wenn sie uns ließen.«

»Las Vegas 2000? Davon träume ich nicht.«

»Wovon träumst du denn?«

»Ich hab neulich vom Krieg geträumt.«

»Das kommt nur von dieser Stadt«, sagte Evelyn, immer noch die Löwenmähne an Claires Schulter. Claires Augen waren die einzigen in der Paris-Bar, die wirklich träumten.

»Ich hab geträumt, dass ich gerade an einer Serie saß, als der Krieg ausbrach. Ich kam mit der Serie nicht klar, und mein Chef meinte, dann mach eben den Krieg, mach aus dem Krieg eine Serie.«

»Da sieht man, was für ein Schweinejob das war, Harder«, sagte Evelyn.

»Es gibt harmlosere Jobs«, gab ich zu.

»Siehst du«, sagte Malzan, »du hast auch deinen Traum. Du träumst von der einzig wahren Zeitschrift, so wie ich von der einzig wahren Bar geträumt habe, und wir beide sind in dieser Stadt gelandet, weil es nur hier die einzig wahre Zeitschrift und die einzig wahre Bar geben sollte.«

»Das hört sich an, als wolltest du mir eine Art Angebot machen.«

»Man könnte darüber nachdenken.«

»Ich hab aber schon einen Job. Ich soll Miriam nach Hause bringen.«

Er lächelte wie jemand, dem langsam die Geduld ausgeht mit der Dumpfheit seiner Mitmenschen, aber was soll er machen dagegen? Vor allem, wo er doch so gut erzogen ist. Ich hielt mich an seine Augen. Im Licht der Bar hatten sie die Farbe von Haifischflossen.

»Ich dachte, du hättest begriffen, dass dein Auftrag – geh aus und suche mein Kind – bereits erledigt ist. Du hast Miriam gesehen. Sie ist wohlauf, heißt jetzt Shiva und möchte von allem, was war, nichts wissen.«

»Und wenn sie mir das selbst erzählt, und dann noch ihrer Mutter, könnten wir anfangen, es zu glauben. Aber auch nur dann. Bis dahin lasse ich nicht locker, Malzan. Nicht einen Augenblick.«

»Lass sie doch mit ihm sprechen«, sagte Claire, die vielleicht doch nicht nur mit Träumen beschäftigt war.

»Na gut«, sagte er. »Obwohl es mir gegen den Strich geht. Wenn du wüsstest, was dieses Mädchen mitgemacht hat, Harder, dann würdest du verstehen, warum wir sie abschirmen gegen ihre Vergangenheit.«

»Ich weiß, was ihre Mutter mitgemacht hat.«

Sein spöttischer Blick verriet mir, was er dachte. *Gar nichts weißt du, Harder. Gar nichts.* Ich war froh, dass ich meine dunkle Brille aufhatte, denn so konnte er die Antwort darauf vielleicht nicht lesen: *Ich werde es aber wissen.*

»Nora«, sagte er, und für einen winzigen Augenblick huschte ein anderer Ausdruck um seine Augen, den ich nicht erkennen konnte. Dann sah er auf seine Rolex. »Du kannst morgen mit Shiva reden, Harder.«

»Das wird Nora freuen«, sagte ich und steckte eine Zigarette an, und in den Rauch fügte ich hinzu: »Dann braucht sie sich vielleicht doch nicht an Dr. Myslisch zu wenden.«

Wo immer Malzan die Schauspielerei gelernt hatte, er hatte sie gut gelernt – und zwar die, die man am Kartentisch lernt.

»Dr. Myslisch? Wer ist das?«

»Anwalt, Abgeordneter und ein alter Freund von Paul Scheunemann und der Familie in Kladow. Ein einflussreicher Mann in der Stadt. Wenn alles nichts geholfen hätte …«

Ich zuckte die Schulter und nahm noch einen Schluck Wodka. Obwohl sie völlig still hielt, musste sich etwas von der Spannung, die zum Schneiden dick war, auf Evelyn und von ihr auf Claire übertragen haben, denn Claire warf plötzlich ihr Glas um. Aufstand, Kellner, Wischen, neues

Glas, und Evelyn entdeckte mittendrin Bekannte, und Malzan saß da, zog an seiner Zigarre und hätte einem Maler Modell sitzen können: Der Mann mit dem unergründlichen Lächeln. Oder einfach: Die Killeraugen.

»Was wirst du machen, wenn dieser Job erledigt ist?«, fragte Malzan, als wir wieder saßen bis auf Evelyn, die ihren Bekannten am Nebentisch erzählte, wie wohl sie sich in Hamburg fühlte.

»Ich such mir einen neuen. Von Auftrag zu Auftrag, so leben wir Söldner nun mal.«

Er nickte, und das Lächeln, das er jetzt produzierte, war eins von der Sorte, die dem Betrachter die Illusion geben, in diesem Augenblick das Wichtigste auf der Welt zu sein. Andererseits konnten Haifische das auch, und bei ihnen waren es wahrscheinlich nur selten Illusionen.

»Ich würde gern noch weitermachen«, sagte er. »Kommst du mit? Evelyn natürlich auch.«

Aber Evelyn schlang die Arme um mich und flüsterte: »Ich mag nicht, ich hab Angst vor dem Kerl, lass dich nicht auf den ein, Heinz, komm nach Hamburg, nächste Woche, ein neuer Titel, etwas für dich, ein richtiger Job, Harder, mach das nicht, versprich's mir …«

»Ich ruf dich an«, versprach ich ihr, aber wenn ich mir Illusionen machte, dann bestimmt nicht über einen Redaktionsjob in Hamburg. Ich musste nicht erst achtunddreißig werden, um zu wissen, dass es Stühle gibt, die mich nicht tragen.

25

Malzan fuhr am Wittenbergplatz vorbei, Richtung Kanal. Gegen ein Uhr nachts rollte der BMW fast wie von selbst durch die Stadt. Wir hatten Claire in die Mitte genommen, aber die Drei von der Tankstelle waren wir deshalb noch lange nicht. Die Bäume entlang des Kanals fingen an, ihre Blätter zu verlieren. In der Stadt muss man ans Wasser, wenn man sehen will, wie es steht. Mir fiel ein, was Tex gesagt hatte. *November in Berlin, da fangen die Depressionen an.* Tex war noch jung. Sie konnte noch einfach in ein Flugzeug nach Sri Lanka steigen, und husch, weg waren die Depressionen. In der Gegenrichtung schien es auch zu funktionieren, wenn man sah, wie viele Tamilen nach Berlin kamen. Ost-westlicher Depressionsaustausch.

»Düstere Gedanken, Harder?«

»Ich frage mich nur, wohin die Reise geht.«

»›Reise ans Ende der Nacht‹«, sagte Malzan, »von Louis-Ferdinand Céline. Ganz großer Roman.«

»Den Titel hat er von einem Lied der Schweizergarde von 1793 genommen«, erweiterte Claire meine Bildung. »›Notre vie est un voyage / Dans l'hiver et dans la nuit …‹ Das heißt auf Deutsch …«

»Dafür reicht mein Französisch«, sagte ich. »Ich bin auch durchaus empfänglich für stimmungsvolle Zitate. Aber bis zum Winter möchte ich nicht mit euch durch die Stadt kurven, ohne zu wissen, wohin es geht.«

Claire rückte etwas näher an mich. Sie war zierlich genug, um mich nicht zu bedrängen, aber ich fand ihr Parfüm etwas aufdringlich. Ich steckte mir eine Zigarette an. Wir waren jetzt mitten in Kreuzberg. Allmählich wurde mir flau. Kreuzberg passte nun gar nicht zu Malzans Gehabe, aber es passte vorzüglich, wenn man jemanden loswerden wollte.

»Ich weiß nicht, wie du dazu stehst«, sagte Malzan um den kalten Zigarrenstummel in seinem Mund herum, »aber ich fahre um diese Zeit immer gern mal an die Grenze und sehe nach, ob alles noch seine Richtigkeit hat – da der Russe, der Ami hier.«

»Gib doch zu, dass du das nur machst, weil du danach einmal fast die Bank gesprengt hast«, sagte Claire.

»Dann hätte ich es aber längst wieder aufgeben müssen.«

Zockermythen. Auch das noch. »Was mich immer interessiert hat«, sagte ich, »was macht man, wenn man gerade fast die Bank gesprengt hat?«

»Man fängt an, es fast alles wieder zu verspielen«, sagte Malzan.

Schlesisches Tor. Er parkte unter der Hochbahnbrücke, und wir schlenderten zur Spree. Die Oberbaumbrücke lag vor uns, eine hell erleuchtete Insel, auf der schlafende Tauben von Scharfschützen bewacht wurden. Scheinwerfer bohrten sich durch den Nebel über den Fluss. Als wir zum Ufer hinabstiegen, richteten sich die Nachtferngläser auf uns. Das Holzkreuz mit dem Stacheldraht hob sich gegen den Fluss und die Brücke ab wie die Requisite eines neorealistischen Films: Christus kam bis zur Oberbaumbrücke. Ein weißer Finger aus Licht streifte uns und kroch dann weiter zu dem Liebespaar am Ende der Uferpromenade, das sich diesen Ort zum Austausch seiner nächtlichen Geheimnisse ausgesucht hatte. Im Halbdunkel stieß ich gegen eine Blechbüchse, die ein Angler stehengelassen hatte, und sie rollte scheppernd über die Promenade und fiel in den Fluss. Zwischen den gleißenden Baracken am Ostufer ragten die Umrisse der baufälligen Hafenschuppen in die Nacht, und ein Kran stach seine Lanze in ihren dunklen Schoß. Das Mädchen zwischen uns fröstelte trotz seines Lammfellmantels. Dabei war es gar nicht kalt. Es ist nie kalt, wenn dir klar wird, von welchen Leuten dein Leben abhängt. Kalt wird es erst später.

Malzan ergriff mit beiden Händen das Geländer und überblickte die Szenerie mit der Befriedigung eines Connaisseurs, der mal wieder feststellt, dass er einen ganz einfachen Geschmack hat: Das Beste genügt ihm. Hier war es. Dann steckte er seinen Zigarrenstummel an, machte ein paar tiefe Züge und warf den glühenden Rest ins Wasser, wo er verzischte wie eine Lunte. Die Art von Fisch, die da unten vegetierte, würde ihn sicher zu schätzen wissen.

Claire kuschelte sich an ihn, und ich fragte mich, was ich tun sollte, wenn jetzt Mr. Horror und sein Rollkommando auftauchten. Fahrradketten, Schnappmesser, Schlagringe, und dann vielleicht eine gemütliche letzte Fahrt ans Ende der Nacht, im Kofferraum eines Mittelklassewagens, mit gefesselten Händen und Füßen, und irgendwo an einer stillen Stelle am Britzer Hafen stand dann die Tonne, der Sack Zement?

Eine Möglichkeit war die, einfach wegzurennen. Pack dein Leben in die Füße, Harder, und spurte davon. Bestimmt konnte ich noch eine U-Bahn erwischen und in einer halben Stunde zu Hause sein. Ich konnte mich ins Bett legen, die Decke über den Kopf ziehen und versuchen, alles zu vergessen, und irgendwann würde ich, wenn das Telefon klingelte, erst beim dritten Läuten darüber nachdenken, ob es Nora Schäfer-Scheunemann wäre, die mich fragte, ob ich ihre Tochter endlich gefunden hätte – oder der Zwerg, der flüsterte, wie fühlt man sich im 13. Stock, Harder, wenn das Hochhaus brennt.

Quatsch. Ich machte die dreißigste Gitane dieses Tages an. Töchter waren höchstens auf Trip. Hochhäuser hatten Fluchtwege.

»Wartest du hier auf deinen Ost-Kontakt?«, fragte ich. »Agenten sind ja schließlich auch eine Art Vermittler.«

»Wunderbar«, sagte Malzan, nachdem sein Lachen verklungen war wie eine Salve, »jetzt hält Harder mich auch noch für einen Spion.«

Claire blieb ruhig. »Wer kommt auch schon nachts hierher und bewundert die Aussicht?«

»Ich«, sagte Malzan. »Ich bewundere diese Aussicht. Ich bewundere diese Kulisse. Für mich ist das ein Abenteuerspielplatz. Disneyland der Politik. Ich gebe zu, ich bin vernarrt in diese Stadt und ihre Möglichkeiten.« Und er sog die neblig-ölige Luft ein wie ein Kokser eine Linie vom Feinsten.

26

Nachts in Berlin.

»Als ich das erste Mal nach Berlin kam, hab ich den Taxifahrer gleich nach dem Kiez gefragt, das mach ich immer in einer neuen Stadt, sofort auf den Kiez, dann weißt du Bescheid. In München gibt es den ja gar nicht mehr, da weißt du dann auch Bescheid. Er lieferte mich auch gleich hier vorn Ecke Bülowbogen ab, und ich lief die Potse runter, ein Dezembertag, nasskalt, griesiger Ostwind. In jedem Torbogen die bibbernden Junkies, im Gemüseladen standen die Nutten mit ihrem Schnupfen und kauften Erdbeeren und Trauben aus Südafrika für die Luden, die beim Zocken ihren Vitaminstoß brauchten. Ich seh das Schild NEVADA, rotes Neonschild, hier an der Ecke, da bist du richtig. Das war schon kein Schuppen mehr, das war ein dunkles Loch, eine Höhle, irgendwo im Hintergrund ratterte ein Spielautomat, drei besoffene Penner am Tresen, hinterm Tresen ein Schwarzer, der Mundharmonika spielte, Old Man River, und an der Wand ein riesiges Panorama, Wüstensand, Meer, Palmen. Der Strand von NEVADA.«

Ich nahm einen Schluck Wodka-Lemon. »Und dann hab ich realisiert, dass einer von den besoffenen Pennern eine Frau ist, eine Frau mit schwarzer Perücke, Cowboyhut, einem Mund wie eine rote Rasierklinge und einem Krückstock, eine Nutte mit einem Bein. Das Erste, was sie zu mir sagte, war: He Süßer, kommste uff Zimmer? Die erste Kneipe, die erste Frage in der neuen Stadt. Am ersten Tag bin ich aus der Kneipe gar nicht mehr rausgekommen.«

Sie hatten sie inzwischen umgetauft und renoviert, Plastiksitze und Tresen aus imitiertem Teak und Neonleuchten, aber es gibt Ungeziefer, das resistent ist gegen jedes Vernichtungsmittel, und es gibt auch noch kein Mittel gegen die Erinnerungen, außer dem Alkohol und dem Tod, und ich war nüchtern und lebte.

»Bist du damals uff Zimmer gegangen?« Das war Claire. Malzan hätte so eine Frage nie gestellt.

»Ich hab schon immer eine Beziehung zu Symbolen gehabt«, sagte ich und schlug dann einen Tapetenwechsel vor. Bei Claire war ich mit meiner Antwort unten durch. Malzan lächelte nur. Erst Oberbaumbrücke, dann Potsdamer Straße. Mit Kamelhaarmantel und Zigarre. Eine Nacht der Überraschungen.

Wir steuerten den nächsten Schuppen an. Hier arbeiteten sie gerne mit K.-o.-Drinks, Tropfen in den Asbach, dann traten die Nutten auf, und irgendwann kam das Opfer im Hof zu sich und das Scheckheft war weg, oder die Uhr, oder die Hose, man war nicht wählerisch. Es gab Stammgäste, die hier regelmäßig aufkreuzten, von weit her, Häuschen in Lichterfelde oder Frohnau, der Scheck gefaltet in der Hemdtasche, die Scheckkarte im Strumpf, Taxigeld abgezählt im Mantel, und dann war wieder die Uhr weg, das Sakko, der neue Hut oder der Ehering.

Von Malzan hielten sie Abstand, die Nutten, die Abstauber, die Knackis. Ich hatte nicht den Eindruck, dass das an

Claire lag. Sie machten sogar die Musik leiser, damit wir uns unterhalten konnten, und mit einer Handbewegung scheuchte der Zapfer die junge Nutte weg, die auf dem besten Platz am Tresen hockte und in ihren Campari schniefte.

Malzan bestellte eine Pulle Sekt, und als wir den ersten Schluck von dem Zeug genommen hatten, sah er sich in der Spelunke um und sagte: »Von Charlie Chaplin stammt der Satz: ›Im Leben gibt es keinen Sinn, nur Begehren.‹«

Vom Billardtisch kam das Klacken von Kugeln, die ihr Ziel verfehlten. »Fragt sich nur, wohin das Begehren einen bringt.«

»Harder, ein verkappter Moralist?«

»Ich bin nur ein Praktiker.«

»Ein Praktiker des Rumschnüffelns.«

»Ich doch nicht«, sagte ich gekränkt. »Sobald ich mit dem Mädchen gesprochen habe, verschwinde ich.«

In der trüben Beleuchtung sah er direkt traurig aus. »Das sagen alle Schnüffler. Dabei weißt du doch genau, Harder, dass man nie verschwinden kann. Man glaubt, man verschwindet, dabei hat man nur den Zug gewechselt.«

Die schniefende kleine Nutte hatte sich an Claire rangemacht in der Hoffnung, dass sie ihr einen ausgab. Da sie wusste, dass alles seinen Preis hat, erzählte sie ihr schnell ihr Leben. Es hörte sich an wie eine meiner Serien: ›Der Sturz – Frauenbilder aus der Hölle‹.

»Wann treffen wir Miriam – Shiva – heute?«

»Bist du eigentlich ständig auf dem Sprung?«

»In dieser Stadt sind doch ständig alle auf dem Sprung. Eine Stadt voller Springmäuse und Lemminge.«

»Du müsstest meditieren«, sagte Malzan. »So wie ich,

beim Spiel. Oder wie Shiva, mit den Schlangen. Claire macht koreanische Fußmassage. Alles, was dir hilft, Harder. Wenn du nicht entspannst, zerbrichst du unter Druck wie ein dürrer Zweig.«

»Was schlägst du vor? Einen Kurs bei Frau Dr. Frenkel-Ahimsa?«

»Ich glaube, das würde dich am Anfang überfordern. Obwohl die Schlangen dir die Augen öffnen würden.«

»Mit Tieren stehe ich nicht auf vertrautem Fuß.«

»Schlangen sind ganz anders.«

»Ich kannte mal jemand, der das auch von Vogelspinnen behauptet hat.«

»Was war das für ein Mensch?«

»Ihr kennt euch sicher nicht. Er war Geldeintreiber für die chinesische Mafia.«

»Journalisten kommen viel herum, wie?«

»Ich bin kein Journalist mehr, Malzan. Ich will das Mädchen sehen.«

»Für wen arbeitest du, Harder?«

»Für Bargeld.«

Er nickte, als hätte ich damit seine dunkelsten Befürchtungen bestätigt. Die Nutte erzählte gerade einen Kanakenwitz, und Malzan brachte sie mit einem Fingerschnippen zum Schweigen. Dann ließ er sich das Telefon geben, wählte, wartete einen Augenblick, sprach dann leise ein paar Worte in den Hörer, wobei er mit der anderen Hand Claires Nacken streichelte und mir dabei zublinzelte. Und die ganze Zeit ließ Nena in der Musikbox ihre 99 Luftballons steigen.

»Wenn du Zeit hast«, sagte Malzan, »nachher läuft noch

ein kleines Spielchen, hier um die Ecke.« Er sah meinen Blick und lächelte. »Ich will dich nicht abkochen, Harder. Ich möchte nur, dass du dir ein Bild von mir machen kannst. Damit du keinen Schwachsinn über mich schreibst, falls du aus deiner Suche nach Shiva doch einen kleinen Artikel machen willst.«

»Ich seh dir gern zu, wenn du meditierst«, sagte ich. »Ich mach das ja beim Ficken.«

»Tatsächlich? So als swingender Berliner, mit Kontaktanzeigen und Privatklubs? Ich hab mir sagen lassen, dass das ziemlich abwrackt.«

»Ach, ich geh nur ganz gern in den Puff ab und zu.« Ich goss etwas Sekt nach. Die kleine Nutte heulte jetzt. Claire flößte ihr noch einen Campari ein. »Mich entspannt das, wenn ich da in der Küche hocke, meinen Schwatz mit den Mädchen mache und mit der Puffmutter, dann noch ein Nümmerchen, das ist auch Meditation. Es sei denn, man wird hinterher telefonisch mit dem Feuertod bedroht.«

»Du hältst mich doch nicht für einen Zuhälter?«

Es war, als hätte ich jeden Bierfilz in der Spelunke persönlich beleidigt. Der Zapfer stand mit offenem Mund da, und die Nutte hörte auf zu heulen und machte ein besorgtes Gesicht.

»Hab ich das behauptet?«

»Du behauptest eine ganze Menge, Harder. Und das schon den ganzen Abend über. Du musst ein bisserl aufpassen, was du da so in die Gegend behauptest. Missverständnisse können oft garstig enden.«

»Nicht doch«, sagte ich. »Ich hab dir nur erzählt, wie ich meditiere.«

»Schon gut.« Er nahm eine Zigarre aus seinem Etui, und die Stimmung entspannte sich. »Diese Schablonen, das ist doch ohnehin Spießerkram. Willst du in eine Schablone passen?«

Ich hatte die beste Zeit meines bisherigen Lebens damit verbracht, allem, was ich bekam, Schablonen zu verpassen, aber allmählich begann ich mich auch zu fragen, warum Malzan wie ein Chef dastand und ich wie ein Kuli.

»Ich hasse Schablonen«, sagte ich und schmiss mein Sektglas an die Musikbox.

»Eine Frage, Mike: Was hat die Schlange auf diesem Symbol im Maul?«

»Eine andere Schlange«, sagte Malzan und nahm noch einen Löffel von seiner Bohnensuppe. Wir legten bei einem Türken, der die ganze Nacht offen hatte, einen Imbiss ein. Ein enger Schlauch, gerade genug Platz für die Kochherde, den Grill und das Buffet, und ein paar Tische, an denen die Nutten mit ihrem Kebab standen, die Junkies mit ihrem Schokopudding, die Dealer mit ihrem Mokka und die Bullen mit ihrem unangetasteten Bier. Schmutzige gekachelte Wände, Limonadenkisten, Zombies mit leeren Augen und einer Ratte unter der Jacke. Und dazu der aromatische Geruch nach gut gewürzten Suppen, Hammelfett und Raki. Jeden Augenblick konnte der Laden explodieren, aber vorher wurde Kasse gemacht.

»Eine Schlange hat eine Schlange im Maul?«

»Probier diese Bohnensuppe, Claire, eine bessere bekommst du in ganz Berlin nicht. Genau genommen ist es nur der Kopf einer Schlange, alles andre hat sie schon verschlungen. Das ist eine Königskobra, Harder. Königskobras ernähren sich nur von anderen Schlangen. Ich nehme an, als Reisender in Sachen Symbolik verstehst du die tiefere Bedeutung.«

Ich nahm noch einen Schluck Mokka. »Der ewige Kreislauf. Ungeheuer frisst Ungeheuer. Doch das Ungeheuerste ist der Mensch.«

»Das bestimmt. Schlangen sind keine Ungeheuer. Der Horror, der Ekel, den sie bei den meisten Menschen auslösen, beruht auf reinem Vorurteil und stupider Unkenntnis. Schlangen sind außerordentlich saubere, empfindliche, sicherheitsbedürftige Tiere, die seit Millionen Jahren überlebt haben, weil sie in gewissem Sinn perfekt sind.«

»Und außerordentlich giftig.«

»Mit denen muss man umzugehen verstehen. Aber das gilt auch für die Menschen.«

»Und Miriam – Shiva – kann mit ihnen umgehen.«

Er lächelte, aber im grellen Licht der Imbissstube sah sein breites Gesicht dabei schwammig aus, und die fast farblosen Wimpern über den kalten blauen Augen wirkten abstoßend. Er hatte nur ein paar Falten auf der Stirn, aber die zerschnitten seine gelbliche Haut wie Risse.

»Sie ist ein Naturtalent, Harder.«

»Wie ist sie eigentlich dazu gekommen?«

»Zufall. Schicksal. Eines Tages stand sie im Institut.«

»Wie vom Himmel gefallen. Ihre Mutter sieht das wahrscheinlich anders.«

»Ich gebe dir einen guten Rat, Harder – meide diese Frau wie eine Seuche.«

»Sie ist meine Klientin.«

»Hast du schon mit ihr geschlafen?«

»Kein Bedarf, Mike.«

»Ich weiß, in Berlin wird man auf die Dauer etwas kirre. Man braucht Abwechslung, und wenn wir sie nicht bekommen, gehn wir auf die Jagd nach künstlichen Abwechslungen.«

»Das gibt sich«, sagte ich. »Ich bin schon etwas länger hier als du.«

»Ja? Jedenfalls, man kann dabei leicht ausrutschen. Spaß muss sein, aber vergiss nicht, dass in einer Stadt wie dieser die Grenzen hart gezogen werden, hart und eng.«

Ich hatte seine Berlin-Vorträge allmählich satt. Anfängergequatsche. Claire kam mir zuvor. Sie brachte uns zwei Raki. Das Mädchen bewegte sich in diesem Chaos, als gehöre ihr der Laden. Vielleicht gehörte er dem, auf dessen Abläufe sie achtete.

»Ich glaube, Harder kannst du damit nicht aus dem Konzept bringen«, sagte sie.

»Hast du ein Konzept, Harder?«

»Alles, was ich will, sind ein paar simple Antworten.«

Malzans Zigarre war ausgegangen, und er riss ein Streichholz an. »Simple Antworten? Auf welche Fragen gibt es denn simple Antworten?«

Das Streichholz ging aus, bevor er es an die Zigarre halten konnte. Ein junger Orientale in einer geflickten Jeansjacke mit einem Totenkopf auf dem Rücken machte ein Streichholz an und hielt, während er Malzan Feuer gab, schützend seine andre Hand vor die Flamme. Ich bemerkte drei kleine schwarze Punkte zwischen Daumen und Zeigefinger, das Knastzeichen für arm, asozial und arbeitsscheu.

Malzan bedankte sich mit einem fast unmerklichen Lächeln. Der Orientale driftete weiter. Perfekter Service. Malzan hüllte unsere Köpfe in eine Rauchwolke.

»Simple Antworten gibt es auf simple Fragen«, sagte ich. »Die simpelste Frage, die mir einfällt, lautet: Vorausgesetzt, das Mädchen ist wirklich Miriam, warum ist sie dann bei euch?«

»Das soll eine simple Frage sein?« Er trank mit einem schnellen Ruck den Raki aus. »Für eine Antwort auf diese simple Frage müsstest du schon zurückgehen bis zu Adam und Eva und der Schlange im Paradies.«

Ich ließ den Raki stehen. »Das lasse ich darauf ankommen«, sagte ich.

27

Die Wände des Spielklubs, der die Form eines Sechsecks hatte, waren mit schwarzem Samt verkleidet und mit weißen und roten Leuchtstäben dekoriert, die stilisierte Kartenwerte darstellten. Aber beim Karo und beim Kreuz hätten zwei Stäbe ausgewechselt werden müssen, und als ich zur Toilette ging, bemerkte ich den Staub, der den Samt von nahem schäbig aussehen ließ.

Im Gang roch es nach Bier und Pisse und Desinfektionsspray, und die Fliesen in der Toilette waren auch schon lange nicht mehr gereinigt worden und klapperten lose. Schwund überall, dachte ich, als ich mir die Hände wusch. Schwund in 6 Buchstaben: Berlin. Der erste Blick macht einen an, und dann sieht man genauer hin und entdeckt die Zeichen des unaufhaltsamen Verfalls, den keine Mache übertünchen kann.

Die Toilettentür sprang auf, und der große Schwarzhaarige aus der Kantstraße, Malzans Fahrer, wuchtete sich an eine Pissschüssel. Er warf seine Zigarette hinein, und während er sich erleichterte, entdeckte er mich.

»Ach, du bist das«, sagte er jovial. »Der Typ, der Mike sucht.«

»Inzwischen hab ich ihn gefunden«, sagte ich und trocknete mir die Hände an einem Papierhandtuch ab.

»Siehst du. Bloß, wenn du so dumm fragst, kriegst du auch eine dumme Antwort.«

Es schien nicht der richtige Augenblick, um ihm den Rücken zuzukehren. Er zog seinen Reißverschluss zu und stellte sich ans Waschbecken. Was er im Spiegel sah, konnte ihn befriedigen. Das schwarze Rüschenhemd betonte seine Muskelpakete, und die weiße Wildlederjacke mit Fransen an den Ärmeln sah nicht nach Schlussverkauf aus. Ich nahm an, dass er den Cowboyhut neben seinem Bier liegen hatte. Wir steckten uns beide Zigaretten an, nachdem er einen versilberten Kamm durchs Haar gezogen hatte.

»Wie weit bist du mit dem Spillane?«

»Durch«, sagte er. »Und wieder ein fabelhafter Schluss. Es gibt ein Feuer, der Bösewicht gesteht Mike Hammer alles, dann birst die Decke, unter der sie stehen, Hammer rettet sich in letzter Sekunde und sagt, Zitat: Er schrie noch, als ihm die Decke auf den Kopf fiel und mir eine Arbeit abnahm, die ich gern getan hätte, Zitatende. Klasse, nä?«

»Klasse«, sagte ich. »Ist das Feuer zufällig im 13. Stock?«

»Auf solche Kleinigkeiten achtest du dabei nicht«, sagte der Große und beendete die literarische Abschweifung.

Sie hatten eine Bar an einer Seite des Sechsecks und eine Blondine in einem knappsitzenden schwarzen Taftkleid mit Spaghettiträgern, die sich um die Drinks kümmerte. Von den zwei Pokertischen war nur einer besetzt, eine Runde von sechs Männern und einer Frau, die als Kartengeberin fungierte. Sie spielten Studpoker mit fünf Karten, und Malzan verlor ständig. Die Oberbaumbrücke hatte noch nicht gewirkt. Zwei Araber in dunklen Anzügen mit

Goldkettchen im offenen Hemd lagen vorn. Der Fahrer saß an einem Ende der Bar, ich am anderen. Claire war nicht zu sehen. Vielleicht ging sie die Spesenabläufe durch. Der Fahrer trank nur Mineralwasser, und einen Cowboyhut hatte er auch nicht dabei. Halbe Sache. Ich nippte an einem Wodka-Lemon. Immer hart nach vorne. Ich fragte mich gerade, ob ich nicht mit Noras Spesen einsteigen sollte, als ein Telefon an der Bar klingelte. Die Blondine nahm sofort ab und leckte sich, während sie in den Hörer lauschte, ihre blaustichig geschminkten vollen Lippen. Vielleicht könnte ich Noras Spesen auch bei ihr anlegen. Was war denn eigentlich mit meiner Exfrau? Schönheitsschlaf im Schweizerhof. Die Blondine gab dem Fahrer ein Zeichen, worauf der sich sofort in Bewegung setzte und Malzan etwas ins Ohr flüsterte. Malzan entschuldigte sich bei seinen Mitspielern und kam an die Bar. Während er telefonierte, streifte mich sein Blick wie ein Eiswürfel. Dann legte er auf und kam langsam zu mir, den Fahrer im Schlepptau.

»Schade, ich muss weg«, sagte Malzan. »Dabei hätte ich garantiert jetzt eine Gewinnsträhne erwischt. Ich hab das Gefühl, dass du mir Glück gebracht hättest. Du weißt ja, wie das mit den Karten ist.«

»Wie mit dem Leben.«

»Da bin ich mir nicht so sicher, Harder.« Er sah auf die Rolex. »Halb vier. Solche Sachen passieren oft im unpassendsten Augenblick.«

»Eine dringende Vermittlung?«

»Könnte man sagen.«

Er schlüpfte in den Mantel, den der Fahrer ihm hinhielt.

»Charlie und du, ihr kennt euch schon?«

»Krimi-Fans kennen sich auf der ganzen Welt.«

»Bleib hier und trink noch etwas, und wir sehen uns dann heute Abend. Am besten kommst du gleich nach Lübars. Du kennst den Weg ja.«

Und weg waren sie.

Ich ließ das Glas und die Blondine stehen und erreichte die Tür in weniger als zehn Sekunden, als neben mir aus dem Schatten der Zerberus auftauchte, der den Eingang kontrollierte und das Alarmsystem bediente. Nicht dass er mich mit Gewalt daran hinderte, den Klub zu verlassen – aber als ich schweißgebadet auf der Straße stand, war von dem BMW nichts mehr zu sehen.

Auf der Potse war die Stunde der Hyänen angebrochen, die Stunde der Aasgeier. Das Neonlicht flackerte wie der Pulsschlag eines Sterbenden, und der Wind heulte durch die Straße wie ein Todesschrei.

»Vollmond«, sagte die Taxifahrerin, als wir in die Bülowstraße Richtung Innenstadt einbogen. Sie war eine von den Studentinnen, die das Taxifahren als Selbsterfahrungsseminar für Fortgeschrittene betrachten. »Bei Vollmond treibt es sie alle raus. Der helle Wahnsinn, Vollmond in Berlin.«

»Mich treibt überhaupt nichts raus«, sagte ich dumpf. »Ich muss zur Arbeit.«

Sie bestrafte mich mit ihrem Geplapper bis zum Savignyplatz. Als ich das Licht der Eckkneipe sah, ließ ich sie anhalten und stieg aus. Es war tatsächlich Vollmond – eine skrofulöse, von Wolkenfetzen verschleierte Scheibe voll böser Träume hing über der Stadt, ein Mond für schwindsüchtige Werwölfe.

Am Tresen hockten ein paar von denen, die es rausgetrieben hatte, und tranken gegen den Morgen an. Ich stellte mich mit einem Wodka ans Fenster und starrte auf die Kantstraße, wo die ersten Busse das Heer der Besiegten in die Knochenmühlen karrten. Ich hätte auch in einen der Doppeldecker gehört, in einen Wintermantel von C&A gehüllt, die Aktenmappe mit den Stullen auf dem Knie und die verrotzte Nase in der neuen Serie in der Illustrierten, der Serie, die sich ein Wahnsinniger mit Wodkafahne, Jack-Nicholson-Grimasse und einem Berg von Schulden in der letzten Vollmondnacht aus den Fingern gesogen hatte: ›Werwolf – Die Geschichte – Der Mythos – Das Verhängnis‹. Nur dass ich wusste, wie das Saugen ging. Ich saugte an meiner Zigarette. Am Savignyplatz dämmerte es. Schon wieder ein neuer Tag, und ich fühlte mich dreckig und zerlumpt und zerschlagen, wie immer, wenn ich mitten in einer Story lebte und lauter erste Absätze probierte, von denen keiner stimmte. Kippen, hörte ich den Alten schon sagen, mit dieser Stimme, die dann immer so hart war wie eine Nylonschnur um deinen Hals, wenn du nicht klarkommst damit, Harder, kippen wir sie. Aber mit den Stories war es so, du bist dann drei Tage versackt und hattest plötzlich den ersten Absatz im Kopf, und dann konntest du gar nicht schnell genug schreiben, es lief dir aus dem Bauch in die Tasten, pünktlich zur Deadline. Einmal noch frühmorgens zum Bahnhof fahren, dachte ich, und das druckfrische Ding kaufen und deine Story lesen, mitten unter den Leuten, die zur Arbeit fahren und die Halle fegen, den Besoffenen, den Strichern, da unten auf der letzten Zeile dein Name, kursiv, oder zwischen zwei Zeilen auf dem

Aufmacher, wenn es eine große Story ist, elf Punkt halbfett, ein Bericht von Heinz Harder, einmal noch, wie gut die Blätter gerochen haben.

Ich stellte das Glas Wodka auf die Bank, ich hatte es noch nicht angerührt, und ließ mir am Tresen das Telefon geben. Ich hatte ja noch eine Verabredung. Ich sah Betsys Küche, ich sah das Telefon auf dem Schränkchen neben dem Video, ich sah Betsy abnehmen, ich sah Nuchali um die Ecke lächeln: Für mich? Jemand nahm den Hörer ab und sagte: »Wer ist da?«

Ich legte auf. Wenn im Puff ein Mann am Telefon ist, kannst du dir den Weg sparen.

Und dann war es das Telefon, das mich weckte. Ich lag allein in einem durchgeschwitzten Laken voller Alpträume. Hau ab, Welt. Sie dachte nicht daran.

»Harder?«

Eine von diesen Stimmen, die alles von dir wollen, und zwar vorgestern. Ich brachte nur ein Grunzen zustande und sah dabei auf die Uhr. Dreizehn Uhr vierzig. Ich war fast neun Stunden weg gewesen.

»Hier ist Smetana, Harder. Kriminaloberrat Smetana.«

»Ich hab Sie nicht vergessen«, sagte ich.

»Sind Sie noch an Ihrer Seite über verschwundene Mädchen?«

Ich brachte keinen Ton heraus.

»Über Prostitution und White Slavery?«

»Mittendrin.«

»Wissen Sie, wo unser Leichenschauhaus liegt?«

»Invalidenstraße.«

»Dann setzen Sie sich mal in Bewegung, Harder.«

Er legte auf. Die letzte Nacht holte mich ein wie eine berstende Decke.

28

Das Leichenschauhaus der Kriminalpolizei in Moabit verteilte sich auf mehrere Flachbauten, die von außen wie eine Ferienanlage aussahen. Tote machen ewig Urlaub. Ein Beamter in Zivil brachte mich in den Sektionssaal. Sie standen um eine Bahre herum, Smetana und ein paar andre seines Kalibers. In der abgetrennten Kabine mit der Glaswand diskutierten die Leute von der Staatsanwaltschaft mit einem Arzt. Ich blieb stehen, bis Smetana mich erkannte. In dieser kalten Halle war kein Lächeln zwischen uns.

»Sie sind doch ein Spezialist für vermisste Mädchen, Harder. Und für die neuen Formen der Prostitution. Vielleicht interessiert es Sie, ein Ergebnis der herkömmlichen Form von Prostitution zu sehen.«

Er wartete keine Antwort ab, sondern nickte zu der Bahre hinüber. Ich brauchte höchstens eine halbe Erdumdrehung, bis ich neben der Bahre stand. Ein Mann in einem weißen Kittel schlug das Tuch zurück, und dann war es, als ob mich jemand mit voller Wucht in den Bauch getreten hätte.

Die Tote war Nuchali. Sie hatten ihre Augen zugedrückt, aber die Wunden auf dem Körper hatten sie nicht schließen können. Der Bauch war von Rissen zerschnitten, als ob jemand mit einem rostigen Nagel Amok auf ihr gelaufen wäre. Und dann musste sie im Wasser gelegen haben. Nicht lange, aber lange genug, um alles, was Nuchali auf dieser Erde gewesen war, restlos zu zerstören.

Smetana räusperte sich. »Kennen Sie die Tote?«

Ich nickte.

»Ihren Namen auch?«

»Nuchali.«

»Das ist der thailändische Vorname, richtig? Wann haben Sie sie zuletzt gesehen?«

Ich musste rechnen. »Dienstagabend.«

»Wo?«

»Bei ihr.«

»Sie meinen, in dem Puff, in dem sie arbeitete?«

Ich nickte.

Ein anderer mischte sich ein. »Sind Sie sicher, dass Sie sie nicht verwechseln? Die Thais sehen sich doch alle ähnlich.«

Ich starrte ihn an. Lange genug, um sagen zu können: »Bullen sehn sich auch alle ähnlich.«

Das war der Augenblick, in dem Smetana eingriff. Er wusste, dass ich mal geboxt hatte und es mir jetzt bestimmt nicht darauf ankam, mich nach den Regeln des Internationalen Boxsportverbands zu richten.

»Seit wann kennen Sie das Mädchen, Harder?«

»Ungefähr seit einem halben Jahr.«

»Haben Sie die Kleine oft gesehen?«

»Oft genug, um sie identifizieren zu können.«

Wir befanden uns in einem engen Raum, der den Sektionssaal mit den übrigen Abteilungen verband. In der Ecke stand eine Bahre mit einem Toten, der zugedeckt war. An seinem großen Zeh hing ein rotes Plastikschild. Smetana fixierte mich.

»Jetzt hören Sie gut zu, Harder. Die Tote wurde heute Morgen gegen sechs Uhr von einem Boot der Umweltbehörde in Ufernähe des Hundekehlesees entdeckt. Die messen da die Wasserverschmutzung, verstehn Sie? Als sie ins Wasser geworfen wurde, war sie schon tot. Der Tod ist durch Erwürgen eingetreten, das lässt sich jetzt schon sagen. Sie kannten sie. Was für eine Art von Freier hat sie gehabt?«

»Sie meinen, ob ich sie auch mal mit der Peitsche bearbeitet habe?«

»Solange wir nichts wissen, sind wir auf Vermutungen angewiesen.«

»Kann man hier rauchen?«

»Wenn ich dabei bin, schon.«

Wir rauchten ein paar Züge. Trotz der Kälte spürte ich, wie der Schweiß mein Hemd am Körper festpappte.

»Ich mochte das Mädchen«, sagte ich dann. »Im Übrigen war sie eine ganz normale Nutte. Ich nehme an, für Geld hat sie Sachen gemacht, auf die ich im Traum nicht käme. Ich hab gehört, das sollen viele Leute machen. Sogar Kriminalbeamte.«

»Sie können von Glück sagen, dass meine Abteilung zuerst mit dem Fall befasst war, Harder. Inzwischen führt die Mordkommission die Ermittlungen, und wenn ich Sie nicht kennen würde, säßen Sie jetzt auf einem Stuhl, der sehr hart sein kann. Besonders für Leute, die meinen, sie genössen eine Art Immunität.«

»Ich bin Ihnen wirklich dankbar, Herr Rat. Wann wurde Nuchali umgebracht?«

»Schätzungsweise in den frühen Morgenstunden. Im Wasser war sie jedenfalls höchstens zwei oder drei Stunden, so dass wir keine Schwierigkeiten mit den Fingerabdrücken hatten. Gegen neun Uhr hatten wir sie identifiziert. Sie war seit zwei Jahren in Berlin registriert. Diese Dame Glück hat ausgesagt, dass das Mädchen gestern Abend zwei Hotelbesuche hatte und danach nicht in den Puff zurückgekommen ist. Sie hat sich weiter keine Gedanken darüber gemacht, weil das Mädchen öfter mal eine Nacht außer Haus verbracht hat. Thais gelten in der Branche als unzuverlässig. Dabei fiel dann auch Ihr Name, Harder.«

»Ich hab ein Alibi für letzte Nacht, falls Sie das meinen.«

»Immer mit der Ruhe. Die beiden Hotelgäste haben wir schon befragt. Normalerweise hinterlassen die Mädchen, wohin sie gehen, und die im Puff machen einen Kontrollanruf. Die beiden Freier scheiden aus.«

»Dann braucht die Mordkommission doch nur herauszufinden, wo sie anschließend hingegangen ist. Hat Madame Glück dafür keinen Kontrollanruf?«

»Sie haben dafür sogar ein Buch, wo sie die Telefonnummern und Uhrzeiten eintragen. Für diesen dritten Besuch gibt es keine Eintragung.«

Ich trat meine Kippe aus, so wie Smetana es auch schon gemacht hatte. »Dann war das sicher ein Freier, den Nuchali schon lange kannte.«

»Wissen Sie etwas darüber, Harder?«

Ich hatte mich schon längst entschieden. »Ich weiß nur,

dass sie gelegentlich einen Spezialkunden im Club Kamasutra hatte. Deswegen habe ich Sie ja auch neulich nach dem Klub gefragt. Aber Nuchali hatte noch nie irgendwelche Spuren von S/M-Behandlung. Jedenfalls nicht, wenn ich mit ihr zusammen war.«

»Wie oft war das?«

Ich versuchte eine Art Lächeln. »Ich kann mir das nicht so oft leisten, wie Sie vielleicht denken, Herr Rat.«

»Es könnte ja sein, dass die Kleine Ihnen einen Sondertarif eingeräumt hat.«

»Wollen Sie damit andeuten, dass ich ihr Zuhälter war?«

Sein Lächeln klappte besser. »Ich weiß doch, dass Sie ein richtiger Journalist sind, Harder, auch wenn Sie manchmal zu Methoden greifen, die bedenklich sind. Was macht denn die Geschichte mit dem vermissten Mädchen?«

»Ich stochere noch im Nebel, aber das kennen Sie ja.«

»Wenn ich an Ihrer Stelle wäre, würde ich nicht weiterstochern.«

»Und warum nicht?«

»Das habe ich Ihnen doch schon gesagt.«

»Heißt das so viel wie: Hände weg, sonst knallt's?«

»Die Formulierungen überlasse ich Ihnen, Harder. Ich gebe Ihnen nur Hilfestellung. Aber vergessen Sie nicht: Wir brauchen vielleicht manchmal die Presse. Was wir aber nicht brauchen, sind Presseleute, die auf eigene Faust in Ermittlungen hineinpfuschen.«

»Danke für den Tipp, Herr Smetana.«

»Für welchen Tipp?«

»Brauchen Sie mich noch?«

»Was ich Sie noch fragen wollte, Harder: Worüber haben

Sie sich mit dem Mädchen unterhalten? Sie soll doch ganz gut Deutsch gesprochen haben.«

»Wenn wir uns unterhalten haben, dann über den Buddhismus. Die Thais sind Buddhisten. Sie glauben daran, dass wir an das Rad der Begierden geflochten sind, und wenn wir uns vollständig von allen Begierden gelöst haben, gehen wir ins Nirwana ein.«

»Was hat man sich unter dem Nirwana vorzustellen?«

»Ich glaube, nichts, was wir uns vorstellen können.«

Ein Beamter erschien. »Wir wollen dann anfangen, Herr Kriminaloberrat.«

»Ich komme gleich.« Er wandte sich noch mal mir zu. »Ich hoffe, Sie machen jetzt nicht den Fehler und spielen sich als Rächer auf, Harder.«

»Ich bin doch nur ein Schreiber, Herr Rat.«

»Wer immer das getan hat, wir kriegen ihn.«

»Davon bin ich überzeugt.«

»Und was immer Sie auf eigene Faust unternehmen, Harder, Sie kollidieren mit der polizeilichen Interessenlage – ganz abgesehen davon, dass auch das Milieu in solchen Fällen aktiv wird.«

»Wie ich schon sagte, alles, was ich will, ist eine brauchbare Geschichte.«

Er kniff die Augen zusammen, und das kalte Licht auf seiner Brille ließ sie funkeln.

»Über den Fall ist eine Nachrichtensperre verhängt. Sie wissen ja, was das heißt.«

»Herr Rat, ich arbeite doch nur für Monatszeitschriften.«

»Wenn Sie auch nur das kleinste Wörtchen rauslassen,

Harder, dann können Sie Ihre Zahnbürste gleich einpacken.«

Noch mehr Drohungen. Bei all den Drohungen hätte ich längst so geduckt sein müssen, dass Albin, der Zwerg, neben mir wie ein Gigant aussehen würde.

»Was passiert jetzt mit Nuchali?«

»Zunächst mal kommt sie auf Eis nach der Obduktion. Wollen Sie die Leiche reklamieren?«

Ich schüttelte den Kopf. Was man im Leben nicht gehabt hat, gibt einem der Tod erst recht nicht.

29

Das Appartementhaus, in dem Jade Beinstein wohnte, lag in der Nürnberger Straße, ein schrundiger Riese aus Beton, eine Hochburg der Nachtjäger. Ich teilte den Fahrstuhl, dessen Metallverschalung mit obszönen Graffiti übersät war, mit einem superblonden Transvestiten und seinem Pudel, einem Junkie, der im Stehen döste, und einer Hure jenseits der fünfzig in einem Draculacape, die alles auf die SPD schob, bis der Junkie im 9. Stock die Augen aufmachte und sagte: »Halt den Sabber, dumme Nuss.«

Jades Appartement bestand aus einem Wohnzimmer mit Blick auf die Verkehrskreuzung und einem winzigen Balkon, dessen einziger Sinn darin liegen konnte, über die rostzerfressene Balustrade nach unten zu springen, einem gekachelten Bad, in dem noch das Parfüm der Vormieterin zu Hause war, einer Kochnische und dem Schlafzimmer, das groß genug für ein Bett, einen Videorecorder, das Telefon und eine Flasche Bacardi war.

»Mach dir's bequem«, sagte Jade, nachdem er mir sein Heim gezeigt hatte. Das Wohnzimmer glich meinem, nur dass Jade keine Umzugskisten herumstehen hatte. Fleckiger brauner Teppichboden, Stehlampe, an der noch das Preisschild hing, zwei funkelnagelneue Sessel aus imitiertem Leder, eine Sperrholzkiste, die als Tisch diente, eine

Alu-Schale mit den Resten einer Mahlzeit, ich kannte das Zeug: *Schlemmerfilet à la Bordelaise.* Keine Bilder, keine Bücher, keine Hi-Fi-Türme.

»Ich dachte, du hättest eine riesige Krimisammlung«, sagte ich, nachdem ich in einem der Sessel saß und eine Zigarette angesteckt hatte. Im einzigen Aschenbecher waren zwei Kippen mit rotem Mundstück. Ich erinnerte mich, dass Jade nicht rauchte. Er stand in dem Durchgang zur Kochnische und sah nach, was er mir anbieten konnte.

»Alles eingebunkert, Harder«, sagte er. »Wertsachen gehören in den Safe, finde ich. Außer Cola scheine ich nichts dazuhaben. Und das ist auch noch Diätcola.«

»Gerade richtig, Jade.«

Er brachte zwei eiskalte Dosen Cola Light, und nachdem er auch saß und wir an dem Zeug genippt hatten, sagte er mit einem nervösen Lächeln und einer Handbewegung, die alles umfasste: »Mir scheint einfach die Überzeugung zum Schöner Wohnen zu fehlen. Bett, Eisschrank, Video, ab und zu ein Buch – fürs Wirtschaftswachstum müssen die andern sorgen.«

»Ja«, sagte ich. »Ich könnte deine Hilfe brauchen.«

Er verschränkte die Finger, bis die Gelenke knackten, und sein Gesicht, das von Natur aus besorgt aussah, sah noch besorgter aus, bis auf die wasserklaren Augen. Für seine Verhältnisse war er zurückhaltend angezogen – rosa Sweatshirt von Lacoste, Khakijeans in Karottenform und gut eingelaufene Joggingschuhe Marke Nike. Kein Wunder, dass er sich die Wohnzimmergarnitur verkneifen musste.

»Ich hab dir doch gesagt, Alter, komm zu Jade, wenn du in Schwierigkeiten steckst. Wo brennt es?«

»Ich brauche ein Aufnahmegerät – und zwar möglichst eins, das so klein ist, dass du es in eine Streichholzschachtel bekommst. Oder in die Armbanduhr. Verstehst du, worauf ich hinauswill?«

»Laut und deutlich, Harder. Unterwegs in Sachen Abhöraktion. Operation Kamasutra?«

»Es ist besser, wenn du nicht zu viel weißt. Glaubst du, dass du mir helfen kannst? Ich weiß auch nicht, warum ich damit zu dir komme, aber aus den Andeutungen, die du neulich gemacht hast, habe ich den Schluss gezogen, du wärst der richtige Mann für solche Sachen.«

»Und aus den Andeutungen, die du gemacht hast, schließe ich, dass du dieses Band brauchst, um eine Bombenstory abzuliefern. Top secret noch das Ganze, klar – aber die Richtung Kamasutra stimmt doch?«

»Bin ich mir nicht mehr so sicher. Da ist noch eine Menge zu recherchieren. Aber nicht mit Stenogrammblock und Kassettenrecorder.«

Über den Rand seiner Coladose sah er mich nachdenklich an. »Du siehst aus, als stehst du unter Schock, Harder. Bist du sicher, dass du das Ding sofort in Angriff nehmen willst?«

Ich machte die nächste Zigarette an und sagte: »Der Angriff läuft schon, Jade. Kommst du an solche Dinge ran oder nicht?«

Er stellte die Dose in die Alu-Schale und lächelte sein 007-meldet-sich-zum-Einsatz-Lächeln. »Kann sein, die Sache kostet etwas, Harder, aber du bist an der richtigen Adresse. Wann brauchst du es?«

»Sofort.«

»Ich muss mal telefonieren.«

Er blieb nur so lange im Schlafzimmer, bis ich die Zigarette aufgeraucht hatte. Die Schlafzimmertür hatte er zugemacht, und ich hatte nur den Anschlag der Telefonglocke im Flur gehört. Zwei Gespräche.

»Volltreffer beim zweiten Versuch«, sagte er und schlüpfte in einen dunkelblauen Blouson. »Die Sache ist die, Harder, mitnehmen kann ich dich nicht. Die Leute, mit denen man da zu tun hat, sind ungeheuer security-bewusst.«

»Wenn du mir sagst, wann ich kommen soll …«

»Aber ich bitte dich, Alter. Zieh dir ein Video rein oder eine Zeitschrift. Ich bin in einer Stunde spätestens zurück. Bis wie viel kann ich gehen?«

»Für das richtige Gerät? Ich hab keine Ahnung von den Preisen, Jade.«

»Vielleicht kommen wir mit einer Leihgebühr klar.«

»Hauptsache ist, ich muss es allein bedienen können. Nichts, wofür ich einen zweiten Mann brauche.«

»Du kannst über mich verfügen, Harder.«

»Das Einzige, worüber ich gern verfügen würde, ist dein Telefon. Ein Auswärtsgespräch.«

»Aber Vorsicht. Ich weiß nicht, wer alles mithört.«

»Du liest zu viel Thriller, Jade.«

Er war schon an der Wohnungstür. Durch die dünne Wand drang von nebenan Diskomusik.

»Weißt du, was der Preis der Freiheit ist?«

»Keine Ahnung.«

»Ewiger Verfolgungswahn. Auch aus einem Thriller.«

Er machte die Tür zu.

In diesem Augenblick ging das Telefon. Ich zögerte einen Augenblick, dann ging ich ins Schlafzimmer und nahm den Hörer ab.

»Ja?«

»Jade?«

»Ist in einer Stunde zurück. Kann ich was ausrichten?«

Keine Antwort. Der Hörer wurde aufgelegt. Ich hätte noch nicht mal sagen können, ob es ein Mann oder eine Frau gewesen war. Vielleicht solltest du auch anfangen, unter Verfolgungswahn zu leiden, dachte ich. Vielleicht würde der Verfolgungswahn das verdrängen, worunter du jetzt leidest.

Ich machte einen Anruf, den ich nicht auf die lange Bank schieben wollte, und rief dann in Volksen an. Nora Schäfer-Scheunemann nahm den Hörer im gleichen Augenblick ab, als es zum ersten Mal läutete.

»Ich versuche schon die ganze Zeit, Sie zu erreichen«, sagte sie. Ihre Stimme klang hoch und heiser und atemlos.

»Ich bin unterwegs. So wie es aussieht, werde ich Miriam heute Abend sehen.«

»Das brauchen Sie nicht, Harder.«

»Was heißt das?«

»Das sage ich doch. Sie brauchen Miriam nicht mehr zu suchen. Sie hat mich angerufen. Ich weiß jetzt, dass sie in Berlin ist. Ich werde mich um sie kümmern. Ihre Arbeit ist getan, Harder.«

Meine Hand, die den Hörer packte, war feucht. Vielleicht war das der Anfang des Verfolgungswahns. »Hören Sie«, sagte ich und spürte, dass auch meine Stimme allmählich heiser wurde, »die Arbeit ist ganz und gar nicht getan. Sie fängt gerade erst an. Ich glaube, ich weiß, wo Miriam ist, und heute Abend werde ich versuchen, sie da rauszuholen. Dazu haben Sie mich doch engagiert, wissen Sie noch – als Bergungsexperte. Oder haben Sie Miriam inzwischen abgeschrieben?«

»Was reden Sie für dummes Zeug!«

»Jetzt mal ganz ruhig, Nora. Was hat Miriam gesagt?«

»Das geht Sie nichts an. Wenn es Ihnen um das Honorar geht, ich schicke Ihnen einen Scheck. Sie haben sich bestimmt große Mühe gegeben, ich schicke Ihnen einen Scheck über zehntausend Mark, und die Spesen brauchen Sie nicht abzurechnen, das geht schon in Ordnung …«

Ausgeflippt, dachte ich. Ausgeflippt oder meschugge vor Angst. Dabei ist sie doch gar nicht im Leichenschauhaus gewesen. Ich steckte mir eine Zigarette an, während sie immer noch von dem Scheck erzählte und glaubte, ich wollte den Preis hochschrauben.

»Jetzt hören Sie mir mal zu«, unterbrach ich sie. »Sie schreiben weder einen Scheck aus, noch unternehmen Sie sonst etwas. Sie bleiben zu Hause und machen die Tür nicht auf, bis ich komme. Und ich rufe vorher an.«

»Harder, ich bitte Sie …«

»Ich sitze inzwischen so tief in der Scheiße wegen dieser Geschichte, für mich gibt es nur noch einen Weg, um da rauszukommen. Und das ist, die Wahrheit rauszufinden. So ein Witz, was? Die Wahrheit. Die Wahrheit über Miriam und Malzan und Myslisch. Und über Sie. Und vielleicht sogar die über mich. Und bis dahin bleiben Sie auf Ihrer Récamiere sitzen und warten auf meinen Anruf oder darauf, dass ich am Gartentor klingele. Ich heiße Harder, Sie wissen ja. Und mich gibt es auch nur einmal.«

Ich legte auf, bevor sie mir noch mehr Lügen erzählen konnte, und saß nur da und trank das kalorienarme Cola Light und rauchte Zigaretten und hörte den Junkies zu und den Transis und den Pudeln und der Elektronikindustrie und der unselbständigen politischen Einheit Westberlin an einem Freitagnachmittag im November und wartete auf Jade Beinstein und auf das, was er mir auftischte. An so einem Nachmittag wirst du mal krepieren, dachte ich, in so einem Appartement, während sie über dir die Hitparade hören und nebenan ficken und unter dir jammern, dass an allem die SPD schuld ist, und Polizeisirenen heulen und der Himmel sich verfinstert, aber nicht wegen dir, denn die Sirenen heulen, weil keiner sie mehr abstellen kann, und der Himmel verfinstert sich, weil es Abend wird. Aber es würde noch ein netter Tod sein verglichen mit dem, den Nuchali gehabt hatte.

»Tut mir wahnsinnig leid, Alter«, sagte Jade dann, »etwas Kleineres konnte meine Connection auf die Schnelle auch nicht auftreiben.«

Der Apparat war halb so groß wie meine Gitanes-Schachtel, das Band hatte die Größe eines Fünfmarkstücks. Firmenzeichen und Seriennummer waren sorgfältig entfernt worden. Heiße Ware. Ich legte das Band ein und machte eine Probeaufnahme, mit dem Gerät in der Jackentasche. Die Qualität war überraschend gut. Japanisch. Ein winziges rotes Signal bedeutete, dass das Gerät aufnahm. Und das angeblich zwei Stunden. Jade hatte sogar ein zweites Band. Vier Stunden Aufnahme, das war eine Menge Holz. Falls jemand den Mund aufmachte.

»Bisschen groß ist es ja schon.«

»Morgen könnte ich etwas Handlicheres auftreiben.«

»Bis morgen kann ich nicht warten.«

»Verstehe. Dafür bekommst du das Ding auch geliehen.«

»Wie viel?«

Er zuckte die Achseln. »Vergiss es, Harder. Ich hatte etwas Besseres versprochen, und dafür ist das hier umsonst.«

»Die Firma dankt, Jade. Beachtlich, dass du überhaupt etwas aufgetrieben hast.«

»Ein Versicherungsagent kennt eine Menge nützliche Leute.« Er sah mich an, und ein erwartungsvolles Lächeln glitt zögernd über sein angespanntes Gesicht. »Ich habe heute nichts vor, Harder. Wenn du mich für den Einsatz doch vielleicht brauchen kannst – ich bin dabei.«

Ob ich ihn brauchen konnte? Wenn ich die Fremdenlegion und die Schweizergarde nicht haben konnte, dann tat es vielleicht auch ein Versicherungsagent mit dem Verfolgungswahnblues.

30

Als die Rubens-Nutte, die auf John Wayne stand, die Tür nicht aufmachen wollte, half ich mit Stiefel und Ellenbogen nach. Betsy Glück hatte es noch nicht bis zum Telefon geschafft, als ich in der Küche war. Sie war allein. Freitag nach Feierabend, das Geschäft ging langsam los.

»Möchte nur ein paar Takte mit dir reden, Betsy«, sagte ich und machte die Küchentür zu. »Nur ein paar Fragen unter alten Freunden, du brauchst deine Muskelmänner nicht zu bemühen. Und das Geschäft werde ich auch nicht stören. Oder habt ihr heute wegen Trauerfall geschlossen?«

Sie trug ein loses schwarzes Seidenkleid, das ihr gut stand. Sie hatte noch keine Zeit oder keine Lust gehabt, ihr abendliches Make-up aufzutragen, und ihr Gesicht sah mehr denn je wie das einer alten Bulldogge aus, die im Tierzirkus den Clown mimt. Nur ihre Augen waren wachsam wie die eines Kettenhunds. »Ein Drink, Harder, auf die alten Zeiten, und dann haust du ab.«

Ihre Stimme war brüchig, aber ihre Bewegungen so geschmeidig wie immer. Sie goss Ricard in zwei Gläser, tat etwas Wasser hinzu und stellte sie auf den Nierentisch vor dem Sofa. Ich steckte mir eine Zigarette an und die Schachtel mit dem Aufnahmegerät in die äußere Brusttasche meiner Lederjacke. Das rote Lämpchen glühte. Betsy nahm auf dem Sofa Platz, ich pflanzte mich in einen Sessel. »Auf die alten Zeiten, Harder.«

»Auf die Toten, Betsy.«

Sie steckte sich ein Tiparillo an. »Ich musste den Bullen die Namen ihrer Freier rausrücken«, sagte sie dann. »Deswegen kannst du mir keinen Vorwurf machen. Ich hab den ganzen Tag hier gesessen und geheult wie ein Schlosshund, Harder.«

Man sah es ihr an, aber wenn sie wegen Nuchali geheult hatte, war ich der Schlosshund. Sie hatte eine Anisfahne, als ob sie darin gebadet hätte.

»Warum hast du denn geheult, Betsy? Wo Nuchali herkam, kommen noch viele her.«

»Du weißt nicht, wie es ist, wenn eins von den Mädchen umkommt. Es ist, als ob es uns alle erwischt hätte.«

»Tatsächlich? Du hast doch gewusst, dass sie Spezialkunden hatte, die es gern ein bisschen auf die harte Tour machen. So etwas geht eben manchmal in die Hose.«

»Willst du damit sagen, dass du mir die Schuld daran gibst?«

»Wenn du nicht völlig aus Granit bist, tust du das doch selbst. Du bist schuldig, und ich bin schuldig und der, der Nuchali hierher gebracht hat. Und dann natürlich der Killer. Und der, der ihn mit Nuchali zusammengebracht hat. Der Vermittler. Falls du das nicht warst.«

Sie leerte ihr Glas, schenkte sich noch einen ein und glotzte mich an. »Scher dich zum Teufel, Harder.«

»Das haben mir schon viele gesagt, Betsy. Aber ich bin nun mal Harder, ich kann auch nicht aus meiner Haut. Ich möchte gern wissen, wer Nuchali abgemurkst hat.«

»Das werden die Bullen schon rausfinden. Und die Jungs werden ihnen dabei helfen. Dich brauchen sie dabei nicht, Hardermäuschen. Du kannst ja hinterher einen Artikel schreiben.«

»Das auch, Betsy. Aber ich möchte mich schon jetzt nützlich machen. Ehrlich gesagt, ich hab nämlich kein großes Vertrauen in die Jungs. Und ob die Bullen sich in diesen Fall so reinknien werden, wie wir das gerne hätten? Wenn der Killer ein ausgeflippter Psychopath wäre, einer von der Konditorinnung, bei dem plötzlich die Sicherungen rausgedonnert sind. Aber Nuchali hatte einen Treff mit einem alten Bekannten – ihrem Spezialkunden im Kamasutra. Kennst du den Typ?«

Die Flasche klirrte gegen das Glas, als sie sich wieder einschenkte. »Mit diesem Scheiß darfst du nicht zu mir kommen, Harder, das solltest du wissen.«

Ich rückte näher an sie heran. »Findest du, dass das Scheiß ist, Betsy? Und wie ist das, so ein sadistisches Schwein zu bedienen, und du machst das Spielchen mit, weil deine Familie in Thailand mit dem Riesen, den das Schwein dir gibt, wieder ein paar Monate überleben kann, und dann hat das Schwein eines Nachts keinen Abgang, das Schwein kommt nicht mehr nur vom Quietschen und Schnüffeln und Treten und Peitschen, das Schwein muss auch richtig Blut sehen, und vom Blut allein kommt es immer noch nicht, er muss auch noch würgen, Betsy, er muss draufspringen und so lange würgen, bis sie tot ist, dann kommt es ihm erst, wenn sie verröchelt und alle ist, dann kann er, und dann steht er mit seinem schlaffen leergemachten Schwanz da und sieht, da ist mir doch die Nutte glatt krepiert beim Abgang, so ein

Pech. Und dann lädt er sie halt in sein Auto und wirft sie in den nächsten See, es gibt ja genug davon in der Stadt, kippen tun sie ohnehin, also rein mit dem Müll. Denn das ist die tote Nutte nun mal, sie ist Müll, ein Müllproblem, eine Wegwerfnutte ist sie. Allerdings, wenn das Komplikationen gibt mit dem Wegwerfen, wenn das nicht zu Hause passiert ist, sondern an einem Ort, wo auch noch andre Schweine verkehren, und vor allem, wenn das Schwein noch in diesem roten Nebel steckt, diesem roten Killernebel, dann braucht er natürlich Hilfe dabei, Betsy, Leute, die sich darum kümmern, so etwas wie den Reinigungsdienst, eine Entrümpelungskolonne. Dann müssen die Spezialisten her, klar. Das Blöde ist nur, wenn er die holen muss, dann spricht es sich schnell herum, dass das Schwein bald zum Schlachten fällig ist. Bist du bei den Bullen wirklich mit allen Namen rübergekommen, Betsy? Hast du nicht doch einen vergessen?«

Sie schob die Flasche über den Tisch. Eine fahrige, betrunkene Geste. »Verpiss dich, Schätzchen. Trink noch einen, und dann verpiss dich. Das ist nicht die Amateurliga, verstehst du? Geh heim und schreib Gedichte.«

Mein Glas war noch voll, und ich ließ es dabei. »Betsy«, sagte ich, »neulich hast du gesagt, Leute, die zu viel Fragen stellen, wären die Pest in eurem Gewerbe. Findest du nicht, dass diese Schweine die Pest sind?«

Sie nahm mir die Flasche wieder weg und schenkte sich noch einen Kleinen ein und kippte ihn pur und ex. Das hatte Betsy bestimmt in Marseille gelernt. Ihre Augen verschwammen allmählich.

»Sind alle die Pest«, ihre Stimme brach fast, »du und ich

auch. Alle. Wird nichts werden, Schätzelchen. Hätte es wissen müssen. Leimen uns alle. Und dich zuerst. Schade, aber scheiß drauf. Trink noch einen mit, Schätzelchen, vielleicht ist es der letzte.«

Wenn, dann jetzt. Ich war mit einem Satz bei ihr auf dem Sofa und langte über all die Fleischberge an die Korallenkette um ihren fetten, faltigen Hals. Ihre Zungenspitze fuhr über ihren Kussmund, aber wenn es eine Einladung war, stimmte das Timing nicht.

»Betsy«, flüsterte ich, »die Tonbänder. Wer hat die Tonbänder? Und jetzt frag bloß nicht, welche?«

»Du bist verrückt«, keuchte sie, »ich bring dich eigenhändig um.«

»Versuch's mal«, sagte ich, griff mit der linken Hand zu der fast leeren Ricardflasche, schlug sie an der Tischkante kaputt und setzte Betsy die Zacken an den Hals. Schnapstropfen rannen durch den Flaschenhals auf ihr Seidenkleid.

»Die Jungs werden dich massakrieren, Harder.«

»Die Jungs haben jetzt ganz andre Sorgen. Die Jungs mögen es auch nicht, wenn man Nebengeschäfte macht. Und die Tonbänder, das war doch ein Nebengeschäft. Irgendwann findet sich immer noch ein Dummer, den man damit erpressen kann. Ein Tante-Emma-Laden wie der hier wirft ja nicht genug ab für das Lokal in Banyuls. Nach Abzug der Unkosten und der Prozente für die Jungs, da reicht es doch nur noch zum Kamillentee. Du musst dümmer sein, als ich dachte, zu glauben, dass keiner davon erfährt, Betsy.«

»Fick dich ins Knie, Harder.«

»Wer war gestern Nacht hier, als ich angerufen hab?«

Sie war eine starke Frau, Betsy, aber das Argument an ihrem Hals war stärker, und vor allem war es spitzer. Unsere Gesichter waren höchstens einen halben Meter voneinander entfernt, und wir vergossen beide den sauren Schweiß und starrten in den roten Nebel.

»Der Prinz«, flüsterte sie endlich.

»Name?«

»Mike. Mike Malzan.«

»Seit wann bist du mit dem im Geschäft?«

Tränen quollen aus ihren Augen. »Der bringt dich um, Harder.«

»Nachher. Jetzt bin ich am Drücker.«

»Es war doch seine Idee. Das Blaue vom Himmel hat er mir versprochen.«

Plötzlich begriff ich, warum sie sich gegen die Flasche nicht zur Wehr gesetzt hatte. Betsy wusste längst, dass sie verloren hatte. Frauen. Geh nach Haus, Harder, du wirst sie nie begreifen.

»Also hat er jetzt die Tonbänder?«

»Es gibt keine mehr.«

»Woher weißt du das?«

»Wir haben sie gestern Nacht beseitigt.«

Arbeitsteilung. Die einen beseitigen die Tote, die andern die Beweise. Wenn die auch gepfuscht hatten, saßen sie alle in der Tinte.

Ich stand auf und warf die Flasche in die Ecke. Als Schreiber hatte ich so etwas nie gebraucht. Manches ändert sich eben.

»Du kannst noch mit einem blauen Auge davonkommen«, sagte ich, riss das Telefonkabel aus der Wand und zertrat die Buchse mit dem Stiefelabsatz. »Aber nur, wenn du hier sitzen bleibst und die zweite Flasche Ricard ansetzt und mit den Mädchen auf Nuchali trinkst. Und auf dein Glück, Betsy.«

»Ich schenk dir's«, flüsterte sie.

31

Als ich die Tür von Jade Beinsteins Auto zuschlug und die kurze Entfernung zur ›Farm für Freie Entfaltung‹ zurücklegte, fiel mir ein, was der Chef zu sagen pflegte: Wenn du an die Story glaubst, hilft dir das Reporterglück. Das Reporterglück war eine Hure und harte Arbeit, wie alles, was mit dem Glück zu tun hat, und meine Hure war tot.

Ein riesiger Mond thronte über dem Märkischen Viertel, dessen Lichter in der kalten Nachtluft zu zittern schienen. Hunde heulten in Lübars. An den Baracken brannten Außenlichter, und auch das Tor war erleuchtet. Auf dem Parkplatz stand Malzans BMW und ein Ford Fiesta. Ich drückte auf eine Klingel, und während ich wartete, fielen mir die elektrischen Leitungen auf, die mit dem Maschendraht verbunden waren. Auch hier waren die Leute security-bewusst. Ich blickte nach links, zur Mauer, wo Jade unmittelbar vor der Sperre und dem Schild hielt, das das Ende des französischen Sektors anzeigte. Er ließ das Fernlicht einmal kurz aufleuchten. Dann ging eine Tür in der Baracke zur Rechten auf, und Albin der Zwerg erschien und nagelte mich mit einer Stablampe fest.

»Bist du zu Fuß gekommen, Harder?«

»Mit dem Bus, Albin.«

Das Tor ging quietschend auf, und als ich an ihm vorbeiging, konnte ich nur mühsam das Bedürfnis unterdrücken, Mr. Horror hier und jetzt zu zeigen, was ich von anonymen Morddrohungen hielt.

»Traurig, wenn man sich nicht mal ein Taxi leisten kann.«

»Andererseits finde ich den Bus bequemer als einen Ford Fiesta.«

Er spuckte einen Kaugummi scharf an meinem Knie vorbei und musterte dann mit einem freudlosen Ausdruck meine Erscheinung. Auch mit einem frischen Hemd hätte ich Albin nicht imponieren können, der selbst auf der ›Farm‹ einen dezent gestreiften Maßanzug trug.

»Ab ins Büro«, flüsterte er, »und du gehst voran, Harder, und mach keine Bewegung, die ich missverstehen könnte.«

»Warum? Ist deine Plastikschlange mit Curare angereichert?«

Er griff in die Jackentasche und ließ ein Schnappmesser blitzen. Ich schluckte und ging langsam dorthin, wo Licht aus einer offenen Tür fiel. Die Hunde heulten im Chor.

Das Büro. »Willkommen auf der ›Farm für Freie Entfaltung‹«, sagte Michael Malzan, der hinter einem Schreibtisch stand, Zigarre im Mundwinkel, ein Glas in der Hand.

»Entfaltung ist gut«, sagte ich mit einem Blick auf das enge Zimmer, das außer dem Schreibtisch und zwei Büro-Stühlen und einem Stahlschrank und einem Stadtplan von Berlin an der Schmalwand nur noch Platz für acht Bildschirme hatte, die in zwei Reihen über einem Schaltpult aufgebaut waren. Heizungsröhren liefen an der niedrigen Decke entlang und verbreiteten stickige Wärme. Der Fußboden war nackter Zement. Unter einem winzigen Fenster, das zum Gelände hinaussah, stand noch ein Regal mit Gläsern, Flaschen und einem Satz Videokassetten. So ähnlich sah es wahrscheinlich in terroristischen Kommandozentralen aus – und in unterirdischen Securitystäben.

»Mit einer Villa können wir freilich nicht aufwarten«, sagte Malzan, »dafür mit einem Whisky, der zum Besten gehört, den du haben kannst. Aber erst die Formalitäten.«

»Muss ich einen Aufnahmeantrag unterschreiben?«

»Filz ihn«, sagte Malzan zu Albin.

Albin war groß genug, dass seine langen knochigen Finger sogar meinen Hemdkragen abtasten konnten. Er ging gründlich vor, aber die Schachtel hatte ich in der Hand. Ich fingerte eine Zigarette heraus, machte sie aber noch nicht an. Seine Hand glitt in die Innentasche und brachte meinen Notizblock und das Foto zum Vorschein, das Nora mir gegeben hatte. Er reichte beides seinem Boss, den zunächst das Foto interessierte.

»Weißt du, wer das aufgenommen hat, Harder?«

»Ich nehme an, ihr Vater.«

Er lachte. »Warum?«

»Sie blickt mit ziemlich viel Vertrauen in die Kamera.«

Albin war bei meinen Beinen angelangt.

»Das hast du richtig gesehen«, sagte Malzan, »aber ich glaube nicht, dass sie ihrem Vater viel Vertrauen schenkt. Ich hab das Foto gemacht.«

»Zieh die Stiefel aus«, knurrte Albin.

Als ich sie ausgezogen hatte, steckte ich die Zigarette an. Malzan blätterte den Block durch.

»Du kannst die Stiefel wieder anziehn, Harder.«

Ich zog sie an, immer noch die Zigarettenschachtel in der Hand.

»Was für ein Haarwasser nimmst du, Albin?«

»Wolfsmilch«, flüsterte Albin, »das treibt die Weiber zum Wahnsinn, Harder.«

»Dich aber auch. Oder wie soll ich deinen Anruf neulich verstehen?«

»Ein reiner Freundschaftsdienst«, grinste er. »Er ist sauber, Chef.«

»Du hast das Zigarettenpäckchen vergessen«, sagte ich und hielt es ihm hin. Albin schoss einen wütenden Blick ab, dann entblößte er seine Zähne, die viel zu lang für den kleinen Mann waren.

»Du bist ein Komiker, Harder«, meinte er und baute sich dann vor den Monitoren auf.

Malzan gab mir den Block und das Foto zurück. »Du warst also auch in Kladow. Interessante Leute?«

Ich steckte die Sachen in die Innentasche und die Schachtel in die Außentasche, und dabei drückte ich auf die Starttaste.

»Ich habe nur mit Frau Richter gesprochen«, sagte ich und versuchte langsam wieder normal zu atmen. »Eine alte Frau, die glaubt, dass das Böse eine ansteckende Krankheit ist.«

»Was ist das, das Böse?«

»Es fängt damit an, dass man nicht rechtzeitig zum Frühstück kommt.«

Er schenkte mir ein strahlendes Lächeln. »Du bist wirklich ein Komiker. Tut mir leid wegen der lästigen Prozedur, aber du wirst sie verstehen, wenn ich dir gezeigt habe, worum es hier geht.«

Ich drückte die Zigarette in dem Ascher auf dem Schreibtisch aus. Der Schreibtisch interessierte mich nicht, aber die Bildschirme. Acht Videokameras auf dem Gelände. Malzan stand so, dass mir der Blick versperrt war.

»Wenn ich Shiva jetzt sprechen könnte«, sagte ich, »wäre ich schon zufrieden. Mich interessiert nur mein Job.«

»Aber Harder, du als Journalist! Nein, jetzt, wo du einmal hier bist, bekommst du auch alles zu sehen. Aber erst mal ein Drink. Tut gut bei der Kälte.«

Mir klebte das Hemd am Leib, aber ich nickte. Einen Drink konnte ich bestimmt gebrauchen, auch wenn ich Whisky nicht besonders mag. Er goss uns beiden ein reichliches Quantum ein.

»Auf dein spezielles Wohl, Harder.«

Malzans Manieren waren so untadelig wie sein Äußeres. Er trug einen schwarzen Blazer mit einem weißen Hemd und dunkelblauem Seidenschal, dunkelgraue Hosen und Reitstiefel, deren frisch gewichstes Leder das Licht reflektierte. Seine Gürtelschnalle war versilbert – zwei Schlangen, deren Köpfe und Schwänze ineinander verschlungen waren. Stil blieb Stil.

Ich nahm einen vorsichtigen Schluck. Nicht schlecht. Ein angenehmes Kribbeln in den Eingeweiden. Aber zu viel Kribbeln war auch nicht gut. »Wann kann ich Shiva sehen?«

»Sie ruht sich jetzt aus«, sagte Malzan. »Hast du es so eilig?«

»Du weißt doch, immer auf dem Sprung.«

»Beschäftigungstherapie. Vielleicht können wir dir davon etwas bieten. Wie bist du übrigens hergekommen?«

»Mit dem Bus, behauptet er«, zischte Albin.

Ich ahnte, was kam. Schlampige Recherche, Harder. Malzan gab mir wortlos den Blick frei, und ich starrte direkt auf einen Bildschirm, auf dem – in griesigem Grau, aber deutlich genug – das Ende des Schotterweges zu sehen war, Jades alter Volvo und die Scheinwerfer über der Mauer.

»Ein seltsamer Bus«, meinte Malzan und zog an seiner Zigarre.

»Blöde Fragen, blöde Antworten«, sagte ich mit einem Achselzucken. »Ihr könnt euch doch denken, dass ich nicht ohne Verstärkung komme. Nicht nach solchen Anrufen, Albin.«

»Fährt er jetzt tanken, oder was macht er?«

Ich traute meinen Augen nicht. Der Volvo fuhr an, schaltete das Licht ein und bog auf den Weg ein, der an der Laubenkolonie vorbei über die Chaussee nach Lübars führte – zurück in die Stadt.

»Starke Verstärkung«, flüsterte Albin.

»Mach keine faulen Witze, Albin«, sagte Malzan. »Vielleicht haben wir gerade das Ende einer schönen Freundschaft erlebt.« Und zu mir: »Ich kann das verstehen, Harder. Wenn man da draußen direkt vor der Mauer allein im Auto sitzt und die Kälte kriecht herein und die Gedanken an das, was einem eventuell passieren kann – man kann es einem Mann nicht übelnehmen, wenn er sich dann an die Prioritäten erinnert.«

Ich steckte mir eine Zigarette an. »Er wird wiederkommen, Mike.«

Er hob sein Glas. »Wenn er kommt, musst du ihn aber hereinbitten, Harder. Auf der ›Farm für Freie Entfaltung‹ wissen wir, was wir Gästen schuldig sind.«

32

Früher war hier eine Hundedressurschule«, erklärte Malzan und trat vor mir in den langen schmalen Gang, der die drei Baracken verband, »deshalb dieser Geruch.«

»Haben die, die da draußen heulen, Sehnsucht nach der Schule?«

»Wir haben Vollmond, Harder. Nach der Hundeschule kam dann ein Reizwäscheversand, einer von denen, die Originalmieder aus den fünfziger Jahren anbieten und Dessous für Übergrößen und Stöckelschuhe mit 20-Zentimeter-Absätzen für die Schuhfetischisten. Aber die haben ihren Bedarf inzwischen gedeckt oder sind auf härtere Sachen umgestiegen, und wir haben noch einen ganzen Raum voll mit dem Plunder.«

»So etwas kommt bestimmt wieder.«

Wir waren jetzt in der mittleren Baracke, und Malzan schloss eine Tür auf und ließ mich einen Blick hineinwerfen.

Weihrauchgeschwängerte Luft. Teppiche satt. Vergoldete Kandelaber. Eine Art Altar mit einem Granitblock und einem vergoldeten Buddha. Arabische Sitzkissen. An den Wänden Drucke mit indischen Göttern, Reiseplakate mit dem Taj Mahal – »Come by Magic Air« – und Bilder. Original Zernul, soviel ich sehen konnte.

»Der Kultraum«, erklärte Malzan. »Für Vorträge, Meditationsübungen, Schlangentanz.«

»Ich würde die Touristikplakate abhängen«, sagte ich. »Stell dir vor, im Petersdom hingen Plakate der Alitalia.«

»Orientalen sehen das nicht so eng.«

»Könnte Frau Dr. Frenkel-Ahimsa dir nicht einen Teppich für das Büro abtreten?«

»Ihr Gewerbe hat viel mit dem Schein zu tun«, sagte Malzan und schloss wieder ab, »und mein Gewerbe mehr mit dem Sein.«

Wir wanderten den langen Mitteltrakt hinunter. Karges Licht. Soweit ich sehen konnte, eine Kamera. Die Außenfenster vergittert, dann noch Maschendraht. Malzan sperrte eine Tür am Ende des Korridors auf. Außen war eine Sichtklappe, und als er mit seiner Stablampe hineinleuchtete, zuckte ich zusammen. Schmale Pritsche, Waschschüssel, Aborteimer, Holzhocker, ein Streifen Mondlicht auf dem Gitter vorm Fenster. Darüber ein Kameraauge.

Ich trat meine Zigarette aus und sah Malzan an. »Mit der freien Entfaltung ist es hier aber nicht mehr weit her«, sagte ich. Meine Stimme wurde immer heiserer.

»Im Gegenteil«, sagte er. »Manche Menschen müssen in eine Zelle, um sich wirklich frei zu entfalten.«

»Ein therapeutisches Angebot?«

»Alles, was du hier siehst, ist ein Angebot. Ich biete den Service. Was die Leute daraus machen, ist ihre Sache.«

Er knipste die Stablampe aus und schloss die Tür ab. »Und jetzt zeige ich dir die Schlangen. Wir haben hier mehr Giftschlangen als der Berliner Zoo, Harder.«

»Zoos haben mich immer depressiv gemacht.«

»Ein Vorurteil.«

»Wie Gefängnisse.«

»Selbst schon gesessen?«

Wir bogen links ab in die dritte Baracke.

»Ein paar Tage.«

»Ich auch nicht. Aber man muss auf alles vorbereitet sein.«

»Zum Training hast du ja hier Gelegenheit.«

»Meinst du, Harder?« Er blieb stehen und sah mich an. »Die Zelle ist fast immer belegt. Und jetzt betreten wir – würde Frau Dr. Frenkel-Ahimsa sagen – das Reich des Mythos.«

Ein langer gekachelter Schlauch, der den größten Teil der Baracke einnahm. Weißes Neonlicht. Kühl temperierte Luft. Und an der rückwärtigen Längswand die Terrarien – große, beheizte Glaskästen, deren Oberseite aus feinstem Maschendraht bestand. An der Vorderseite verschließbare Schiebetüren, manche mit Schlössern gesichert. An die giftigsten Exemplare durfte nur der innerste Kreis der Gemeinde. Und fünfzig Meter dahinter die Flutlichtanlage des real existierenden Sozialismus. Es gab eine einzige Tür und kein Fenster im Reich des Mythos.

»Wie viel Schlangen habt ihr?«

»Im Moment sind es sechzehn, Harder, davon elf Giftschlangen.«

Er streifte ein paar Lederhandschuhe über und ergriff einen Metallstab mit einer Gabel an einem Ende.

»Da könntet ihr ja schon Eintritt nehmen. Schlangenzoo Lübars, Kinder und Künstler die Hälfte.«

»Wir sind alles andere als ein Zoo, mein Lieber. Wir stellen die Tiere nicht aus, wir arbeiten mit ihnen.«

»Das sagen die Gefängniswärter überall. Aber profitieren tut ihr doch auch von ihnen?«

»Im Gegensatz zum Zoo leben wir nicht von der öffentlichen Hand. Wir sind ein rein marktwirtschaftliches Unternehmen. Willst du jetzt die Schlangen sehen?«

»Ich kann es kaum abwarten.«

Aber als Erstes entdeckte ich die Kameraaugen. Sie waren in die beiden Lüftungsschächte eingelassen, so dass sie die mittlere Sektion der Terrarien von der Richtung der Tür und die gesamte Reihe von der Seite her aufnahmen. Ich wollte mir eine Zigarette anmachen, aber Malzan untersagte es.

»Tut den Tieren nicht gut, Harder.«

»Wem gehören die eigentlich?«

»Dem Institut.«

»Und wem gehört das Institut?«

»Wir sind dem genossenschaftlichen Gedanken verpflichtet. Das sind ägyptische Uräusschlangen. Sieh dir mal die wunderbare Färbung der Schuppen an …«

Malzan schien tatsächlich von Schlangen fasziniert zu sein, und ich konnte ihn verstehen. Wenn schon Mythen, dann solche – kühle, schlanke, biegsame Körper in den Farben glasierter Mosaike, ewig geöffnete, kalte, glitzernde Augen, blitzschnelle gespaltene Zungen, und im Maul Zähne, durch deren Rinnen in Sekundenbruchteilen das tödliche Gift spritzt. Die Ahimsa hatte recht: Millionen Jahre starrten mich an, und ich war derjenige, der den Blick abwenden musste.

»Ich frage mich, wie die Arbeit mit Schlangen aussehen mag«, sagte ich nach einer Weile.

»Jeder Kult findet seine Jünger, Harder. Und zahlende Mitglieder. Ab Januar bietet die Magic Air & Transport eine 14-tägige Studienreise zu den Krokodil- und Schlangentempeln in Indien an. 3995 Mark, das ist fast geschenkt.«

»Vollpension und mythische Erfahrung inklusive?«

»Gesines Mann versteht was von seinem Fach.«

»Du sicher auch. Und Shiva macht dann Reisebegleiterin?«

»Shiva hat hier alle Hände voll zu tun.«

»Ihre Mutter hat mir heute Nachmittag erzählt, Shiva hätte sie angerufen.«

Er hatte gerade eine giftige Natter in der Gabel, und ich bewunderte beide – das Reptil und die ruhige Hand des Vermittlers.

»Ich hab ihr dazu geraten«, sagte er beiläufig, nachdem die Schlange wieder in ihrem Glaspalast war. »Dann ist dein blöder Job zu Ende, und wir können uns in Ruhe über andre Dinge unterhalten.«

»Worüber?«

»Über Möglichkeiten, Harder.«

Wir standen vor einem Terrarium, in dem noch munteres Treiben herrschte. Drei Schlangen beobachteten ein Mäusebaby, das auf dem Rücken lag und kläglich mit den winzigen Pfoten in der Luft ruderte.

»Den jungen Vipern gibt man diese Delikatesse manchmal«, erklärte Malzan. »Macht einem zu schaffen, wenn man es noch nie gesehen hat, ich weiß. Aber so ist es in der Natur. Fressen und gefressen werden.«

»In der Natur und in der Marktwirtschaft«, sagte ich und ging weiter.

»Und das sind unsere Prunkstücke«, sagte Malzan vor den beiden Terrarien in der Mitte der Reihe. »Wir haben nämlich zwei Königskobras, Indra und Indira. Ahimsa hat sie höchstpersönlich unter unglaublichen Schwierigkeiten eingeschmuggelt. Könntest du sie unterscheiden, Harder?«

Ich konnte nicht – jedenfalls nicht auf den ersten Blick. Sie waren beide ungefähr 3,50 m lang und von einer graugrünen Färbung, die in dem kalkigen Licht spröde wirkte. Reste von etwas, das wie Fischfleisch aussah, lagen in beiden Terrarien.

»Das ist Aal«, sagte Malzan. »Wir können ihnen schließlich ihre gewohnte Leibspeise nicht bieten – jedenfalls nicht jeden Tag –, also haben wir sie an Aal gewöhnt. Das geht natürlich nur bei jungen Tieren, sonst verhungern sie lieber. Man muss ihnen die Aale wochenlang zwangsweise in den Rachen stopfen, bis sie sie von selbst fressen – in gutem Glauben, es sei eine Art Schlange.«

»Da müsst ihr aber einen einfühlsamen Pfleger haben.«

»Haben wir auch. Albin.«

Mich fröstelte.

»Und welche ist die, mit der Shiva tanzt?«

Er holte sie aus dem Terrarium und zeigte sie mir. Bei der, die er Indira nannte, waren die Giftzähne ausgebrochen worden. Das Maul sah auch so noch gefährlich aus. Als er sie wieder geborgen hatte, standen ihm die klaren Schweißtropfen auf der Stirn. Er hatte sich wirklich ziemlich viel Mühe gegeben.

»Und die andre – Indra –, die hat noch die Giftzähne?«

Er stellte den Stab weg und zog die Handschuhe aus. »So ist es.«

»Aber mit ihr wird dann auch nicht gearbeitet?«

»Eines Tages schon, Harder. Die wahre Meisterschaft besteht darin, mit einer Schlange zu arbeiten, die dich beim geringsten Fehler töten kann.«

33

Als wir ins Büro zurückkehrten, war es 20 Uhr 48. Noch eine gute Stunde auf der Spule.

»Ist Harders Verstärkung zurück?«, fragte Malzan Mr. Horror, der am Überwachungspult saß. Nur die Kameras, die außen installiert waren, waren in Betrieb. Nichts zu sehen.

»Dann lass uns mal alleine«, sagte Malzan, und als der Zwerg verschwunden war, machte er es sich hinter dem Schreibtisch bequem und stellte die Flasche Malt auf den Tisch. Wir nahmen einen Drink und inhalierten Rauch. In der Stille hörte man wieder die Hunde heulen.

»Beeindruckt, Harder?«

»In Maßen. Die einzig wahre Zeitschrift und die einzig wahre Bar würden für meine freie Entfaltung genügen.«

Er gab seinem Drehstuhl Schwung und legte die Beine auf die Tischkante. Schöne Reitstiefel. Etwas affig.

»Du müsstest doch wissen, wie das ist, wenn du als Außenseiter anfängst«, sagte er. »Und ich hab immer und überall als Außenseiter angefangen, von dem Tag an, als ich geboren wurde.«

»Mir bricht das Herz.«

»Du bist vielleicht etwas abgestumpft durch deine Serien. Ich war Flüchtlingskind, in der Stadt war ich Dorfdepp, selbst später beim Theater war ich Außenseiter, ich lernte das fürs Leben, nicht für die Bühne. Ich war in jedem Milieu Außenseiter, sobald du die Leute durchschaust, bist du ein Außenseiter, selbst als Koksdealer war ich Außenseiter, ich hab das Zeug nie angerührt, ich hab Zigarren geraucht, wie Papa. Und dann erst in Hannover. In Hannover dachte ich, hier kannst du Minister werden und bleibst trotzdem Außenseiter.«

»Warum Hannover?«

»Ich hab eine Schwäche für diese kühlen Blondinen.«

»Wie Nora?«

»Wie Nora.«

»Aber ihre Tochter ist ja eher dunkelhaarig.«

Sein Lächeln fixierte mich durch den Zigarrenrauch. »Bleiben wir in Hannover. In Hannover war ich der Arsch von einem Außenseiter, Harder, und dann hab ich auch noch den Fehler gemacht, in die Gastronomie zu gehen, nur aus Freude am Risiko, und das in dieser Beamtenstadt.«

»Aber die Versicherung wird doch bezahlt haben, ich meine, für die abgebrannte Bar?«

»Pfennige, verglichen mit dem, was ich investiert habe.«

»Immerhin hattest du das Startkapital für Berlin.«

»Ich bin vor einem Jahr mit Handgepäck hier angekommen.«

»Wenn wir etwas gemeinsam haben, Mike, dann ist es doch, dass wir beide überall nur mit Handgepäck ankommen – und mit Handgepäck verschwinden.«

»Du machst Fortschritte«, sagte er grinsend. »Du stellst schon Gemeinsamkeiten fest.«

»Ich habe sicher auch Gemeinsamkeiten mit Ronald

Reagan«, sagte ich und nahm noch einen Schluck Whisky. »Aber verlassen würde ich mich an seiner Stelle nicht darauf.«

Er starrte mich an. »Sehr komisch«, sagte er. »Jedenfalls bin ich nicht nach Berlin gekommen, um mit Scheiße beworfen zu werden. Oder um die Scheiße zum Mythos zu verklären.«

»Sondern um aus Scheiße Gold zu machen.«

»Das trifft es schon eher, Harder. Die vier Ks, die bringen es in Berlin.«

»Kommunismus, Kommerz, Kant, Karajan?«

»Kunst, Kult, Kommunikation und Korruption.«

»Wäre ich nie drauf gekommen. Und wie macht man das?«

Er stand auf und stellte sich neben dem Fenster in Positur, nur die Reitgerte fehlte ihm noch.

»Berlin«, erzählte er, »ist nicht mehr die Weltstadt, von der alle noch reden, Berlin – New York, Weltstadt, was ist das denn heute? Eine City, die nach Luft schnappt, und ringsherum eine Kloake, wo die Ratten besser leben als die Menschen, Servus. Berlin ist ein Kunstgebilde, Harder, ein künstlich am Leben gehaltenes Symbol, ein Mythos am Tropf, aus sich selbst nicht lebensfähig, eine Subventionsmaschine, eine Schmiergeldmetropole. Berlin ist die Große Korruption.«

»Korruption ist heute doch Konsum, Sonderangebot, der Restposten für 99 Pfennige.«

»Platt, banal, ausgewalzt«, gab er zu. »In Bonn, in Bückeburg, in Berchtesgaden. Langt noch nicht mal zum Vorabendprogramm zwischen den Werbeblöcken. Aber in Berlin ist sie noch der Spielfilm zur Hauptsendezeit, höchste Einschaltquote, das große K, verstehst du, Korruption als Kult, als Kommunikation, als Kunst.«

»Vielleicht ist deshalb Berlin auch die Stadt, wo man immer einen Drink zu viel nimmt«, dachte ich laut nach. Und das brachte ihn – wie ich gehofft hatte – noch mehr in Fahrt.

»Ja, die Stadt der Verlierer ist Berlin natürlich auch. Als ich vor einem Jahr kam und die Frenkel kennenlernte bei einem Festival der Freien Theatergruppen, Harder, hatte sie eine 2½-Zimmer-Wohnung mit Ofenheizung in Neukölln, zwei Kobras, die in einem Terrarium hausten, das ungefähr so groß wie ein Goldfischglas war, einen Verlobten, der sich hier illegal aufhielt und seinen Lebensunterhalt mit dem Verkauf von Currypulver und Räucherstäbchen finanzierte, und eine Gemeinde von drei oder vier pickligen und von der Stütze lebenden Jüngern, und das große Ziel war eine Reise nach Amsterdam, weil es da noch eine Therapie-Theater-Gruppe gab, die sich dem indischen Tempeltanz verschrieben hatte. Ich erzähle das nicht, um zu renommieren, Harder, mich interessiert das ohnehin nur am Rande, ich erwähne es nur, um dir zu erklären, wie schnell man in Berlin zu etwas kommen kann, wenn man begriffen hat, wie hier der Hase läuft – und das dann auch rücksichtslos durchsetzt. Heute ist Frau Dr. Gesine Frenkel-Ahimsa eine der umstrittensten Psychotherapeutinnen in der Stadt, eine Frau, die nicht nur in der Kultur- und Therapieszene manches bewegt, sondern auch in der Friedensbewegung, ihr Mann hat ein Touristikunternehmen, ein Import-Export-Geschäft, und seine Gruppenreisen nach Madras zu den

Schlangenkulten und nach Karatschi zu den Krokodiltempeln sind bis März ausgebucht. Und meine Hauptarbeit liegt schließlich und endlich auf anderen Gebieten.«

»Klar«, sagte ich grinsend und fingerte eine Zigarette aus der Schachtel mit dem Aufnahmegerät, »du musst dich ja zum Beispiel um das Kamasutra kümmern.«

»Das Kamasutra? Ich weiß, du erholst dich bei diesen Sexorgien ...«

»Ich meinte den Puff, Malzan, nicht das Buch.«

Er klickte mit den Zähnen, und sein Blick gefror. »Was genau meinst du damit, Harder?«

»Nach meinem Informationsstand nimmst du – um es mal vorsichtig zu formulieren – gewisse Interessen im Kamasutra wahr.«

»Allmählich sehe ich, wie du dich in deinem Beruf in die Scheiße geritten hast. Vor Gericht könntest du solche Behauptungen nur schwer beweisen.«

»Das mag sein«, sagte ich und steckte die Zigarette an. »Eine meiner Informantinnen ist ja auch inzwischen tot.«

Die Furchen auf seiner Stirn vertieften sich, breite Rillen, in denen der Schweiß glitzerte. »Willst du mir einen Mord anhängen?«

»Wer hat von Mord gesprochen? Es war ein Betriebsunfall.«

»Du bewegst dich auf ziemlich dünnem Eis, Harder.«

»Das tue ich mein ganzes Leben. Außerdem will ich dir gar nichts anhängen, Mike. Im Gegenteil, ich bin fasziniert. Meine Güte, was für ein Stoff – wenn man nur drüber schreiben könnte.«

»An welchen Stoff denkst du?«

Ich breitete die Hände aus. »Farm für Freie Entfaltung, Magic Air & Transport, die Ahimsa-Story, Schlangenkult in Lübars, ein Mann macht sein Glück, und dann noch die wundersame Wandlung von Miriam Schäfer-Scheunemann in Shiva, die Schlangentänzerin – alles unter dem Signum der Königskobra mit dem Schlangenmaul im Schlangenmaul, und angesiedelt in Berlin, der Stadt der vier großen Ks: mit solchen Serien wird Auflage gemacht, Mike.«

Er dachte einen Augenblick darüber nach, und dann konnte ich wieder sehen, wie das Lächeln sein Gesicht verzauberte. Ich war doch auf dem richtigen Weg.

»Wie viel bekommst du für eine Serie, Harder?«

»Das hängt davon ab, wer sie druckt. Zwanzig, dreißig Riesen kann man da schon ziehen – wenn man meinen Namen hat.«

»Zwanzig, dreißig Riesen? Das sind doch nur Groschen, Harder, verglichen mit dem richtigen Geld.«

Er warf einen Blick auf die Bildschirme und setzte dann eine von seinen Zigarren in Brand.

»Aber diese Serie wirst du nie schreiben«, sagte er dann und nahm wieder hinter dem Schreibtisch Platz, Stiefel auf der Kante.

»Hatte ich auch nicht vor«, sagte ich. »Ich habe jetzt ja einen anderen Job.«

»Und den hast du auch nicht mehr. Du hast doch gehört, was deine Auftraggeberin gesagt hat. Die Sache ist erledigt. Du bist arbeitslos, Harder. Du suchst einen Job.«

»Aber einen, bei dem ich mich verbessern kann.«

»Vielleicht kann ich dich in meinem Team gebrauchen.«

»Meinst du wirklich, ich käme mit den großen Ks klar?«

»Wenn du überleben willst, bleibt dir gar nichts andres übrig.«

»Du meinst, entweder ich nehme den Job, oder ich komme hier nicht mehr lebend raus?«

Er grinste, nahm einen Schluck Whisky und blies etwas Rauch über den Schreibtisch. »Ich drohe nicht, Harder. Ich bin ein Vermittler. Ich mache Angebote. Ich bringe Dinge in Bewegung – und Menschen. Nimm diesen Club Kamasutra. Ein öder Puff war das wie tausend andere auch. Und heute? Heute ist das Kamasutra ein Recreation Center, vom KKK-Ausschuss für förderungswürdig erklärt. So laufen die Dinge, Harder, wenn man sie in die gewünschte Richtung bewegt. Die Frage ist doch, was mach ich mit dem ungeheuren Potential an Korrumpierbarkeit, das es gibt. Die einen gehn hin und kaufen einen Minister oder lancieren sich im Show-Geschäft oder arbeiten für Moskau – geschenkt. Ich als Außenseiter muss radikaler vorgehen, ich komme von weiter her, Minister mag ich nicht, ich kann nicht singen, und Moskau ist mir viel zu kalt. Weißt du, wie ich den Laden hier nennen werde, wenn er nach meinen Plänen umgebaut worden ist?«

»Lass mich raten. Corruption Center?«

»Ich setze lieber auf die Phantasie, Harder. Pavillon der Lüste, was hältst du davon?«

»Und das in Lübars, fünfzig Meter vor der Mauer?«

»Gerade deswegen.«

»Ich muss zugeben, klingt nach einer ganz neuen Erfahrung.«

»Und genau darum soll es auch gehen. Um Erfahrung soll es den Besuchern dieses Pavillons gehen, um Selbsterfahrung. Um Selbsterfahrung, um Selbsterniedrigung, um Selbstbezichtigung, um Selbstmitleid, um Selbstverwirklichung, und manchmal sogar um Selbsttötung – die, die mit ihrem Selbst nicht zurechtkommen, sollen auch die Chance haben, auszuscheiden aus diesem Selbst.«

Trotz des Whiskys und der Heizungsröhren wurde mir immer kälter. 21 Uhr 05. Musste ich das Band umdrehen?

»Damit wirst du Probleme bekommen«, sagte ich heiser. »Tote sind immer ein Problem.«

»Wer sagt, dass sie das hier machen? Hier bekommen meine Abonnenten – denn das wird, wie Theater und Oper, auf Abonnementsbasis laufen – den Schlüssel zu sich selbst. Was sie damit machen, wenn sie zu Hause sind, ist ihre Sache.«

»Und der Kultursenator macht damit Berlin-Reklame?«

»Der Kultursenator? Ich dachte an dich, Harder. Schreiben kannst du doch.«

»Ich weiß nicht, ob ich Talent zur Werbung habe, Mike.«

»Was heißt schon Werbung? Was mir vorschwebt, ist ein Forum für unsere Ideen. Wir haben da schon einen Verlag im Haus, wir haben auch eine Zeitschrift, eine von diesen lahmen Intellektuellenzeitschriften, hab ich kürzlich bei einem Kompensationsgeschäft bekommen. Ich geb dir die Zeitschrift, mach etwas draus, die einzig wahre Zeitschrift, und dann gehen wir in die Neuen Medien.«

Ein Mann mit einer Vision. »Was heißt das – Neue Medien?«

»Muss ich dir das erklären?«

»Ich weiß, was Neue Medien sein sollen, Mike – aber wie soll das vor sich gehen?«

»Berlin wird die ganz große Schaltzentrale für diese Medien werden, Harder. Und wir werden mitschalten. Radio, TV, Kabel, Bildschirmtext, Video – es gibt Möglichkeiten, von denen wir heute noch fast nichts ahnen.«

»Möglich. Ich komme aus den Printmedien, weißt du, Druck und Papier, alter Praktiker – von der Pike auf …«

»Und jetzt lernst du noch mal von der Pike auf, Harder.«

»Aber was hat das alles mit deinem Pavillon zu tun?«

»Wir brauchen schließlich etwas Startkapital«, sagte Michael Malzan, und damit war alles gesagt. Nur getan war noch längst nicht alles. Einen Augenblick schwiegen wir. Draußen heulten immer noch die Hunde, und der Wind pfiff über die Baracken und rauschte in den Bäumen.

»Albin macht die Hunde wieder verrückt«, sagte Malzan. »Sie wittern ihn kilometerweit in solchen Nächten und jaulen und jammern, als wäre er ihr Leitwolf.«

Er warf einen Blick auf die Bildschirme, stand auf, drückte eine Taste, Albin kam ins Bild, Albin im Schlangenraum, er verfütterte noch ein paar Mäusebabies. Malzan schaltete Albin weg, dann beobachteten wir gemeinsam, wie ein Auto vorfuhr. Der Wagen kam mir bekannt vor. Jades Volvo. Malzan schaltete den Apparat aus.

»Deine Verstärkung«, sagte er mit einem Lächeln, das mir nicht gefiel.

»Große Sorgen scheint sie dir ja nicht zu bereiten.«

»Aber Harder, warum denn? Du gehörst doch jetzt zu uns.«

Er blieb stehen, und ich saß. Auch etwas, das mir nicht gefiel. Aber der Frost war schlimmer. Und gegen ihn gab es nur ein Mittel.

»Ich bin interessiert«, sagte ich. »Muss mir das natürlich noch mal durch den Kopf gehen lassen.«

»Was das Finanzielle betrifft, du bekommst, was du brauchst. So halten wir es alle.«

»Du meinst, ich muss mich jetzt schon festlegen?«

»Du solltest jetzt schon anfangen, Harder.«

»Hier?«

»Wo sonst? Und am Anfang steht bei uns der Ritus.«

»Welcher Ritus?«

»Der Schlangenritus natürlich. Du hast ja den Kultraum schon gesehen. Im Augenblick bereitet Shiva alles für die Zeremonie vor.«

Er schaltete den Kultraum ein, und ich sah ein Mädchen in einem langen weißen Kleid, das Kerzen anzündete. Es konnte das Mädchen von gestern Abend sein.

»Welche Zeremonie, Mike?«

Malzan schaltete den Kultraum weg. »Der Kandidat erweist der Schlange seine Reverenz. Er verneigt sich symbolisch vor der Königskobra, und wenn sie ihn berührt hat, gehört er zu uns.«

»Vor der, die keine Giftzähne mehr hat?«

Er lächelte. »Vor Indra würde selbst Shiva noch nicht tanzen.«

»Wenn das alles ist«, sagte ich. »Ich habe nur ein Problem, Mike. Dieser Betriebsunfall gestern Nacht, das Thai-Mädchen.«

»Vergiss das Mädchen, Harder. Das ist alles Vergangenheit. Du fängst jetzt ein neues Leben an.«

»Gleiswechsel, vielleicht. Wie dem auch sei – ich hätte etwas dagegen, dass ihr Killer frei ausgeht.«

»Du forderst also Gerechtigkeit?«

»Ich würde mich schon mit Rache zufriedengeben.«

Er drehte an dem Ring an seinem kleinen Finger, als ob der ihm die Antwort gäbe.

»Da siehst du, Harder, welche Mittel wir in die Hand bekommen können, wenn wir unser Blatt geduldig ausspielen. Und wenn wir von den Schlangen lernen, wie man geduldig lauert und dann seine Beute mit einem einzigen tödlichen Biss erlegt.«

»Heißt das, du gibst mir recht?«

»Ich spreche jetzt rein hypothetisch, schließlich kenne ich dieses Mädchen nicht. Ein Mann, der in sexueller Raserei eine Frau umbringt, ist in meinen Augen kein Mörder. Er ist genauso ein Opfer wie sein Opfer. Im Pavillon der Lüste könnten beide Opfer mit dem Leben davonkommen, ohne auf diese existentielle Erfahrung verzichten zu müssen. Mit Schlangen lässt sich da viel machen.«

»Das klingt attraktiv«, sagte ich, »und zugleich sehr vage. Ich hab ein ganz konkretes Problem. Ich vermute nämlich, dass du den Mörder kennst.«

»Welchen Mörder?«

»Den Killer des Mädchens.«

»Aber Harder«, sagte Malzan, »du hast doch vorhin selbst zu Betsy gesagt, dass wir alle sie umgebracht haben. Und jetzt entschuldige mich, ich muss die Zeremonie vorbereiten. Wir lassen dich aber nicht allein, Harder. Von jetzt an wirst du nie mehr allein sein.«

Die Tür ging auf, und Jade Beinstein betrat das Büro, eine Pistole in der Hand, die auf mich gerichtet war.

34

Tut mir leid, Alter«, sagte Jade.

Malzan hatte das Büro verlassen. Ich stand mit dem Rücken zum Schreibtisch, die Hände locker an der Hose.

»Was soll dir denn leid tun?«

»Nun ja, unterwegs in Sachen Violence war ich noch nie. Aber du hast ja gehört, was Mike gesagt hat.«

»Ich war so erfreut, dich zu sehen, Jade, dass ich gar nicht hingehört hab.«

»Versuch keine Linke, Alter. Ich kann mit dem Ding umgehen.«

Er hob die Knarre einen Augenblick hoch, und ich rutschte drei Millimeter in Richtung Videozentrale. Vielleicht waren es auch dreieinhalb.

»Was ist es denn für eine, Jade?«

»Nichts Besonderes. Eine Walther 7,65. Aber auf die Entfernung, Alter – ich würde kein Risiko eingehen. Nachher ist ein Knie kaputt, oder ein Ohr ist weg.«

Ich war schon wieder einen Zentimeter näher da, wo ich hinwollte.

»In diesem Fall würde ich sagen, die Linke hast du gemacht, Jade.«

Er zuckte mit den Achseln. »Man kann sich die Jobs nicht immer aussuchen, das solltest du doch wissen.«

»Ich hab immer gesagt, es gibt Jobs, auf die man von vornherein verzichten sollte. Ich meine, wenn man sich morgens noch im Spiegel betrachten können will.«

Merkwürdig, was eine Knarre bewirkt. Jade war von Natur ein misstrauischer Hund, aber jetzt stand er seelenruhig da und sah zu, wie ich schon eine halbe Erdumdrehung weiterrückte.

»So mies kann der Job doch nicht sein, wenn du auch bei uns mitmachst«, sagte er.

»Wer sagt das denn?«

»Wenn jetzt die Zeremonie vorbereitet wird …«

»Hast du das auch gemacht, Jade?«

»Und ich sag dir, Alter, da geht dir ein Schauder ab, das ist direkte Verbindung zum Karma.«

Ich lachte. Wenn man lacht, ist es ganz natürlich, dass man sich bewegt.

»Aber Jade, seit wann fällst du denn auf so einen Quatsch rein?«

Mein Lachen machte ihn direkt verlegen. »Tja, es klingt verrückt, aber du wirst es selbst erleben.«

»Meinst du?«

»Was heißt das?«

»Guck doch mal auf den Bildschirm, Jade. Video ist eine feine Sache.«

Ein Mann, mit dem man regelmäßig einen trinken geht, wird nie mehr so misstrauisch sein wie vorher.

»Was gibt es denn da zu sehen?«

»Meine Verstärkung, Jade. Und euer Ende.«

Er machte zwei Schritte, die er brauchte, um den Bildschirm, auf den ich gebannt starrte, zu sehen – und die ich für meine Linke brauchte. Meine Rechte hatte nie viel getaugt, aber meine Linke hatte es immer in sich gehabt, und ich hatte sie noch weitertrainiert, als ich längst zu langsam für alles andere geworden war. Die Linke schoss pfeilgerade heraus, als Jade gerade begriffen hatte, dass es auf dem Bildschirm nur Grieß zu sehen gab und die Mauer und das Schild VOUS QUITTEZ MAINTENANT LE SECTEUR FRANÇAIS, und sie riss seinen Kopf weg, bevor er die Knarre auf mich richten konnte, und dann war ich auch schon nahe an ihm dran und feuerte noch einmal ab, links-rechts-links, und dann sackte er zusammen, und ich riss ihm die Knarre weg und hielt sie an seine Schläfe, während er auf dem Zementboden zusammenklappte, mit zerbrochenem Nasenbein und geschlossenem Auge, und stöhnte. Stöhn nur, mein Junge. Eine Knarre zu haben, reicht noch lange nicht, um in der Oberliga mitzumischen.

»Was sagst du da, Jade?«

»Missverständnis … Irrtum … Dienst …«

»Du müsstest deine Bücher doch im Kopf haben, Jade. Aber nun musst du den Preis für den Verfolgungswahn auch zahlen. Du hattest zu wenig davon.«

Ich trat mit voller Wucht gegen sein Kinn, und wenn in der Linken alles an Sportsgeist gewesen war, was ich noch hatte, dann war in meiner Stiefelspitze nur noch das, was man für Verräter empfindet – Abscheu und Verachtung. Zwei Minuten später hatte ich Jade mit seinem zerfetzten Blouson geknebelt und gefesselt und stand an dem Schaltpult der Überwachungszentrale und holte jede einzelne Kamera rein, während ich meine geschwollenen Knöchel leckte.

Auf der Straße war alles ruhig.

Im Osten war alles ruhig.

Shiva und Malzan.

Shiva: »Wann soll ich Indira holen?«

Malzan: »Ich mach das für dich, Prinzessin.«

Shiva (kichernd): »Du sollst mich nicht Prinzessin nennen, hat Gesine gesagt.«

Malzan: »Ich nenne dich, wie ich will.«

Shiva: »Machst du auch sonst, was ich will?«

Malzan: »Das weißt du doch.«

Shiva: »Dann komm her.«

Der Kuss dauerte ziemlich lange. Was heißt Kuss – sie waren ineinander verschlungen wie zwei liebestolle Vipern. Dann:

Malzan: »Ich hole jetzt Indira.«

Shiva: »Du weißt doch, dass sie es lieber hat, wenn ich sie hole.«

Malzan (lächelnd): »Das kann ich verstehen, Prinzessin. Aber du musst dich jetzt auf die Zeremonie vorbereiten. Ich bin gleich zurück.«

Malzan im Gang, Malzan mit Korb im Schlangenraum. Shiva in einem Nebenraum des Kultzimmers, sie legte die Maske an. Malzan vor den Terrarien, mit Handschuhen und Stange. Er schloss ein Terrarium auf, schob mit äußerster Vorsicht die Schiebetür zur Seite, brachte die Königskobra in den Korb, schloss den Korb. In voller Länge war das Tier selbst auf dem grau flimmernden Bildschirm ein furchteinflößendes Ungeheuer. Ich nahm einen Schluck Whisky aus der Flasche. Meine Hände zitterten. Malzan mit Korb auf dem Gang, Malzan mit Korb im Kultraum. Er stellte den

Korb in einiger Entfernung vor dem Buddha auf den Boden. Die Kerzen brannten schon, Hunderte von Kerzen.

Malzan (zu Shiva): »Wo ist eigentlich Albin?«

Ich hätte es ihm sagen können. Bildschirm 5, Albin in dem Lagerraum des in Konkurs gegangenen Versands, er hatte es sich auf einem Karton bei einem späten Abendbrot gemütlich gemacht, das wie ein Aal aussah. Dann sah ich, wer sein Gast war: Eine Schlange züngelte aus seinem Hemd und bediente sich aus seiner Hand.

Shiva: »Er geistert irgendwo herum. Das tut er doch immer.«

Malzan: »Morgen bekommst du Besuch, Prinzessin. Der Mann, von dem ich dir erzählt habe.«

Shiva (nahe): »Jetzt nicht. Bitte. Ich mach alles, was du willst, wenn du heute Nacht hierbleibst.«

Malzan: »Alles?«

Shiva: »Alles.«

Malzan: »Ich hole ihn jetzt.«

Ich checkte noch einmal die Walther und das Aufnahmegerät und versicherte mich, dass Jade von der Tür aus nicht zu sehen war. Alles, was Malzan sah, war ich – und die Kanone.

»Ich kann es schon gar nicht mehr abwarten, Prinz Malzan«, sagte ich und zeigte sie ihm und sah zu, wie über sein Lächeln langsam der Frost kam und über seine Augen Eisblumen. So, Harder, hörte ich den Alten sagen: Ab geht er.

35

Du gehst jetzt schön langsam voran, Malzan«, flüsterte ich. Ich war fast schon so heiser wie Albin. Vielleicht eine Berufskrankheit. »Und wenn du eine falsche Bewegung machst, puste ich dir das Hirn weg.«

»Du doch nicht, Harder.« Er machte einen Schritt auf mich zu. »Du bist doch jetzt mein Schreiber.«

»Glaubst du?«

In dem engen Gang klang der Schuss wie ein Artillerieeinschlag. Die Kugel schlug knapp über Malzans Kopf in der Decke ein. Staub rieselte. Es roch nach Kordit. Alles echt. Einen Augenblick waren wir beide betäubt. Dann drehte Malzan sich um und machte sich auf den Weg in den Kultraum. Komisch, wie vorsichtig man Fuß vor Fuß setzt, wenn im Rücken eine Knarre lauert.

Es war 21 Uhr 23, als ich das Mädchen mit dem weißen Kleid und der Maske vor dem Gesicht fragte:

»Bist du Miriam Schäfer-Scheunemann?«

»Ich bin Shiva«, antwortete sie mit einer Stimme, die unnatürlich hoch klang. Sie stand regungslos vor dem Granitblock mit dem Buddha, vor ihr der Korb. Aus versteckten Lautsprechern klang leise Flötenmusik. Die Kerzen in den Kandelabern flackerten, und Weihrauchduft verbreitete sich in der Baracke.

»Deine Mutter möchte, dass du nach Hause kommst, Miriam«, sagte ich.

»Ich bin Shiva«, antwortete sie, »und meine Mutter ist Indira«, und sie bückte sich und hob den Deckel vom Korb und legte ihn daneben, und die Schlange zuckte hoch und zischte, und ich hielt den Atem an. Im Schein der Kerzen, in dem der vergoldete Buddha leuchtete, sah die Schlange noch furchterregender aus als im Neonlicht. Sie wendete den Kopf hin und her. Bisher hatte sie sich im Dunkel des Korbs sicher gefühlt. Im Korb gab es keine Sicherheit mehr. Sie zischte noch erregter. Das Mädchen stand ruhig da, erhobene Arme, ausgestreckte Hände.

»Pass auf, Shiva«, sagte Malzan. »Harder hat eine Waffe. Tu den Deckel auf den Korb, und sei vorsichtig.«

Aber Shiva schien ihn nicht zu hören. Sie wartete, bis der Rhythmus ihres Atems passte, dann sank sie auf die Knie und fixierte die Bewegungen der Schlange mit ihren eigenen Bewegungen – sie ließ ihren Körper tanzen. Aber die Schlange folgte ihren Bewegungen nicht. Sie erstarrte und zischte.

»Das ist die falsche Schlange«, sagte ich zu Malzan. »Du Hund hast die falsche Schlange in den Korb getan.«

»Blödsinn«, zischte er. »Schlangen sind wie wir – manchmal wollen sie nicht.«

»Geh rüber«, sagte ich. »Geh zu dem Mädchen.«

»Bis jetzt hast du völlig richtig gehandelt«, sagte er. »Hätte ich auch gemacht an deiner Stelle.«

»Hättest du nicht gemacht, Malzan. Du hättest ihm freie Entfaltung geboten. Geh rüber.«

»Wir können uns immer noch einigen.«

»Gestern Abend vielleicht«, sagte ich. »Jetzt nicht mehr. Geh rüber, oder ich jag dir eine Kugel in die Kniekehle. Du wirst vielleicht nie mehr laufen können. Geh rüber, solange du noch laufen kannst.«

»Shiva«, sagte er, »hör auf mit dem Tanz.«

Das Mädchen lockte die Kobra, die ihren Nackenschild schwellen ließ – aber nicht, um Buddha Schatten zu spenden.

»Mit welchen Drogen hast du sie vollgepumpt?«, fragte ich ihn.

»Mit der besten Droge, die es gibt, Harder. Solltest du auch mal probieren.«

»Wie heißt sie denn?«

»Liebe.«

Ich drückte den Lauf der Walther in seinen Rücken. »Die, die ich hier habe, ist auch nicht schlecht, Malzan. Ich könnte mich direkt an sie gewöhnen.«

»Daran zweifle ich nicht.«

»Geh zu ihr, Mike – und bete, dass du die richtige Schlange in den Korb getan hast.«

Er brauchte lange, aber schließlich stand er etwas seitlich von dem Mädchen, und das Kerzenlicht züngelte über seinem goldenen Haar.

Jetzt hatte ich sie alle drei vor dem Lauf der Knarre, das Prinzenpärchen und ihren Hausgott. Und dazu noch schätzungsweise einen Zentner Blattgold in Buddhagestalt.

Shiva bewegte sich immer noch im Flötenrhythmus, und allmählich folgte die Kobra ihren Bewegungen.

»Hör zu, Malzan«, sagte ich mit meiner neuen Reibeisenstimme, »jetzt hab ich das Wort. Jetzt erzähle ich mal die Geschichte, wie ich sie sehe – und du füllst die Lücken auf.«

Er hatte die Hände ausgebreitet, aber es war eine parodistische Schauspielergeste. Nur sein Gesicht, auf dem der Schweiß glänzte, verriet seine Anspannung. Das Mädchen bewegte sich wie in Trance. Es war ein Raum, der wie geschaffen war für Trancezustände, und ich musste den Griff der Walther umspannen, bis meine Knöchel weiß hervortraten, um nicht auch der Trance zu verfallen.

»Dann erzähl mal, Harder«, sagte er.

»Eines Tages trifft ein hochverschuldeter Barbesitzer in Hannover eine kühle Blondine, wie er sie immer haben wollte – nur dass die Lady die geschiedene Frau eines in krumme Geschäfte verwickelten Politikers und Ex-Baulöwen ist. Ein Traumpaar, ihr beide – der Zocker und die Spielerin. Heiße Jeux, heiße Nächte, heiße Träume. Vom großen Geld. Denn knapp bei Kasse war die Lady auch.«

Malzan machte, was ich bei Jade gemacht hatte – er rückte zentimeterweise aus der Schusslinie. Nur dass ich es merkte.

»Rühr dich nicht von der Stelle, Malzan. Meine Geschichte dauert nicht lange, aber ich hoffe, sie ist lehrreich genug, damit du etwas zum Nachdenken hast, in den langen Nächten, wenn du dir einen neuen Coup ausdenkst.«

»Erzähl nur weiter. Ich hab deine Serien immer gern gelesen. Und in diese hast du ja wirklich eine Menge Recherchen gesteckt.«

Komm zum Ende, dachte ich. Die lullen dich ein. Weihrauch, Kerzen und Schlangentanz – kürzen, Harder, brüllte der Alte.

»Also hast du es erst mal bei ihrem geschiedenen Mann versucht, easy money, hast du wahrscheinlich gedacht, so ein Filzokrat kippt doch aus den Pantoffeln, wenn man ihm mit Enthüllungen droht. Aber der alte Scheunemann hat dich aus Hannover weggepustet, so viel Kraft hat der olle Suffkopp noch, gegen so einen alten Kraken kannst du nicht anstinken als jungscher Tintenfisch. Aber du wolltest ja sowieso nach Berlin, das ist ja das Eldorado für Abstauber, und du hattest ja einen Namen, einen alten Bekannten der Familie Scheunemann, einen, der inzwischen hier fast ganz nach oben geklettert ist – Harald F. Myslisch. Ja, wo hat der Mann nicht seine Finger drin, und alle schmutzig. Und dazu noch Stammkunde in den Spezialistenpuffs, ein Bombenticket für jeden cleveren Erpresser. Allererstes Sahnehäubchen, Malzan, das muss man dir lassen – ein Näschen hast du für dieses Gewerbe. Erst die alte Betsy, nur um mal ins Geschäft zu kommen, damit die Scheine schon mal anfangen zu wachsen, die dumme Nuss fällt doch auf jeden Blondschopf herein, der ihr endlich die große Liebe bietet und 50 % Beteiligung an der Kneipe in Banyuls. Tut mir richtig leid für Betsy, ich hätte ihr die Rente in der Sonne gegönnt. Aber dann hast du ja den richtigen Dreh gefunden, den Berlin-Dreh, Kult, Kommunikation, Kunst, als du die verrückte Schlangentante aufgetan hast, Schlangen, damit lässt sich eine Menge machen. Harald F. Myslisch im Pavillon der Lüste – wann soll die ganz große Sache mit ihm steigen, Malzan? Morgen, hab ich das richtig verstanden? Und wer soll ihm denn diesmal geopfert werden? Nach der Asiaten-Hure kann es ja nur noch aufwärts gehn, was? Ist jetzt die Prinzessin dran, Shiva, die Hohepriesterin? Und was darf Harald denn mit ihr machen, ich meine, Wiederholungen langweilen, nichts ist tödlicher als ein Remake, das in die Hose geht, hab ich recht, Prinz Malzan? Und was wird Harald euch bringen? Die ganze KKK? Das große Asylantengeschäft? Das Weltmonopol für Königskobras? Curry und Ketchup? Die Neuen Medien? Pavillon der Lüste im Werbeblock, und dann der Dauerbrenner: ›Das Reich der Mythen‹, mit Prinzessin Shiva und Frau Gewaltlosigkeit? Oder doch am Ende nur: Näher, meine erste Million, zu dir?«

»Das Mädchen kann nicht mehr lange«, sagte Malzan. Auch er war schon heiser.

»Dann geht ihr es so wie mir«, sagte ich. »Ich kann auch nicht mehr lange. Mir reicht es bis oben hin, Malzan, mit diesem stinkenden Brei, den du aufgerührt hast. Ich werde das Mädchen jetzt nach Hause bringen, und morgen bekommt die Kripo die Tonbänder.«

»Tonbänder?«

Ich zeigte ihm das Gerät. »Ich dachte, das wüsstest du. Hat mir Jade geliehen.«

Ich steckte es wieder in die Tasche. Das Mädchen war nach vorn gesunken, und die Schlange richtete sich immer höher auf.

»Wer hat Nuchali gekillt, Malzan?«

»Pass auf, Shiva!«

»Den Namen, Malzan.«

In diesem Augenblick drückte jemand einen spitzen Gegenstand oberhalb des Gürtels in meinen Rücken, und der, der die heiserste Stimme von uns allen hatte, flüsterte: »Wirf die Knarre weg, Harder. Die Serie ist zu Ende.«

36

Ich ließ mich fallen und stieß im Fallen dem Zwerg die Beine weg, und der Schuss aus der Walther, der sich dabei löste, war ungefähr so laut wie die Trompete von Jericho, aber der Schrei, den ich dann hörte, hätte einen Toten wecken können.

Malzan hatte nach der Waffe gegriffen, die ich in Richtung der Schlange geworfen hatte.

Mit geschwollenem Schild pendelte die Kobra, zu majestätischer Größe aufgerichtet.

Malzan lag am Boden und starrte auf seine Hand.

Die Kobra hatte zugebissen.

»Ein tödlicher Fehler«, flüsterte ich. »Oder wolltest du mich umbringen, Malzan?«

Das Mädchen riss sich die Maske vom Gesicht.

»Pass auf, Shiva!«, schrie Albin, der, das Messer in der ausgestreckten Hand, über den Teppich auf die Kobra zurobbte. Und auf die Kanone.

Dann sah ich, dass noch etwas in Bewegung war außer dem Zwerg und der Schlange – der Schuss hatte einen Kandelaber getroffen, der an die Wand unter dem Fenster gekippt war. Die Flammen der Kerzen züngelten schon im Vorhang. Aber ein bisschen Feuer war nichts, was Albin beunruhigte. Seine ganze Sorge galt der Schlange.

Und nicht Malzan.

»Mach«, flüsterte Malzan. »Mach sie tot, Albin.«

Albin dachte nicht daran. Er griff in sein Jackett, und etwas Dunkles flitzte über den Teppich. Die Kobra duckte sich, nahm Witterung auf.

Ich warf mich im gleichen Augenblick neben Albin, als Indra die relative Sicherheit ihres Korbs mit der relativen Aussicht auf ein besseres Nachtmahl als Aal natur vertauschte, und als ich aufblickte, starrte ich in den Lauf der Walther. Die Kanone war sehr groß in der Hand des Mädchens, und die Hand zitterte, aber auf die Entfernung von einem Meter hätte sie mich auch im Dunkeln treffen können. Und Malzan lag jetzt keuchend am Boden und hielt noch immer seine Hand, die blau angelaufen war.

Inzwischen brannte schon ein ganzer Streifen des Vorhangs.

»Im Büro ist Serum«, flüsterte Malzan. »Wenn ich es sofort bekomme, hab ich noch eine Chance.«

»Die hast du, wenn ich weg bin«, sagte ich. »Miriam, lass die Kanone fallen und zieh dich warm an. Es ist Zeit, nach Hause zu fahren.«

»Keiner kommt hier raus«, zischte Albin. »Indra erwischt euch alle.«

»Schnauze, Giftzwerg. Euer Spiel ist aus. Es war von Anfang an nur ein lausiger Bluff.«

Das Mädchen sah ohne Maske aus wie eine Primanerin mit zu viel Schule um die Ohren – müdes, zartes Gesicht, Ringe unter den Augen, schöner, ernster Mund. Sie sah um Jahre älter aus als auf dem Foto in meiner Tasche – aber sie war es. Plötzlich ließ sie die Walther fallen, und Tränen schossen aus ihren Augen, und sie sagte: »Wo ist meine Mutter?«

»Zu der fahren wir jetzt«, sagte ich. »Aber vorher will ich noch den Namen, Malzan. Den Namen für das Serum.«

Inzwischen hatte das Gift schon sein Gesicht erreicht, Schweißbäche, dunkelrote Haut.

»Wie lange dauert es, bis er stirbt, Albin?«

»Höchstens eine Viertelstunde, Killer.«

»Du vergisst, dass *er* die Schlange in den Korb getan hat. Den Namen, Mike, den Namen!«

Aber Albin hatte zu hoch geschätzt. Plötzlich bäumte Malzan sich auf, als hätte ihn eine unsichtbare Hand nach hinten gerissen, schnappte nach Luft, röchelte, kippte um und lag auf dem Rücken und ruderte mit allen vieren in der Luft, in der der Qualm schon den Weihrauchduft erstickte.

Und dann glitt ein ungeheurer schillernder Schatten durch das Zimmer und richtete sich auf und schlug auf das Menschenbaby ein, und Albin holte aus und ließ das Messer blitzen, und ich packte Miriam Schäfer-Scheunemann und hielt sie fest, und das Messer fuhr in den Kopf der Kobra und nagelte sie mit dem geöffneten Maul auf dem Teppich fest. Und ich leerte die Walther in ihren zuckenden Leib.

Das Feuer loderte schon.

»Verschwinde«, sagte ich. Ich hörte meine Stimme nicht, aber Albin hörte sie anscheinend, denn er sah mich mit einem grauenhaften Ausdruck in seinem bleichen Gesicht an und verschwand.

Ich bückte mich. Malzan atmete noch.

»Den Namen«, flüsterte ich.

»Nora«, flüsterte er. Dann ging ein Zucken durch seinen Körper, und er war still. Ich hatte ihm kein Glück gebracht. Ich sah den Ring an seinem Finger und streifte ihn ab und steckte ihn ein, und dann hörte ich draußen einen Motor aufjaulen und Kies spritzen und den Wagen wenden und davonjagen.

»Komm, Miriam«, sagte ich, wischte die Pistole an ihrem Kleid ab und ließ sie neben Malzan fallen, »hier gibt es nichts, was wir noch tun könnten.«

Als ich ihren Arm nahm, war sie fast so steif wie ein Toter, und ihre Augen starrten in das Feuer so unbeweglich wie die einer Schlange.

Draußen war es schneidend kalt.

Auf dem Schotterweg näherte sich aus Richtung Lübars ein Wagen, aber es war nicht der, auf den ich wartete, obwohl es auch ein Mercedes war. Er stoppte mit Aplomb, und ich sah, dass Malzans Fahrer Charlie am Steuer saß, und dann sah ich, wen er diesmal gefahren hatte.

Frau Dr. Gesine Frenkel-Ahimsa hatte mir noch gefehlt.

Sie machte die Beifahrertür auf, wuchtete sich aus dem Wagen und entdeckte zunächst, dass das Tor offen stand und ein ungebetener Gast ihr den Weg versperrte.

»Was ist denn hier los? Kenn ich Sie nicht?«

Sie trug einen Pelzmantel über ihrem bodenlangen Sari und hatte ein rotes Tuch über ihre blauen Haare gebunden und sah auf der Schotterstraße an der Laubenkolonie in Lübars aus wie eine Fehlbesetzung – aber das waren wir ja vielleicht alle.

»Da drinnen brennt es, Frau Frenkel«, sagte ich und zog

an meiner Zigarette. »Am besten, Sie rufen die Feuerwehr. Und kümmern Sie sich um den Mann im Büro, der ist noch am Leben.«

Jetzt sah man auch vom Hof aus, dass es brannte. Qualm quoll aus der offenen Tür, und man hörte den Sog der Flammen.

Charlie hatte schon genug gesehen. Er langte über den Sitz, machte die Tür zu, startete und bog gleich nach links ab, an der Kolonie vorbei, wo vor den Hütten und Häuschen die ersten Leute auftauchten, dunkle Gestalten, die vorsichtig zwischen ihren Hasenställen und Gartenzwergen hervorspähten.

Die Frenkel-Ahimsa drängte sich an mir vorbei, und dann sah sie ihre Schülerin. Ich hatte einen alten Trenchcoat für Miriam gefunden, und da stand sie, in ihrem weißen Kleid, mit ihrem weißen Gesicht und ihren starren Augen.

»Geh sofort ins Haus, Shiva!«

»Shiva gibt es nicht mehr«, sagte ich und nahm Miriam am Arm und bugsierte sie an der Frau vorbei auf die Straße. Endlich kamen aus Lübars die Lichter, auf die ich gewartet hatte. Und der Frenkel fielen die Schlangen ein.

Mit einem irren Schrei rannte sie auf die brennende Baracke zu. »Die Schlangen! Meine Kinder! Rettet meine Kinder!«

In der Ferne schlug die erste Sirene an. Endlich hielt das Taxi, und ich schob Miriam hinein.

»Alles klar, Chef?«

Er hatte immer noch den Seemannspullover an, und in seinen Ohrläppchen glitzerte der Ring.

»Jetzt kannst du dir deine Prämie wirklich verdienen«,

sagte ich und stieg ein. Der Schotter spritzte an die Fenster. Wir schafften es gerade noch. Es war immer gut, noch einen Trumpf im Ärmel zu haben.

Um 3 Uhr 42 standen Miriam und ich vor dem Haus in Volksen und hörten zu, wie das Taxi durch die stillen Straßen zur B 217 fuhr, zurück nach Berlin. Das pinkfarbene Neonherz gegenüber war immer noch in Betrieb. Ich musste einige Male auf die Klingel drücken, und der Hund hatte schon längst angefangen zu bellen, bis Nora Schäfer-Scheunemann über die Sprechanlage fragte, wer da sei.

»Harder«, sagte ich. »Der Bergungsexperte aus Berlin.«

»Harder? Was wollen Sie denn hier?«

»Ich bringe Ihnen Ihre Tochter wieder«, sagte ich.

Es sah so aus, als hätte ich meinen Auftrag erledigt.

37

Um halb sechs saßen wir in dem großen Raum mit der Fensterfront, und der Hund lag in seinem Korb und knurrte noch.

Er hatte Miriam zunächst mit überschwenglicher Freude begrüßt, aber die hatte sich bald gelegt und war in Furcht und Schrecken umgekippt, als er anfing, die Schlange zu wittern, mit der Miriam so lange gelebt hatte. Er hatte geknurrt und gewinselt und sich dann in seinen Korb verkrochen, und Miriam hatte endlich angefangen zu begreifen, wo sie war, und dann war der Schrei gekommen, der selbst mir durch Mark und Bein ging und Sascha zu mir flüchten ließ, und dann war sie mit ihrer Mutter nach oben gegangen in ihr altes Zimmer, und etwas später war Nora in ihrem schwarzen Kimono erschienen, dezent geschminkt und parfümiert, und hatte Kaffee gekocht. Und Sascha knurrte.

Ich schob die Kaffeetasse zur Seite, drückte meine Zigarette aus und überflog noch einmal meine Spesenabrechnung. 1190 DM, eine kostenbewusste Bergung. Aber ich war schließlich bekannt dafür, dass ich schneller arbeitete als andere. Der größte Einzelposten waren die 500 DM, die ich dem Taxifahrer gegeben hatte. Ich brachte die Abrechnung meiner Auftraggeberin, die hingegossen auf der Récamiere lag, und blätterte ihr den Rest der 3000 Mark auf den Tisch, achtzehn Hunderter und einen Zehner.

»Was soll ich damit, Harder?«

»Das ist die Spesenabrechnung.«

»Lassen Sie doch den Unsinn.«

»Abrechnungen sind kein Unsinn.«

»Wie Sie wollen. Sie haben Ihren Auftrag ausgeführt, ich gebe Ihnen dann einen Scheck. Möchten Sie sich nicht eine Weile hinlegen? Sie müssen doch schrecklich müde sein.«

Sie strich mir ganz sacht über die Hand.

»Wenn es Ihnen recht ist, nehme ich den Scheck und schlage mich in die Büsche.«

»Setzen Sie sich doch noch einen Augenblick.«

Ich setzte mich, aber nicht zu ihr, sondern in einen Sessel. Noch eine Zigarette. Sie schmeckten wie glühender Teer – sie schmeckten nach dem, was ist. Ich mochte sie. Sogar meine Heiserkeit schienen sie auszuglühen.

»Mir ist unklar«, sagte ich, »ob ich Ihren Auftrag tatsächlich ausgeführt habe. Gestern Nachmittag wollten Sie noch, dass ich die Finger davon lasse.«

Ihre Finger glitten – statt über meine Hand – über ihre Perlenkette. Die Perlen passten auch besser zu ihnen.

»Nun, nachdem Miriam mich angerufen hatte …«

»Pardon«, sagte ich. »Ich habe zwar aus der Kleinen nicht viel herausgebracht auf der Fahrt hierher, aber sie hat nie im Leben bei Ihnen angerufen. Das Mädchen war bis vor ein paar Stunden in einem Zustand, den die Leute früher verhext nannten. Für Miriam war eine Königskobra ihre Mutter, Nora, machen Sie sich das bitte klar, damit Sie wissen, was auf Sie zukommt. Und erzählen Sie mir nicht schon wieder einen Haufen Halbwahrheiten und Ammenmärchen.«

»Wie meinen Sie das, Harder?«

Ihre Stimme blieb warm und gelassen, und ihre Augen schimmerten verlockend. Tauche in meine Traumwelt ein, und du bleibst dein ganzes Leben lang von der Wirklichkeit verschont.

»Malzan hat Sie angerufen, nicht Miriam.«

»Michael?«

»Ich kannte nur einen Malzan.«

»Sie haben ihn kennengelernt?«

»Das wissen Sie doch längst. So, wie Sie die ganze Zeit gewusst haben, wo Miriam abgeblieben war.«

»Geben Sie mir eine Zigarette, Harder.«

Ich gab ihr eine. Dann sagte ich: »Wissen Sie, wer mir den Schlüssel zu der ganzen Geschichte gegeben hat? Die alte Tante Cäcilie in Kladow.«

Sie machte eine wegwerfende Handbewegung. »Dieses abscheuliche Biest. Sie terrorisiert die ganze Familie. Kein Wunder, wenn sie auch mich verleumdet.«

»Eine Verleumdung würde ich das nicht nennen. Sie hat nur gesagt, Sie hätten Miriam so oft nach Kladow geschickt, damit Sie etwas gegen die Familie in die Hand bekommen. Und das ist Ihnen doch auch gelungen – mit Hilfe von Michael Malzan.«

Sie drückte ihre Zigarette umständlich aus und hustete, bis sie erschöpft zurücksinken konnte. Das Husten weckte Sascha, der anfing zu winseln. Ein eingespieltes Team.

»Ich hätte mir ja denken können, dass Sie sich nicht damit begnügen, Miriam zu suchen«, beklagte sie sich dann.

»Sie sind nun mal Journalist, Sie machen das wahrscheinlich zwanghaft.«

»Was? Die Wahrheit rauskriegen?«

»Ach, die Wahrheit.« Für sie würde sie immer obszön sein. »Das Einzige, was zählt, ist doch das Leben, Harder. Sehn Sie mal nach draußen, da fängt wieder ein neuer Tag an, auch für uns. Ich bin ja so glücklich, dass meine Tochter wieder bei mir ist. Ein wunderschöner Tag, und Ihnen verdanke ich ihn.«

Sie hatte noch die Schlaftabletten im Blut, den träumerischen Sog der Kopfkissen, das Vergessen. Ich stand auf.

»Ich brauche einen Drink, Sie auch?«

»Wenn es Ihnen Freude macht, Harder.«

Ich mixte ihr einen steifen Gin mit Eis und mir einen schwachen Wodka auf einem Eisberg. Dann sagte ich:

»Bei der Suche nach Miriam bin ich damit bedroht worden, in meinem Appartement zu verbrennen, man hat mir eine Pistole an die Brust gesetzt, mich mit einem Schnappmesser fertigzumachen versucht und wollte mich mit einer Königskobra umbringen. Und Sie sagen, ich hätte das zwanghaft gemacht.«

»Das hört sich alles schrecklich an, Harder, aber wenn Sie mal darüber geschlafen haben, wird es Ihnen nur vorkommen wie ein böser Traum.«

»Soll ich Ihnen verraten, was mit Miriam passiert ist?«

»Junge Menschen probieren heute vieles aus, was uns unverständlich erscheint.«

»Finden Sie? Miriam ist unter Drogen und Hypnose gesetzt worden, eine Art Gehirnwäsche, damit aus ihr Shiva, die Schlangentänzerin, wurde. Und wissen Sie, wozu? Damit sie in einem Erpresserring als Lockvogel auftritt. Glauben Sie, ihr wird das auch nur wie ein böser Traum vorkommen, wenn sie aufwacht?«

Die Eiswürfel klirrten, als sie trank. Ihr Mund zuckte. Eine winzige Ader klopfte an ihrer Schläfe.

»Ich bin sicher, dass Sie maßlos übertreiben.«

Ich zog das Aufnahmegerät aus der Tasche und zeigte ihr die Bänder. »Wissen Sie, was ich hier habe? Eine Berliner Puffmutter, die erzählt, wie Michael Malzan sie dazu gebracht hat, ins Erpressungsgeschäft einzusteigen. Pech, dass dabei ein Mädchen umgekommen ist, das bei ihr gearbeitet hat. Aber vielleicht wird es ihr auch nur vorkommen wie ein böser Traum. Und wissen Sie, was noch auf den Bändern ist?«

»Ich will es gar nicht wissen«, flüsterte Nora.

»Das kann ich mir denken. Ich sage es Ihnen aber trotzdem. Ich habe Michael Malzan auf Band, wie er mir seine Pläne schildert. Wenn Sie wissen wollen, was wirklich ein böser Traum ist, dann hören Sie sich das Band mal an. Korruption als Kult, Pavillon der Lüste – kommt Ihnen das bekannt vor? Haben Sie sich das zusammen ausgedacht, hier im Deister in den Vollmondnächten? Das große Berlin-Geschäft sollte es doch werden, nachdem es mit Ihrem Exmann nicht geklappt hatte. Der ganz große Coup des Michael Malzan, der ganz große böse Traum. Haben Sie ihn auch Prinz genannt, Nora?«

»Gehen Sie«, stieß sie hervor.

»Noch nicht«, sagte ich. »Die Geschichte ist nämlich noch nicht zu Ende. Wissen Sie, was ich noch auf dem Band habe? Den Tod des Prinzen.«

Ihre Stimme war so zaghaft wie die Novemberdämmerung. »Den Tod?«

»Den Tod, den er mir zugedacht hatte. Ein ziemlich grauenhafter Tod, Nora, und Miriam war die ganze Zeit dabei. Aber da war sie noch Shiva. Shiva, die Prinzessin des Prinzen. Er ist von einer Königskobra gebissen worden. Tod durch Ersticken. Das Mädchen, das dran glauben musste, hatte einen langsameren Tod. Soll ich Ihnen das Band vorspielen?«

Sie lag regungslos da. Diesmal gab es keine Tränen. Für die hatte sie auch noch später Zeit, wenn sie merkte, dass böse Träume nur einen Wimpernschlag dauern, verglichen mit dem Leben. Ich zog Malzans Ring aus der Tasche. Auf der Fahrt hatte ich ihn vergessen, jetzt betrachtete ich ihn mir genauer. Ein blauer Lapislazuli, und auf dem schmalen goldenen Ring eine Gravur: Nora, für immer. Ich warf den Ring auf die Récamiere. Sie ließ ihn liegen. Jetzt war sie in Trance.

»Bevor er starb, sagte Malzan noch einen Namen.«

Sie sah mich an. »Einen Namen?«

»Es ging doch die ganze Zeit um einen Mann, Nora. Einen Mann in Amt und Würden, der erpressbar war. Einen Mann, von dem Sie etwas wussten, was ihn erledigen konnte. Einen Mann, der so weit nach oben gekommen war, dass er fast jeden Preis zahlen würde. Ohne Ihre Hilfe wäre Malzan nie an diesen Mann herangekommen. Ich habe diese Woche einen ganzen Vormittag das größte Zeitungsarchiv in Berlin durchforstet, und ich weiß, dass Sie diesen Mann seit zwanzig Jahren kennen. Was haben Sie gegen Myslisch in der Hand, Nora?«

Sie stellte das leere Glas hin, nahm den Ring, steckte ihn an den Ringfinger ihrer rechten Hand, als ob er ihr Ehering wäre, und sagte, indem sie den Kopf hochwarf und über mich hinwegsah:

»Ich habe Ihnen ganz am Anfang doch gesagt, dass Miriams Vater an allem Schuld hat.«

»Paul Scheunemann?«

»Harald Myslisch ist Miriams Vater.«

38

Damals liefen die Geschäfte in Berlin nicht mehr so gut für Pinggel & Scheunemann«, erzählte Nora. Ich hatte unsere Gläser aufgefüllt, und sie hatte ihres schon wieder fast geleert. »Die großen Jahre mit dem billig verdienten Geld waren vorbei, und dann waren sie auch in einen Prozess verwickelt.«

»Ziegelsplittbeton«, sagte ich.

»Sie wissen darüber Bescheid?«

»Ich sagte ja, dass ich im Archiv war.«

»Es war noch vor meiner Zeit, aber die Firma war nur deshalb mit einem blauen Auge davongekommen, weil einer ihrer Anwälte politischen Druck auf einen Zeugen der Anklage ausüben konnte. Er zog daraufhin seine Aussage zurück, und Pinggel & Scheunemann gerieten aus der Schusslinie. Dabei weiß ich von Paul, dass sie Ende der 50er Jahre massenhaft Häuserblocks hochgezogen haben mit diesem Trümmermörtelgemisch, wo unglaublicher Pfusch getrieben worden ist. Er hatte noch Jahre später Alpträume, dass ganze Hochhäuser zusammenstürzen.«

Sie hätte mir sicher noch gerne stundenlang von den verschiedenen Mischungsmethoden bei der Betonherstellung erzählt, aber ich hatte nicht so viel Zeit.

»Und dieser Anwalt war Harald F. Myslisch.«

»Er begann damals seinen politischen Aufstieg. Als er dann ins Abgeordnetenhaus gewählt wurde, kam auch Pauls Firma in Berlin wieder zum Zug. Aber als ich bei Pinggel & Scheunemann anfing, mussten wir uns ziemlich abstrampeln, wenn wir einen Auftrag nach Berlin holen wollten.«

»Was heißt abstrampeln?«

Ein widerwilliges Lächeln. »Man benutzte Frauen auch damals nicht nur, um die Post zu erledigen, Harder.«

»Und dabei haben Sie dann Myslisch kennengelernt – bei diesem ›Abstrampeln‹? Den Mann auf dem Weg nach oben?«

»Für mich war er ein großer hässlicher mittelalterlicher Mann in dunklen Anzügen mit Weste und Uhrkette, ein Mann, der mit fünfunddreißig schon wie fünfundfünfzig aussah. Eine Gruselfigur.«

»Nur eine Gruselfigur?«

»Nicht nur«, gab sie zu. »Eine ungeheure Kraft ging auch von ihm aus, ein unersättlicher Hunger. Und eines Abends hat er uns betrunken gemacht, und als Paul besinnungslos auf dem Sofa lag, hat er …«

»Und da ist es dann passiert.«

»Was?«

»Miriam.«

»Nein, Miriam kam später.«

»Ach. So war das also.«

Sie streifte mich mit einem kühlen Lächeln. »Wir waren eine ganze Zeit eng liiert. Mit Pauls Wissen.«

»Und als Sie schwanger wurden, haben Sie Paul davon überzeugt, es wäre sein Kind?«

»Paul wollte es abtreiben lassen.«

»Aber Sie waren weitsichtiger.«

Sie starrte auf den Ring an ihrem Finger. »Ein, zwei Jahre waren wir sehr eng verbunden, verstehen Sie ... zu dritt ... wir hatten alle drei keine Jugend gehabt ... wir hatten den gleichen Hunger ...«

»Rührend.«

»Was verstehen Sie denn davon? Nur als Myslisch dann ...« Sie leerte ihr Glas, und ich füllte es auf. Sie trank. »Eines Tages kam Paul völlig verstört nach Hause. Er war alleine in Berlin gewesen und abends mit Harald zusammen, und da ... nun, er behauptete, Harald habe ihn dazu gezwungen.«

»Wozu?«

»Er hat ihn betrunken gemacht, und dann haben sie gemeinsam ein Mädchen vergewaltigt.«

»War da Miriam schon auf dem Markt?«

»Was heißt das?«

»Sie haben Ihre Tochter von Anfang an als eine Art Kapitalanlage betrachtet, oder hab ich das falsch verstanden? Tante Cäcilie sprach sogar davon, dass Sie sie wahrscheinlich als Verlustgeschäft abgeschrieben hätten.«

»Ich liebe meine Tochter, Harder.«

»Aber zumindest als Waffe wollten Sie sie doch benutzen.«

»Eine Frau in meiner Situation ist auf jede Waffe angewiesen.«

Ich nahm einen Schluck von meinem Eiswasser. »Paul wusste also, dass Myslisch der Vater Miriams war?«

»Ja, und er war damit einverstanden. Er konnte nämlich

keine Kinder haben. Und ich hätte auch keins von ihm gewollt. Er hatte schon damals keine Zukunft mehr. Sogar in die falsche Partei ist er gegangen.«

»Und wie war das dann mit Myslisch? Weiß Miriam, dass er ihr Vater ist?«

»Natürlich nicht.«

»Aber als sie alt genug war, wurde sie auf Besuch nach Kladow geschickt. Und da durfte er sich dann an ihr delektieren, rein platonisch, versteht sich, der gute Onkel Harald. Der Mann im schwarzen Anzug, ein ganz großer Mann ist das, Miriam, er fährt mit dem Dienstwagen vor und soll bald Senator werden, und das Verdienstkreuz bekommt er auch, Onkel Harald, immer größer wird er, immer bedeutender, immer länger fällt sein Schatten. Und wenn sie auch Angst vor ihm hatte, sie musste immer wieder hin. Nur ja nicht die Verbindung abreißen lassen. Onkel Harald macht uns noch alle reich. War es so, Nora?«

»So war es überhaupt nicht«, flüsterte sie. »Es geht nicht um Geld, Harder.«

Ich brauchte frische Luft und stand auf und öffnete eine Schiebetür und atmete gierig die kalte Novemberluft ein, die nach feuchten Blättern roch. Hier und da war schon Licht in den Häusern, und über dem Tal hellte sich der Horizont. Vögel unterhielten sich. Ich ließ die Tür einen Spalt offen und wandte mich dann wieder der Blondine auf der Récamiere zu. Kühle Blondinen hatten es Malzan angetan. Kühle Blondinen, die den heißen Tod loslassen konnten. Den Schlangentod. Malzan im Todeskampf in der brennenden Baracke – und diese Frau auf der Récamiere im Bungalow am Deister. Wenn es so überhaupt nicht war, wie dann?

»Wissen Sie, was Malzans letztes Wort war?«

»Wenn Sie es mir gesagt haben, gehen Sie dann?«

»Ich fragte ihn, wer der Killer des Mädchens wäre – Sie erinnern sich vielleicht noch, dieses Thai-Mädchen, das Myslisch manchmal zu Diensten war –, und er sagte: ›Nora‹. Ist das nicht sonderbar?«

»Ich war seit zwölf Jahren nicht mehr in Berlin, Harder. Was versuchen Sie denn jetzt für einen Trick?«

»Ich nehme an, er meinte, dass Sie deshalb die Schuld tragen, weil Sie ihn auf Myslisch angesetzt haben.«

Sie lächelte und drehte an dem Ring. »Wenn Sie Michael gekannt hätten, dann wüssten Sie, dass er ein Mann war, dem eine Frau niemals die Richtung zu zeigen brauchte.«

»Ich habe ihn gekannt, Nora. Wir haben uns einen ganzen Abend und eine halbe Nacht unterhalten. Malzan war einer wie ich, ein Söldner, einer, der anheuerte, und dann marschierte er durch den Dschungel. Nur dass er bei etwas angeheuert hatte, das er Liebe nannte, und ich bei etwas, das ich Wahrheit nenne. Und da gerieten wir dann auf ein Kampfgebiet, wo nur einer überleben konnte.«

»So wie jetzt«, sagte Nora Schäfer-Scheunemann und griff zu ihrem Kimono und richtete den Colt auf mich, den sie bei unserer letzten Begegnung zu laden vergessen hatte.

Ich lachte. Ich hatte nicht geglaubt, so bald nach dieser Nacht wieder lachen zu können, aber ich lachte, und je länger ich lachte, desto besser gefiel es mir zu lachen. Sogar der verstörte Hund hob den Wuschelkopf und fing an mitzulachen, nur dass sein Lachen noch viel lauter war – so laut, dass die ganze Herde wusste, wo es langging.

»Sie sind wirklich eine Nummer«, sagte ich, als ich genug gelacht hatte. »Nach alldem, was ich in Ihrem Auftrag mitgemacht habe, bringen Sie noch den Mut auf, einen Colt auf mich zu richten. Na los doch, Nora, schießen Sie doch. Aber vergewissern Sie sich vorher, ob das Ding auch geladen ist.«

»Sie haben Michael umgebracht«, flüsterte sie. »Er war der Einzige, der wusste, worum es ging.«

»Söldner bringen sich immer nur selbst um. Kein Mensch zwingt uns, in den Dschungel zu marschieren.«

»Wovon reden Sie denn da?«

»Sie können sich darauf verlassen, Mike hätte das Gleiche gesagt, wenn er jetzt hier säße und ich im Leichenschauhaus läge mit einer roten Plastikkarte am Zeh. Kommen Sie, Nora, schießen Sie schon, und wenn Sie nicht schießen können, stellen Sie meinen Scheck aus.«

Sie ließ den Colt fallen und glitt mit einer geschmeidigen Bewegung von der Récamiere und mit derselben Bewegung aus ihrem Kimono und stand vollkommen nackt vor mir und streckte die Arme aus, ein zitterndes Lächeln um den geöffneten Mund. »Komm, Harder«, flüsterte sie.

Dann lag sie in meinen Armen und ich in ihren, und die Erde machte eine ganze Umdrehung, als wir uns küssten, und in dieser Zeit versprach sie mir das Blaue vom Himmel und das Goldene noch dazu, als ob ich nun auch wüsste, worum es ging.

Der Hund brachte mich zur Besinnung. Er schnüffelte an meiner Hose und kläffte. Für ihn roch ich jetzt nach Feind.

»Ich hätte dann gerne den Scheck, wenn es Ihnen nichts ausmacht«, sagte ich.

39

Die Mittagsmaschine der British Airways landete auf die Minute pünktlich in Tegel. Nach einem Wochenende mit Kleppinger war ich wieder da, wo ich hingehörte, und in meiner Jackentasche knisterte der Scheck, ausgestellt auf die Deutsche Bank, Filiale Springe / Landkreis Hannover, DM 20 000. Ich war schon mit verdammt viel magerer Beute nach Hause gekommen. Eine Anzahlung beim Finanzamt, die Miete für ein halbes Jahr, und dann noch Arbeitsurlaub. Vielleicht konnte ich es ja auch mal mit Sri Lanka probieren. ›Tangas, Terror und Tamilen – Ein Bericht von Heinz Harder‹. Es gab viele Wege, auf denen das Comeback blühte.

Und manche bösen Träume dauern doch länger als einen Wimpernschlag.

»Herr Harder?« Ein Beamter der Flughafenwache. »Sie werden erwartet.«

Über der Stadt Sonnenstrahlen wie Blutgerinnsel in einem Himmel aus Blei und Schwefel, und in einem Opel Ascona Kriminaloberrat Smetana und ein kleiner grauer Mann mit Hornbrille und einem Kinn aus Granit, den Smetana als Herrn Schmidt vorstellte. Ich fragte nicht, woher sie wussten, dass ich mit diesem Flug kam. Arbeit ist Arbeit.

»Am Wochenende haben wir uns auch als Bergungsexperten betätigt«, sagte Smetana, als wir vom Flughafen auf die Schnellstraße einbogen. Er fuhr selbst, ich saß neben ihm, Herr Schmidt hinter mir. Im Wagen hing der Duft der Eukalyptusbonbons, die er lutschte.

»Was war los? Ich habe gar nichts in der Zeitung gelesen.«

»Nachrichtensperre.«

»Schon wieder Nachrichtensperre! Die Kollegen von der Tagespresse werden aber im Quadrat springen.«

»Das tut ihnen gut«, sagte Smetana. »Kennen Sie Lübars?«

»Ich war schon mal dort.«

»Auf der ›Farm für Freie Entfaltung‹.«

»Sie wollten mir ja nicht glauben, dass es die gibt.«

»Wann waren Sie dort?«

»Freitagabend.«

»Und was haben Sie da gemacht?«

»Ich hab das Mädchen abgeholt. Sie erinnern sich doch, das Mädchen aus meinem Bekanntenkreis, das verschwunden war.«

»Und dabei ist diese sogenannte Farm in Flammen aufgegangen«, mischte sich Herr Schmidt ein. Er hatte eine gequetschte, nasale Stimme. »Ein reiner Zufall, Herr Harder?«

Entweder hatten sie alles auf Video, oder sie blufften. Smetana fuhr auf dem Kurt-Schumacher-Damm stadteinwärts, also gab es zunächst mal keinen Lokaltermin, höchstens die Daumenschrauben. Und solange Smetana dabei war, konnte mir nicht viel passieren.

»In Flammen aufgegangen? Das ist ja schlimm. Die hatten jede Menge Schlangen auf der Farm. Schreckliche Vorstellung.«

»Hören Sie bloß mit den Schlangen auf«, sagte Smetana und steckte sich eine Zigarette an. »Die Schlangen werden diese Frau Frenkel noch teuer zu stehen kommen.«

»Sie hat gute Verbindungen zum Kultursenator.«

Smetana lächelte sein Hyänenlächeln, und Herr Schmidt zermalmte krachend ein Eukalyptusbonbon. So viel zu Kult, Kunst, Kommunikation, dachte ich.

»Vergessen wir diese Dame mal«, sagte Smetana. »Vergessen wir diese Schlangen und den ganzen Zinnober. Konzentrieren wir uns darauf, was Sie am Freitagabend dort getan haben, Harder.«

»Ist das eine Vernehmung, Herr Kriminaloberrat?«

»Vernehmungen pflegen wir immer noch in der Keithstraße vorzunehmen.«

»Und da fahren wir jetzt auch hin?«

»Das hängt von Ihnen ab, Harder.«

Ich schüttelte den Kopf. »Erst verdächtigen Sie mich des Mordes an dem Thai-Mädchen. Und jetzt soll ich auch noch einen Brand gelegt haben.«

»Das kommt davon, wenn man seine vertrauten Pfade verlässt, Harder. Als Sie noch Ihre Serien strickten, waren Sie nie in Ermittlungen verwickelt.«

»Man muss auch mal raus aus den Schablonen. Ich habe mir jedenfalls nichts vorzuwerfen. Sie?«

»Sie haben sich ziemlich weit vorgewagt, Harder. Ich habe Sie gewarnt, noch am Freitagmittag. Und nun haben wir noch einen Toten.«

»Noch einen Toten?«

»Haben Sie mit mehr gerechnet?«

»Ich rechne überhaupt nicht mit Toten. Tote sind nicht mein Metier. Wollen Sie mir noch einen Mord anhängen?«

»Wie kommen Sie auf Mord?« Das war natürlich Schmidt. »Von Mord war doch gar nicht die Rede.«

»Das ist es ja«, sagte ich mit allen Anzeichen äußerster Erschöpfung. »Ich weiß gar nicht, wovon die Rede ist.«

»Dann will ich Ihnen das mal ganz grob skizzieren«, sagte Herr Schmidt. »Die Rede ist von einer mit enormem zeitlichen und materiellen Aufwand durchgeführten und von mehreren Dienststellen getragenen Operation. In die Sie, Herr Harder, in unglaublicher Weise hineingepfuscht haben. Obwohl man Sie mehrfach gewarnt hat, haben Sie sich erdreistet, in einer geradezu aberwitzigen Manier …«

»Wenn Jade Beinstein Ihr Mann ist, dann hätte er mich aber leicht stoppen können«, sagte ich.

»Wir wollen Herrn Harder doch die Gelegenheit geben, sich in aller Ruhe mit den Vorwürfen gegen ihn zu befassen«, sagte Smetana, dem Herr Schmidt genauso auf die Nerven ging wie mir. »Sie sehen ja, dass er gar nicht die Absicht hatte, sich den Ermittlungen zu entziehen.« Ich steckte mir eine Zigarette an und ließ den Rauch Richtung Schmidt driften. Mit Eukalyptusbonbons gegen verstopfte Polypen, typisch für den Pfusch dieser Leute.

»Warum sollte ich mich Ihren Ermittlungen entziehen?«, fragte ich. »Sie werden sich ja wohl noch erinnern, Herr Rat, dass ich es war, der Sie auf diese sogenannte Farm angesprochen hat. Und auf Michael Malzan. Haben Sie ihn festgenommen?«

»Weshalb sollten wir ihn festnehmen, Harder?«

»Gegen wen sollte sich diese großangelegte Operation denn sonst richten? Doch nicht gegen Frau Dr. Frenkel-Ahimsa?«

Wir hatten den Tegeler Weg erreicht. Ich sah gar nicht erst zum Landgericht hin. Die Spree hätte besser ausgesehen, wenn sie nur noch eine stinkende Kloake gewesen wäre.

»Meine Dienststelle hatte mit der Operation nichts zu tun«, sagte Smetana. »Jetzt, wo wir einen Brand haben, sieht das natürlich anders aus. Was diesen Malzan angeht, den hat eine Giftschlange gebissen.«

»Dann ist also er der Tote?«

»Tun Sie doch nicht so, als ob Sie das nicht wüssten«, sagte Schmidt und raschelte mit Bonbonpapier. »Ihre dubiose Rolle in diesem Fall werden wir Schritt für Schritt untersuchen, hören Sie? Schritt für Schritt.«

»Von mir aus gern«, sagte ich. »Ich werde dabei herauskommen wie aus der Kochwäsche, Herr Schmidt – strahlend weiß.«

Unsere Blicke kreuzten sich. Ich hielt seinem stand, aber wohler war mir doch, als ich wieder nach vorn sah, auf das Charlottenburger Schloss. Die Preußen hatten etwas, dachte ich. Lauter gloriose Untergänge. Aber dazwischen auch Donner und Doria. Herr Schmidt hatte einen eindeutig sächsischen Akzent. Und jetzt blätterte er auch noch in einer Akte.

»Für welches Blatt arbeiten Sie momentan, Herr Harder?«

»Ich bin freier Journalist.«

»Wann haben Sie zuletzt veröffentlicht?«

»Das liegt schon einige Zeit zurück.«

»Und wovon haben Sie seither gelebt?«

»Von Rücklagen, Herr Schmidt.«

»Zahlen Sie Einkommensteuer?«

»Die Steuerangelegenheiten des Herrn Harder«, sagte Smetana, »spielen in diesem Fall doch wohl keine Rolle.«

»Das sei noch dahingestellt, Herr Kollege. Sie haben da eine Anzeige aufgegeben, Herr Harder, in der Sie Ihre Dienste als Privatdetektiv anbieten – haben Sie eine Lizenz für diese Tätigkeit? Einen Gewerbeschein?«

»Die Tätigkeit eines freien Journalisten«, sagte ich, »verlangt manchmal, dass man die gewohnten und ausgetretenen Pfade verlässt. Um an eine gute Story zu kommen, muss man gelegentlich die Gleise wechseln. Oder in die freie Wildbahn.«

»Wo man sich dann frei entfalten kann, Sie freier Journalist, Sie. Aber diesmal haben Sie es mit der Freiheit etwas weit getrieben.«

»Herr Schmidt«, sagte ich und nahm dankbar zur Kenntnis, dass Smetana dabei lächelte, »wenn ich Ihnen dabei behilflich sein kann, herauszufinden, warum Ihre großangelegte und mit enormem Aufwand durchgeführte Operation schiefging, werde ich das aus freien Stücken und aus innerer Überzeugung, dem Gemeinwesen damit einen Dienst zu erweisen, gerne tun. Aber wenn dieser Fall an das Selbstverständnis der Pressefreiheit rührt, dann möchte ich vorher meine Anwälte und die Anwälte der Berliner Journalistenverbände einschalten.«

Wir fuhren die Bismarckstraße hinunter. Geradeaus ging es zur Kripo, rechts war ich zu Hause.

»Quatschen Sie keine Rosinen«, sagte Herr Schmidt. »Sie sind Zeuge in polizeilichen Ermittlungen, basta. Ihre Journalistenverbände würden Sie nicht mal mit dem abgelutschten Ende eines Bleistifts anfassen.«

Womit er womöglich recht hatte. Vor entscheidenden Aufgaben war auch Friedrich der Große allein.

»Ich möchte also vorläufig zusammenfassen«, sagte Schmidt um sein Eukalyptusbonbon herum, »dass Herr Harder in diesen Fall verwickelt ist, obwohl Sie, Kollege Smetana, ihn ausdrücklich gewarnt haben und obwohl er keinerlei berufliche Qualifikation für die Tätigkeit besitzt, die er in einer gewerblichen Anzeige angepriesen hat. ›Bergungsexperte für außergewöhnliche Fälle‹ – abgesehn von den rechtlichen und moralischen Aspekten, Herr Harder, die Sie damit aufgeworfen haben, ergibt sich für mich und meine Dienststelle natürlich die Frage: Wer sind Sie überhaupt? Und jetzt möchte ich aussteigen, Herr Kriminaloberrat.«

Wir ließen ihn an der Ecke Wilmersdorfer Straße zurück, einen kleinen grimmigen Mann mehr unter kleinen grimmigen Männern, die dringend Erholung von sich selbst brauchten. »Wohnen Sie nicht in dieser Gegend, Harder?«

»Wenn Sie mich an der nächsten Ecke rauslassen, bin ich so gut wie zu Hause. Wer ist denn dieser Herr Schmidt?«

»Können Sie sich das nicht denken?«

»Also hat dieser Fall eine politische Dimension.«

»Ich habe Ihnen einen guten Rat gegeben. Aber Sie mussten ihn ja in den Wind schlagen.«

»Ich musste das Mädchen finden, Herr Smetana. Bevor sie auch noch umkam wie Nuchali. Haben Sie den Mörder?«

Er hielt, und wir starrten uns einen Augenblick an. »Was wollen Sie denn noch, Harder?«

Ich zuckte die Achseln. »Für die Buddhisten ist alles, was im Leben geschieht, vorherbestimmt. Wir sind an das Rad der Begierden geflochten, und das Rad dreht sich, und wir drehen uns mit ihm. Und wir brauchen Millionen Leben, um endlich von dem Rad runterzukommen.«

»Und trotzdem zählt das, was Sie jetzt tun, genauso schwer.«

»Das ist es ja«, sagte ich. »Das Richtige tun, obwohl es sinnlos scheint.«

»Sie sollten bald mal Urlaub machen«, sagte Smetana. »Sie sehen schon nicht mehr, was vor Ihren Augen liegt.«

»Was ist das denn?«

»Sie müssen keinen Mörder finden, Harder. Sie müssen nur herausfinden, wer Sie selbst sind.«

»Jetzt werden Sie auch noch metaphysisch, Herr Rat. Kann ich das mit dem Urlaub wörtlich nehmen?«

»Wenn Sie in Berlin bleiben, schon.«

Ich sah mich um. »Wer will schon Sri Lanka, wenn er Berlin hat«, sagte ich und stieg aus.

40

Sie mussten am Morgen gekommen sein, um die Brandruine abzureißen. Zwischen dem Seitenflügel und dem Vorderhaus klaffte schon eine breite Lücke, und unter den Schlägen der Abrissbirne sackte das Gemäuer zusammen wie ein angeschlagener Boxer, der die Hände nicht mehr hochnehmen kann. Staub legte sich über die Straße, der sich mit dem Wasser, das sie aus dem Hydranten auf die Grube sprengten, zu einem stickigen Nebel vermischte. Mitten in den Trümmern lag eine blaue Bluse wie eine Blüte, die von einem Regen aus Schutt begossen wurde. Ich wusste, wie das war; auch auf mich regnete Dreck herunter.

Ich schloss die Balkontür. Der Staub war bestimmt Gift für meine Zimmerpalme. Ich strich über ihre Blätter. Vielleicht bekam ihr das Bier doch. Bestimmt bekam es mir. Ich machte eine Dose auf, streute etwas Salz auf den Deckel, presste den Saft einer halben Zitrone darüber und schlürfte. Der Druck in meinen Schläfen ließ nach. Unfehlbares Rezept. Nach dem Wochenende mit Kleppinger war ich dankbar dafür. Wir hatten die Altstadt nach Strich und Faden niedergemacht, auf Kippe und Korn, Glas für Glas. Komm nach Hannover, hatte er getönt, bevor ich ihn nach Buchholz brachte zu Frau und Kind und Hypothek und Magengeschwür, ich mach ein Pressebüro auf, ich brauch einen

Partner, und ich sah uns schon in unserem Büro in der Königstraße, Agentur Nachtexpress, Otto machte das Lokale und die Politik, und ich sorgte für die Unterhaltung, Serien in Serie, bald fraßen uns die Blätter aus der Hand, die Ärzteblätter, die Drogistenblätter, die Lesemappenblätter und die Regionalbeilagen, die Welt der Beilage war ja noch keineswegs restlos ausgeleuchtet. Vernünftige Arbeit, lallte Otto, nicht diese Wichse, diese Kabel/Fernseh/Filmwichse, mach dich doch nicht zum dumpfen Knecht, denk an Le Grand Vladimir – wenn sie glauben, dass du fertig bist, fängst du erst an. Mach's gut, Otto.

Salz, Zitrone, Bier – solange du das hast, dachte ich, stehst du noch. Ich hatte noch mehr. Ich holte den Scheck und strich ihn glatt. An einer Stelle hatte er etwas von Ottos Lüttje Lage abbekommen, aber sonst war er in Ordnung. Er versprach eine gewisse Sicherheit. War ich auch schon security-bedürftig? Mich juckte es in allen Fingern nach Arbeit. Solides Handwerk, von der Pike auf. Texte aller Art. Aber vorher brauchte ich etwas anderes. So war es immer gewesen, die große Sause, das gewaltige Aufbäumen, und dann der Text. Aber erst noch die Frau. Ich griff zum Telefon, als es klingelte. Nuchali. Herrgott Harder, Nuchali ist tot. Tot, tot, tot.

»Harder?« Es war Oskar Luckenrieder. »Ich wollte dir nur sagen, Harder, falls du da was auf der Pfanne hast inzwischen, du weißt schon, wegen neulich, vergiss es. Ich bin ausgestiegen.«

Wovon redete er? »Wovon redest du, Oskar?«

»Ich bin ausgestiegen aus dem Verein. Verstehst du, da mach ich denen schon den Wahlkampf ganz aufklärungsmäßig, bescheiden, argumentativ, sparsam, und dann heißt es, dein Konzept ist der Basis nicht vermittelbar, du bist der Basis nicht vermittelbar. Ja leck mich doch, diese Basis ist doch *mir* gar nicht vermittelbar, wer ist das denn? Ein Haufen wildgewordener Funktionäre, ist das Basis? Ich hab den Bettel hingeworfen, Harder. Also vergiss es. Außerdem, wen kümmert es, wenn wir von Perversen und Mafiosi regiert werden, von Stinkern und Dämlacks, leck mich doch, das ist eben Demokratie, da kommt doch nur noch Wahnsinn auf, wenn du das mitmachst, und dann bist du nicht mehr vermittelbar. Vergiss es.«

»Geht nicht«, sagte ich. »Und was machst du jetzt?«

»Werbung, was sonst? Oder vielleicht geh ich auch nach Australien eine Weile.«

»Du doch nicht. Du hältst das doch nicht durch, du kannst das Spiel doch nicht nur von der Seitenlinie ansehn.«

»Red keinen Mist, Harder. Das ist kein Spiel. Das ist Wahnsinn. Das ist mir nicht mehr vermittelbar.«

»Dass das hier eine Sauerei ist, und dass das unser Ding ist, und dass wir an dieses Rad geflochten sind, davor läufst du doch nicht weg, Oskar.«

»Ja, wenn du glaubst, dann mach du das doch weiter für mich«, sagte Oskar. Er klang so empört, wie er immer klang, wenn es ihn im Schwitzkasten hatte, das Leben.

»Lass uns das mal bereden gelegentlich«, sagte ich. »Ich kenne da einen neuen Laden in der Kantstraße, die haben ein sagenhaftes Weißbier.«

»Weißbier schmeckt nur in Bayern, Harder.«

»Fängst du jetzt gleich an zu heulen?«

»Nein, ich glaub nicht. Ich trink ein Weißbier.«

Er legte auf. Drüben ging wieder eine Etage zu Bruch. Es krachte und donnerte, und Staubschwaden verdunkelten die Straße. Schon wieder das Telefon. Diesmal war es eine Frau. Nora Schäfer-Scheunemann. Jetzt war auch ihre Stimme heiser.

»Harder«, flüsterte Nora, »ich muss dir das sagen, wem soll ich es denn sonst sagen? Miriam ist wieder weg.«

»Diesmal musst du nicht lange suchen«, sagte ich. »Sie ist bei ihrem Vater. Bei dem Mann, den sie für ihren Vater hält. Und hoffentlich immer halten wird. Bei Paul.«

»In der Trinkerheilanstalt.«

»Lieber einen falschen Vater in der Trinkerheilanstalt als einen echten Myslisch, Nora. Lieber ein bisschen echte Loyalität als eine Million in kleinen Scheinen.«

»Ich werde sie ihm wegnehmen«, flüsterte sie.

»Dann hast du nichts gelernt.«

»Jetzt bin ich ganz allein.«

»Nein«, sagte ich. »Du hast ein Tonbandgerät, und du hast zwei Bänder. Die kannst du dir vorspielen, wenn du glaubst, dass du wieder mal ein kleines Jeu wagen müsstest. Bleib lieber allein, Nora, da machst du entschieden weniger Fehler.«

»Warum bist du nicht hiergeblieben, Harder?«

»Weil zwischen uns zwei Tote liegen«, sagte ich.

»Nur zwei?« Ihre Stimme wurde immer heiserer. »Nur zwei läppische Tote? Wie viel Tote liegen denn in der Welt herum, Harder, und kein Mensch kümmert sich um sie?« Ich hörte ein schepperndes Geräusch. Gin on the Rocks. Viel Gin. Sie lachte. »Aber ich glaub dir das auch gar nicht, Harder. Zwei Tote zwischen uns, das ist es nicht, was dich stört. Es ist nur dieser lächerliche Scheck. Das Geld ist es, was dich stört. Komm doch, Harder. Ich hab noch viel mehr davon. Der Prinz hat es falsch angefangen, er hat sich auch vom Geld verwirren lassen. Komm, Harder, ich sag dir, wie du es richtig machen kannst. Ich helf dir, ihn zu vernichten.«

»Myslisch?«

»Den Vater«, keuchte sie.

In diesem Augenblick klingelte es an der Wohnungstür. Ich war richtig dankbar dafür.

»Ich muss jetzt Schluss machen.«

»Rufst du mich wieder an?«

»Ich glaube nicht«, sagte ich und legte auf.

An der Tür linste ich durch den Spion, aber da ich ihn nicht geputzt hatte, konnte ich immer noch nicht erkennen, wer draußen stand. Es war Wiglaff, der Steuerfahnder. An manchen Tagen kommt alles zusammen. Er knipste sein Lächeln an wie ein Quizmeister, der ins Fernsehstudio tritt.

»Kommen Sie rein«, sagte ich.

»Waren Sie gerade bei der Arbeit, Herr Harder?«

»Warum?«

»Sie haben so einen Blick.«

»Woher wissen Sie denn, was für einen Blick ich bei der Arbeit habe?«

»Ich bin doch Spezialist für freie Berufe«, sagte Wiglaff und bewunderte wieder die Aussicht durchs Küchenfenster. »Da wird ja nun ein Neubau entstehen. Bestimmt Eigentumswohnungen, Herr Harder. Wenn Sie wieder zu Geld kommen, sollten Sie sich überlegen, ob Sie sich nicht eine Eigentumswohnung kaufen. Das Bauherrenmodell ist ja nicht mehr angesagt, aber es ist immer noch steuerlich sehr empfehlenswert, in den eigenen vier Wänden zu wohnen.«

»Herr Wiglaff«, sagte ich, »können wir es kurz machen? Ich bin nämlich tatsächlich am Arbeiten.«

»Na bitte. Eine neue Serie?«

»Eher ein politischer Essay.«

»Das hört sich ja beinhart an. Macht sich das denn auch bezahlt?«

Ich hatte den Scheck auf dem Küchentisch liegen gelassen. Wiglaff lief fast der Sabber aus dem Mund, so gierig war er danach.

»Wenn man seine Gedanken zur Politik zusammenfassen und vertiefen will«, sagte ich, »dann fragt man nicht, ob sich das auch finanziell lohnt.«

»Bei Ihren Steuerschulden sollten Sie das aber, Herr Harder. Wie steht es denn? Könnten Sie eine gewisse Teilzahlung leisten?«

Ich nahm den Scheck und betrachtete ihn. Wiglaff leckte sich die Lippen. Drüben krachte es wieder.

»Der ist leider faul«, sagte ich und zerriss den Scheck.

Das Schlangenmaul
Nachwort von Friedrich Ani

Der Kriminalroman, schrieb er, habe Räume erschlossen, die eine neue Literatur erst ermöglichten. »Die Figuren, die in diesen Räumen agieren, sind nicht unbedingt das Salz der Erde, aber manche Bücher, die wir ihnen verdanken, sind das Salz der Literatur.« Gepfefferte Anmerkungen zum – damals, in den Achtzigern des vorigen Jahrhunderts, lautstarker als heute – landauf, landab gesungenen Kanon über das Gute, Wahre, Schöne zwischen Buchdeckeln. Wenn es gegen die Funktionäre des Feuilletons ging, neigte der Hobbyboxer Jörg Fauser zu Tiefschlägen, manchmal zu üblen Leberhaken. Und wie eine Leber schmerzen kann, das wusste er als Verköstiger beinharter Getränke, die in den Gefilden, in denen er am liebsten verweilte, zur Tages- und Nachtordnung gehörten. »Wenn Literatur nicht bei denen bleibt, die unten sind, kann sie gleich als Party-Service anheuern.«

Für Fauser – er starb am 17. Juli 1987, am frühen Morgen nach seinem 43. Geburtstag, als er zu Fuß über die Autobahn ging und von einem Lkw erfasst wurde – bedeutete Schreiben die brutalstmögliche Konfrontation mit der Wirklichkeit. In seinen Büchern duckt der Held sich nie weg, wenn es ernst wird, und ernst wird es eigentlich immer bei diesem Autor, der mit seinem ersten Roman, einem

Kriminalroman, seine eigene These ein für alle Mal in Stein meißelte, wonach dieses Genre die Wirklichkeit »schlüssiger diagnostiziert als alles Bauchnabelpopeln deutschen Dichtergeweses«.

Der Schneemann (1981) – verfilmt mit Marius Müller-Westernhagen – entwickelte sich vom Best- zum Longseller, mit Übersetzungen in mehrere Sprachen. Das Buch gilt inzwischen als Meilenstein in der deutschsprachigen Kriminalliteratur. Fünf Jahre später – nach dem autobiographischen Drogenroman *Rohstoff* und dem exorbitanten Vermissten-Thriller *Das Schlangenmaul* – entstand Fausers letzter Krimi, den er in altvorderlicher Manier publizierte: als sechsteiligen Fortsetzungsroman in einer Zeitschrift: *Kant,* ein Hard-Boiled-Meisterwerk über die banale Verlogenheit der Welt und die sagenhaften Selbstaustricksungsfähigkeiten des Menschen, mit einem fauserschen Helden im Strudel des Geschehens, der seinen Bauchnabel längst der Nachwelt der Innenwelt der Außenwelt der Innenwelt vermacht hat.

Mit *Der Schneemann* und *Das Schlangenmaul* begann, fernab des sogenannten Soziokrimis in der Nachfolge des schwedischen Autorenpaares Sjöwall / Wahlöö, die Zukunft des deutschsprachigen Kriminalromans. Weit über seine Ansprüche an einen »demokratischen Realismus« hinaus, wie er die Werke seines amerikanischen Kollegen Ross Thomas definierte, gelang Jörg Fauser die natürliche Verschmelzung von hochsprachlicher Prosakunst mit den Elementen der Spannungs- und Unterhaltungsliteratur. Wären seine Bücher Vorbild für alle Beteiligten, müssten Autoren sich schon lange nicht mehr fragen lassen, ob etwa ihre

Kriminalromane »auch« Literatur seien, Kritiker könnten ihre Zeilen mit wesentlicheren Gedanken füllen, und Leser bräuchten in Buchhandlungen nicht die Abteilung zu wechseln, wenn sie außer M. Walser noch eine Candice Fox mitnehmen wollen (oder einen Hammett, Chandler oder eine Vargas).

Fausers Bücher nach mehr als dreißig Jahren wieder zu lesen, allen voran *Das Schlangenmaul*, führte bei mir zu einem enormen Glücksschub. Sensationell, wie er dem flatterigen, ebenso desillusionierten wie von professioneller Neugier getriebenen Investigativjournalisten Heinz Harder die Aura eines geradezu klassischen Privatdetektivs verpasst, der auf der Suche nach einem angeblich verschwundenen Mädchen in die Klauen eines abscheulichen Verbrecherclans gerät und im letzten Moment mit dem Leben davonkommt.

Moral? Ein Wort für dröge Fußballanalysten (»Die Moral der Mannschaft war gut/schlecht/hat gestimmt …«). Harder hat keine Zeit für moralisch ausuferndes Gedöns. Hier geht's um Politik und Menschenhandel, die alltägliche Korruption in den Hinterzimmern der Chefetagen und den Seelenzustand von Leuten, die meinen, sie hätten die Weisheit mit Löffeln gefressen, im Grunde jedoch nichts weiter sind als eine Horde hirnloser, menschenverachtender Selbstbefriedigungsegomanen.

Und mittendrin ein paar Frauen, um die zu kämpfen es sich trotz aller Scheinheiligkeit lohnt. »Ich legte auf, bevor sie mir noch mehr Lügen erzählen konnte, und saß nur da und trank das kalorienarme Cola Light und rauchte Zigaretten und hörte den Junkies zu und den Transis und den

Pudeln und der Elektronikindustrie und der unselbständigen politischen Einheit Westberlin an einem Freitagnachmittag im November … An so einem Nachmittag wirst du mal krepieren, dachte ich, in so einem Appartement, während sie über dir die Hitparade hören und nebenan ficken und unter dir jammern, dass an allem die SPD schuld ist, und Polizeisirenen heulen und der Himmel sich verfinstert, aber nicht wegen dir, denn die Sirenen heulen, weil keiner sie mehr abstellen kann, und der Himmel verfinstert sich, weil es Abend wird. Aber es würde noch ein netter Tod sein verglichen mit dem, den Nuchali gehabt hatte …«

Harder ist hart, aber nicht herzlos, noch immer glaubt er an etwas, das dem Guten nahe kommt, und wer ihm diesen Glauben mit Gewalt nehmen möchte, hat die Regeln nicht kapiert. Dann knallt Harder seine letzten Trümpfe auf den Tisch, und das Spiel ist aus.

Die Belohnung, die ihm am Ende zusteht, lehnt er mit einem Lächeln ab. Es ist das Lächeln eines Mannes, der längst begriffen hat, dass man Stolz nicht kaufen kann, und Liebe sowieso nicht.

»Eine gute Bar an einem Montagabend, bevor die Meute kam, mit dem ersten Drink des Tages und einer Frau, die zuhören konnte«, schrieb Jörg Fauser in einem seiner Bücher, »das war so viel Glück, wie ein Mann beanspruchen durfte.« Nur ein »fragiler Fetzen Mensch« (Fauser über Fallada) begreift, wovon hier die Rede ist, und wird nie den Grad der Feigheit erreichen, um sich vor solchen Sätzen in seinem geistigen Bauchnabel verstecken zu müssen.

Roman
Mit Nachworten von Michael Köhlmeier und Matthias Penzel
352 Seiten
Auch erhältlich als eBook, Hörbuch und Hörbuch-Download

Harry Gelbs Rohstoff sind Opium auf einem Dach in Istanbul und LSD in einer Kommune in Berlin, sind Heroin in einer Göttinger Mansarde und unzählige Biere in Frankfurts Kneipen – vor allem aber ist sein Rohstoff das Schreiben. Rasant, brutal ehrlich und witzig erzählt Fausers Alter Ego von einer gefährlichen wie gefährdeten Jugend und von einem Mann, der weder als Nachtwächter noch als Flughafenpacker vergisst, was er sein will: Schriftsteller. Mit Nachworten von Michael Köhlmeier und Matthias Penzel.

Gedichte
Mit einem Vorwort von Björn Kuhligk
352 Seiten
Auch erhältlich als eBook

»Uns ist vorgehalten worden, wir hätten das Gedicht aus hehren Gefilden auf die Müllkippe gezerrt. Nach diesem Weltbild besteht unser Publikum aus Rüpeln ohne Bildung, Haschern, Huren, Junkies ... In Wirklichkeit setzte sich unser Publikum natürlich – wie das unserer Kritiker – aus kontaktscheuen Stenotypistinnen, aus Deutschlehrerinnen mit Siamkatzen, aus ebenso vielen Pfarramtskandidaten wie Zollinspektoren zusammen. Und hier und da ein Schwerverbrecher; das kommt davon, wenn man die Leute lesen lernen lässt.« (Jörg Fauser im ›tip‹ 22 / 1980)

Prosa
Mit einem Nachwort von Peter Henning
288 Seiten
Auch erhältlich als eBook und Hörbuch-Download

Der erste Band mit Kurzgeschichten, mit der fast schon zum Klassiker avancierten Geschichte ›Alles wird gut‹, in der Johnny Tristano sich den Ratschlag gibt: »Wenn du dich stützen musst, stütze dich an Mauern, nicht an Menschen!« Einmal mehr kann man bei Fauser lesend lernen, was es heißt, tief zu fallen, aber niemals unterzugehen und neben Witz und Melancholie auch die Lust auf das Leben und ein Bier zu bewahren.

Roman
Mit einem Nachwort von Dirk Stermann
304 Seiten
Auch erhältlich als eBook, Hörbuch und Hörbuch-Download

Eigentlich will Blum auf Malta nur seine Pornohefte verticken, doch dann ist er plötzlich in Frankfurt und im Besitz von 5 Pfund Koks. Das schnell verkaufen und die Strandbar auf der Karibikinsel eröffnen, denkt er sich. Doch dann kommt ihm etliches dazwischen: seine eigene Naivität, die einnehmende Cora, der undurchschaubare Mr. Haq und die unzähligen, jedoch bargeldlosen Interessenten für seinen Schnee.

Erzählungen
Mit einem Nachwort von Clemens Meyer
464 Seiten
Auch erhältlich als eBook und Hörbuch-Download

Der zweite Band mit Erzählungen, in denen Jörg Fauser charmant bis grantig die großen Themen des Lebens abhandelt: die Liebe, den Suff und die ewigen Geldnöte. Und in denen er fast schon nebenher auch die kleinen Gebiete Politik, Gesellschaft, Philosophie unterbringt. Noch einmal mehr als in den frühen Geschichten ist hier Fausers ganz eigener Sound und sein großes Herz lesend zu spüren.